W0219571

HEYNE BÜCHER

SCIENCE FICTION

Herausgegeben
von Wolfgang Jeschke

Aus der Serie »Die Abenteuer des Raumschiffs ›Enterprise‹«
in der Reihe HEYNE SCIENCE FICTION & FANTASY
sind bereits erschienen:

Vonda N. McIntyre, *Star Trek II: Der Zorn des Khan* · 06/3971
Vonda N. McIntyre, *Der Entropie-Effekt* · 06/3988
Robert E. Vardeman, *Das Klingon-Gambit* · 06/4035
Lee Correy, *Hort des Lebens* · 06/4083
Vonda N. McIntyre, *Star Trek III: Auf der Suche nach Mr. Spock* · 06/4181
S. M. Murdock, *Das Netz der Romulaner* · 06/4209
Sonni Cooper, *Schwarzes Feuer* · 06/4270
Robert E. Vardeman, *Meuterei auf der Enterprise* · 06/4285
Howard Weinstein, *Die Macht der Krone* · 06/4342
Sondra Marshak & Myrna Culbreath, *Das Prometheus-Projekt* · 06/4379
Sondra Marshak & Myrna Culbreath, *Tödliches Dreieck* · 06/4411
A. C. Crispin, *Sohn der Vergangenheit* · 06/4431
Diane Duane, *Der verwundete Himmel* · 06/4458
David Dvorkin, *Die Trellisane-Konfrontation* · 06/4474
Vonda N. McIntyre, *Star Trek IV: Zurück in die Gegenwart* · 06/4486
Greg Bear, *Corona* · 06/4499
John M. Ford, *Der letzte Schachzug* · 06/4528
Diane Duane, *Der Feind — mein Verbündeter* · 06/4535
Melinda Snodgrass, *Die Tränen der Sänger* · 06/4551
Jean Lorrah, *Mord an der Vulkan Akademie* · 06/4568
Janet Kagan, *Uhuras Lied* · 06/4605
Laurence Yep, *Herr der Schatten* · 06/4627
Barbara Hambly, *Ishmael* · 06/4662
J. M. Dillard, *Star Trek V: Am Rande des Universums* · 06/4682
Della van Hise, *Zeit zu töten* · 06/4698
Margaret Wander Bonanno, *Geiseln für den Frieden* · 06/4724
Majliss Larson, *Das Faustpfand der Klingonen* · 06/4741
J. M. Dillard, *Bewußtseinsschatten* · 06/4762
Brad Ferguson, *Krise auf Centaurus* · 06/4776

STAR TREK: DIE NÄCHSTE GENERATION:
David Gerrold, *Mission Farpoint* · 06/4589
Gene Deweese, *Die Friedenswächter* · 06/4646
Carmen Carter, *Die Kinder von Hamlin* · 06/4685
Jean Lorrah, *Überlebende* · 06/4705
Peter David, *Planet der Waffen* · 06/4733
Diane Carey, *Gespensterschiff* · 06/4757
Howard Weinstein, *Macht Hunger* · 06/4771
John Vornholt, *Masken* · 06/4787

STAR TREK: DIE ANFÄNGE:
Vonda N. McIntyre, *Die erste Mission* · 06/4619
Margaret Wander Bonanno, *Fremde vom Himmel* · 06/4669
Diane Carey, *Die letzte Grenze* · 06/4714

DAS STAR TREK-HANDBUCH:
von Ralph Sander · 06/4670

Diese Liste ist eine Bibliographie erschienener Titel
KEIN VERZEICHNIS LIEFERBARER BÜCHER!

HOWARD WEINSTEIN

MACHT HUNGER

STAR TREK
Die nächste Generation

Science Fiction Roman

Deutsche Erstausgabe

WILHELM HEYNE VERLAG
MÜNCHEN

HEYNE SCIENCE FICTION & FANTASY
Band 06/4771

Titel der amerikanischen Originalausgabe
POWER HUNGRY

Deutsche Übersetzung von Andreas Brandhorst
Das Umschlagbild ist von Cintron / Paramount

2. Auflage

Redaktion: Rainer Michael Rahn
Copyright © 1989 by Paramount Pictures Corporation
Copyright © 1991 der deutschen Übersetzung
by Wilhelm Heyne Verlag GmbH & Co. KG, München
Printed in Germany 1992
Umschlaggestaltung: Atelier Ingrid Schütz, München
Satz: Kort Satz GmbH, München
Druck und Bindung: Ebner Ulm

ISBN 3-453-04483-5

Für Susan
— in Erinnerung an die gemeinsame Reise

PROLOG

Die Klänge von Streich- und Blasinstrumenten tanzten durch Will Rikers Kabine, formten die komplexe, kontrapunktische Melodie des zeitlosen *Kanon in D-Dur*, komponiert von Johann Pachelbel. Der Erste Offizier des Raumschiffs *Enterprise* lehnte sich mit geschlossenen Augen in seinem Sessel zurück und genoß die letzten, kristallinen Töne eines Trompetensolos.

Als sie verhallten, hob Riker die Lider, beugte sich vor und beobachtete seine beiden Gäste, Captain Jean-Luc Picard und Bordcounselor Deanna Troi. »Deanna?« fragte er gespannt.

»Wunderbar.« Trois große dunkle Augen glänzten. »Dieses Stück habe ich jetzt zum erstenmal gehört.«

»Es ist sehr alt«, sagte Picard. »Es stammt aus dem siebzehnten Jahrhundert der Erde, soweit ich weiß.«

»Ja«, bestätigte Riker. »Ich hatte immer eine Schwäche fürs Barocke.« Er lächelte und strich sich über den Bart. »Nicht übel, was?«

Picard starrte ins Leere. »Stellen Sie sich das vor... Wir hören uns Musik an, die vor siebenhundert Jahren komponiert wurde... Eigentlich schade: Pachelbel und die anderen großen Musiker seiner Zeit sind längst zu Staub zerfallen und wissen nichts von der Unsterblichkeit ihrer Werke.«

Riker lehnte sich wieder zurück und faltete die Hände hinterm Kopf. »Ich wünschte, ich hätte mehr Zeit für Musik. Vielleicht könnte ich selbst etwas komponieren.«

»Es ist nie zu spät, etwas zu lernen«, warf Deanna ein. »Es wäre bestimmt ein Gewinn für Sie, in Ihrer Freizeit völlig neue Aktivitäten zu entfalten.« Die Counselor siezte den ersten Offizier immer, wenn jemand zugegen war —

obgleich Picard längst über die besondere Beziehung zwischen Deanna Troi und Riker Bescheid wußte. Oder zumindest davon ahnte.

Das elektronische Summen des Interkoms hinderte Riker daran, eine Antwort zu geben. Es knackte im Lautsprecher, und Lieutenant Commander Datas Stimme erklang. »Brücke an Captain Picard.«

»Hier Picard. Was ist los, Mr. Data?«

»Starfleet Command übermittelte uns gerade eine Prioritätsnachricht, Sir.«

Der Captain und sein Erster Offizier wechselten einen kurzen Blick. »Ich nehme sie hier entgegen.«

»Ja, Sir.«

Der Kommunikationsschirm auf Rikers Tisch erhellte sich und zeigte die Starfleet-Insignien. »Identifizierung der individuellen Verbalstruktur erforderlich«, verkündete die weiblich klingende Computerstimme.

Picard verschränkte die Arme. »Picard, Jean-Luc, Captain der U.S.S. *Enterprise*.«

»Identifizierung positiv.« Die stilisierte Darstellung der Sterne verschwand und wich einer ernst wirkenden Frau, die eine weinrote Starfleet-Uniform trug. Ihr dunkles Haar reichte weit die Stirn herab, bis fast zu den Brauen, und sie sprach mit einem leichten Akzent. »Captain Picard, ich bin Captain Kimberly Schaller von Starfleet Command. Wir haben einige Kom-Signale der Ferengi empfangen. Alles deutet darauf hin, daß sich die galaktischen Händler für den Raumsektor interessieren, den Sie anfliegen.«

»Das thiopanische Sonnensystem?« Picard preßte kurz die Lippen zusammen. »Um was für eine Art von Interesse handelt es sich?«

»Wir glauben, die Ferengi möchten Thiopa ihrer Allianz eingliedern«, erwiderte Kimberly Schaller. »Der Planet befindet sich zwischen der Föderationsgrenze und den fremden Randwelten. Die Ferengi haben Handelsverbindungen zu anderen unabhängigen Völkern hergestellt, aber bisher bewegten sich ihre Aktivitäten in einem tolerierbaren Rahmen. Kennen Sie die gegenwärtige Situation auf Thiopa?«

»Ich bin mit den üblichen Einsatzinformationen vertraut«, sagte Picard. »Vermutlich kommen jetzt einige Komplikationen hinzu, nicht wahr?«

Schaller lächelte dünn. »Das halte ich für eine Untertreibung, Captain. Die neuesten Daten befinden sich bereits im Speicher Ihres Bordcomputers. Sie und Ihr Erster Offizier sollten sich eingehend damit beschäftigen, bevor Sie Thiopa erreichen.«

»In Ordnung. Müssen wir damit rechnen, dort Ferengi-Schiffen zu begegnen?«

»Das wissen wir nicht genau, Captain. In den empfangenen Meldungen werden keine Einzelheiten genannt. Ich rate Ihnen nur, vorsichtig zu sein. Ihr Auftrag besteht darin, Hilfe zu bringen; Ihnen dürfte also nichts daran gelegen sein, sich auf eine militärische Konfrontation mit den Ferengi einzulassen.«

Picard runzelte die Stirn. »Normalerweise vermeiden die Ferengi direkte Auseinandersetzungen. Gibt es irgendwelche Anzeichen dafür, daß sich ihre Einstellung geändert hat?«

»Diese Frage kann ich Ihnen leider nicht beantworten, Captain. Aber eins steht fest: Unsere ferengischen ›Freunde‹ wissen, daß die *Enterprise* allein unterwegs ist, nur begleitet von fünf automatischen Frachttransportern. Vielleicht sehen sie darin eine gute Gelegenheit, die sie ausnutzen wollen.«

»Ich verstehe. Wir passen auf.«

»Gut. Wenn wir mehr erfahren, hören Sie sofort von uns. Schaller Ende.«

Picard wandte sich an seine Offiziere. »Ihre Karriere als Komponist muß noch ein wenig warten, Nummer Eins. Ich schlage vor, wir kehren jetzt zur Brücke zurück.«

KAPITEL 1

CAPTAINS LOGBUCH: STERNZEIT 42422.5

Wir sind noch zwei Flugstunden vom thiopanischen Sonnensystem entfernt, und inzwischen ist deutlich geworden, daß die Mission der *Enterprise* zwei Ziele verfolgt. Auf Thiopa herrscht eine katastrophale Dürre, aus der sich ein akuter Nahrungsmittelmangel ergab; wir reagieren auf eine dringende Anfrage der planetaren Regierung, die uns um Hilfe bat. Die Thiopaner haben erst kürzlich ihre Beziehungen zum nuaranischen Imperium abgebrochen, und Starfleet teilte uns mit, daß sich die Ferengi für den entsprechenden Raumsektor interessieren. Die fünf automatischen Frachttransporter enthalten Lebensmittel und andere wichtige Versorgungsgüter. Wir hoffen, daß wir damit zu einer Überwindung der Krise auf Thiopa beitragen und die Regierung dazu bewegen können, engere Kontakte mit der Föderation zu knüpfen — bevor die Ferengi eine Möglichkeit bekommen, das Chaos auf dem Planeten auszunutzen.

Die *Enterprise* glitt durch das Meer der Nacht zwischen den Sternen. Fünf große, unförmige Frachtschiffe folgten ihr in einer deltaförmigen Formation — wie Entchen ihrer Mutter. Die Navigationssysteme der Transporter waren mit dem Zentralcomputer der *Enterprise* verbunden, was eine Synchronisierung aller Flugmanöver gestattete. Allerdings mußte aufgrund der automatischen Container die Geschwindigkeit reduziert werden, denn das Leistungsvermögen ihrer Triebwerke endete bei Warp drei.

Jean-Luc Picard saß allein im Bereitschaftszimmer unmittelbar neben der Hauptbrücke. Hier brauchte er keine Sichtschirme, um ins All hinauszusehen — die breiten Fenster gewährten einen ungehinderten Blick ins Universum. Regenbogenfarbene Sterne glühten in der Schwärze, und ihr Licht durchdrang ausgedehnte Staubschleier. Interstellares Gas wogte wie bunter Rauch.

Der Anblick des Weltraums faszinierte den Captain. Er empfand ihn als beruhigend und gleichzeitig auch als stimulierend — ein Paradoxon, das ihn mit profunder Zufriedenheit erfüllte. Er zog diese Kammer vor, um seine Gedanken mit dem Kosmos zu vereinen. Das Bereitschaftszimmer war sein Lieblingsplatz an Bord der *Enterprise*, ein persönliches Sanktuarium, das ihm Ruhe bot und von dem aus er jederzeit die Brücke erreichen konnte.

Picard erinnerte sich amüsiert daran, wie sehr ihn die Existenz des Refugiums direkt neben dem Kontrollraum überrascht hatte...

Das Shuttle drehte sich wie ein silberweißer Käfer, der über die Wasseroberfläche eines Teichs huscht, näherte sich langsam dem Gewirr aus Gerüsten, das hoch über den rötlichen Marswüsten schwebte. Jean-Luc Picard befand sich als Passagier an Bord eines Shuttles, das Versorgungsgüter zu den Utopia Planetia-Schiffswerften brachte. Es handelte sich um einen ganz und gar inoffiziellen Besuch, und der Grund dafür lautete: Neugier. Neugier auf das erste Raumschiff der Galaxis-Klasse, auf eine neue Königin des Alls.

Die U.S.S. Enterprise *NC-1701-D schwebte in einem riesigen Konstruktionshangar und war noch immer der Fokus reger Aktivität. Es dauerte jetzt nicht mehr lange bis zu ihrer Fertigstellung, und Picards ernste Züge wurden etwas sanfter, als er sie sah. Ein zufriedenes Lächeln umspielte seine Lippen.*

»Sie ist schön, Captain?« Lieutenant Snephets, Picards Begleiterin, stammte von Oktonia. Ihre vier rosaroten Augen glühten, und wie alle Oktonianer gab sie Feststellungen den Klang einer Frage.

Picard nickte, und in seiner Stimme vibrierte ein Hauch von Ehrfurcht, als er erwiderte: »Ja, das ist sie, Lieutenant.« Die Enterprise *war zweifellos das schönste Raumschiff, das er jemals gesehen hatte. Er schmunzelte innerlich, als er Zuneigung und Sympathie spürte, eine emotionale Brücke, die ihn schon jetzt mit dem Galaxis-Schiff verband.* Es wartet bereits auf mich, *dachte er.* Auf mich, seinen ersten Kommandanten. Es fällt mir bestimmt leicht, die *Enterprise* zu lieben...

Picard hatte den größten Teil seiner beruflichen Laufbahn — und damit seines Lebens — als Explorer verbracht. Zweiundzwanzig Jahre lang war er mit dem Pionier-Kreuzer Stargazer *durch die Sternenräume geflogen, um fremde Welten zu erforschen...* Wir haben viele Abenteuer erlebt und sind in die haarsträubendsten Situationen geraten, *erinnerte er sich.* Ein gutes Schiff, die *Stargazer.* Aber sie hält keinen Vergleich mit diesem Wunderwerk moderner Technologie stand.

»Es ist ein Vergnügen, an Bord der Enterprise *zu arbeiten, Captain?«*

Picard wußte, daß Lieutenant Snephets keine Frage stellte, aber ihr Tonfall veranlaßte ihn dazu, aus reiner Höflichkeit zu antworten. »Ganz bestimmt. Sie ist wirklich beeindruckend.«

Snephets steuerte das Shuttle mit geübtem Geschick zu einem Dockmodul an der gewölbten Flanke des großen Raumschiffs. »Sie fühlen sich sehr geehrt, ihr erster Kommandant zu sein?«

»Ja, Lieutenant. In der Tat.«

Die Schleuse öffnete sich, und ein bärtiger, kräftig gebauter Mann in goldgelber Uniform begrüßte Picard. »Ingenieur Argyle, Sir. Willkommen an Bord. Die technische Ausstattung des Kontrollraums ist komplett. Wenn Sie sich die Brücke ansehen möchten...«

»Eine gute Idee, Mr. Argyle.«

»Hier entlang, Captain.« Der Ingenieur führte Picard zu einem Turbolift und betrat die Transportkapsel. »Brücke«,

sagte er, als sich die beiden Türhälften schlossen. Einige peinliche Sekunden lang geschah nichts. Argyle wiederholte die Anweisung, und schließlich reagierte der Lift.

»Allem Anschein nach gibt es noch einige Probleme«, bemerkte Picard mit einem gewissen Verständnis.

»Aber nicht mehr lange, Sir.«

Kurz darauf erreichten sie die Brücke und verließen den Turbolift. Nach einigen Schritten verharrte Picard und staunte. Licht, Größe, offensichtliche Detailpflege... Die Enterprise *war nicht nur ein anderes Raumschiff, begriff der Captain. Sie kam einem neuen Zuhause gleich.*

»Möchten Sie sich den Konferenz- und Bereitschaftsraum ansehen, Sir?«

»Beide Zimmer befinden sich hier auf dem Brückendeck?« fragte Picard verblüfft. »Das ist doch Platzverschwendung.«

Argyle strahlte. »Nein, Sir. Nicht an Bord der Enterprise.*«*

Es fällt mir bestimmt leicht, die Enterprise *zu lieben.* Erst nach einer langen Besichtigungstour wurde sich Picard der Ausmaße dieses Schiffes bewußt. Es stellte einen Quantensprung in Hinsicht auf Planung, Entwurf und Bautechnik dar. Es war leistungsfähiger als alle anderen Einheiten der Flotte, bot wesentlich mehr Sicherheit. Und mehr Platz. Nach dem ersten Jahr seines neuen Kommandos fragte sich Picard, wie er es in der relativen Enge der *Stargazer* ausgehalten hatte. Schon sehr bald schätzte er jeden einzelnen Quadratzentimeter der vermeintlichen ›Platzverschwendung‹, die zu den Konstruktionsprinzipien der neuen Galaxis-Klasse gehörte. Besonderen Gefallen fand er an seinem privaten Refugium, dem Bereitschaftsraum.

Picard blickte auf den Computerschirm und überflog noch einmal die Zusammenfassung des von Captain Schaller übermittelten Berichts. Mochten sich die Ferengi tatsächlich zu einer direkten Konfrontation hinreißen lassen? Es ging ihnen in erster Linie um Profit, und daraus folgte, daß sie gewaltsame Auseinandersetzungen mieden. Andererseits: Picards bisherige Erfahrungen mit der Ferengi-Allianz rieten ihm zur Vorsicht. Wahrscheinlich beschränkten sich die Ferengi darauf, die Geschehnisse aus sicherer Entfernung zu beobachten und darauf zu warten, daß sich die Föderation eine Blöße gab. Niemand konnte sie dazu zwingen, sich ganz aus dem betreffenden Raumsektor zurückzuziehen – immerhin gehörte Thiopa nicht zum stellaren Territorium des Völkerbunds.

Das Interkom summte, und Rikers Stimme erklang. »Captain Picard...«

»Ja, Nummer Eins?«

»Ich wollte Sie nur darauf hinwiesen, daß wir energetische Aktivität an der Peripherie unserer Sensorreichweite registrieren.«

»In Ordnung.«

Picard kehrte auf die Brücke zurück und musterte seine Offiziere. Riker und Troi saßen neben dem Befehlsstand des Kommandobereichs. Der klingonische Sicherheitsoffizier Lieutenant Worf kontrollierte wie üblich die Anzeigen der taktischen Konsole auf dem Oberdeck, während Data und der junge Wesley Crusher an den vorderen Stationen Platz genommen hatten. Als sich der Captain setzte, bemerkte er ein weniger vertrautes Gesicht. Hinter Worf stand eine junge Frau und kümmerte sich um die Einsatzkontrolle. Kastanienfarbenes Haar reichte bis auf die Schultern herab, und an der Nase zeigten sich Sommersprossen. Lieutenant White, erinnerte sich Picard und konzentrierte seine Aufmerksamkeit auf den großen Wandschirm. »Womit haben wir es zu tun, Nummer Eins?«

»Das wissen wir noch nicht genau, Sir. Drei oder vier kleine Raumschiffe, zu weit entfernt, um eine Identifizierung vorzunehmen.«

»Kurs?«

»Keine deutlich verifizierbaren Flugvektoren, Sir. Wir übermitteln Signale auf den Grußfrequenzen, aber bisher blieb eine Antwort aus.«

»Captain«, warf Data ein. »Zwei Schiffe beginnen mit einem Ausweichmanöver, das jedoch die Distanz zu uns verringert.«

»Noch immer keine Reaktion auf unsere Kom-Botschaften, Mr. Worf?« fragte Picard.

»Negativ, Sir. Ich empfehle defensive Maßnahmen: Schilde aktivieren, Photonentorpedos laden.«

»Einverstanden. Treffen Sie alle notwendigen Vorbereitungen. Mr. Data, taktische Darstellung auf den Schirm.«

Das Leuchten der Sterne im Projektionsfeld verblaßte, wich einem Gittermuster. Die *Enterprise* und ihre fünf Transporter erschienen auf der linken Seite, und zwei blinkende Punkte näherten sich von rechts.

Die beiden kleinen Flugkörper, die dem weitaus größeren Raumschiff entgegenrasten, sahen aus wie dünne, zylinderförmige Projektile. In ihrer einfachen, anonymen Struktur fehlten Triebwerkswulste oder Waffenkuppeln, aber an ihrem Zweck konnte trotzdem kein Zweifel bestehen. Sie waren geschaffen, um zu vernichten.

Sie setzten ihre Geschwindigkeit nicht herab, als sie heranrasten, rechts und links an der *Enterprise* vorbeisausten. Zwei dünne Blitze aus gebündelter Energie zuckten durch die Schwärze des Alls und trafen das Ziel, bohrten sich in einen der fünf Transporter. Der Frachter zerplatzte, und glühende Trümmerstücke wirbelten davon.

Picard schloß die Hände fest um die Armlehnen des Sessels, als er die Explosion beobachtete. »Verdammt! Position der Angreifer?«

Data sah auf seine Konsole. »Sie setzen sich mit... Warp elf ab.« Er blinzelte überrascht. Die *Enterprise* konnte nicht auf eine derart hohe Geschwindigkeit beschleunigen.

Der rückwärtige Turbolift öffnete sich, und Geordi LaForge betrat die Brücke.

»Hat für Sie nicht gerade die Freizeitperiode begonnen, Mr. LaForge?« fragte Picard.

»Der Chefingenieur ist immer im Dienst, Captain«, erwiderte Geordi und aktivierte die technische Station.

Picard und Riker wechselten einen bedeutungsvollen Blick. LaForge neigte dazu, in kritischen Situationen sofort zur Stelle zu sein — ein weiterer Beweis dafür, daß er die Beförderung zum Chefingenieur verdient hatte.

»Ich möchte keinen weiteren Transporter verlieren, Mr. LaForge«, sagte Picard. »Können wir die Schilde ausdehnen, um den ganzen Konvoi zu schützen?«

Geordi versteifte sich ein wenig, als er auf die Anzeigen starrte. »Bei der gegenwärtigen Formation dürfte das schwierig werden, Captain. Es läßt sich bewerkstelligen, aber dadurch steigt die energetische Belastung stark an.«

»Dann bringen Sie die Frachter etwas näher. Es muß sichergestellt sein, daß Mr. Worf genug Energie für die Phaser hat.« Picard beugte sich vor. »Mr. Data, haben Sie die Angreifer identifiziert?«

»Ja, Sir. Nuaranische Abfangjäger.«

»Captain...«, warf der klingonische Sicherheitsoffizier ein. »Die Nuaraner gelten als außerordentlich gefährliche Krieger.«

»Darüber hinaus sind sie hinterhältig, heimtückisch und gemein«, fügte Geordi hinzu. »Nicht einmal die Ferengi sind bereit, irgendwelche Geschäfte mit ihnen abzuschließen. Ich frage mich, was sie in diesen Sektor geführt hat.«

Riker strich über seinen Bart. »Vielleicht können uns die Thiopaner eine Antwort geben.«

»Möglicherweise sind wir auch ohne fremde Hilfe in der Lage, Aufschluß zu gewinnen.« Picard drehte seinen Sessel herum. »Die Grußfrequenzen, Mr. Worf.«

»Kommunikationskanäle geöffnet, Sir.«

»Achtung, nuaranische Raumschiffe, hier ist die U.S.S. *Enterprise*. Wir verfolgen keine feindlichen Absichten. Bitte erklären Sie die völlig ungerechtfertigte Vernichtung eines Föderationstransporters.« Picards Stimme klang ruhig, fast sanft.

Er wartete fast eine ganze Minute, ohne daß die Nuaraner reagierten.

»Ich wiederhole: Nuaranische Raumschiffe, hier ist die U.S.S. *Enterprise.* Wir verfolgen keine feindlichen Absichten. Aber wenn Sie uns erneut angreifen, verzichten wir nicht darauf, uns zur Wehr zu setzen.«

Picard wußte ganz genau, daß die Nuaraner in Empfangsreichweite waren. Wahrscheinlich glaubten sie, seine Warnung einfach ignorieren zu können — immerhin hatte er nichts unternommen, als sie einen Frachter vernichteten. *Aber das werde ich nicht noch einmal zulassen.* »Wie beurteilen Sie die Lage, Mr. Worf? Stellen zwei nuaranische Abfangjäger eine Gefahr für die *Enterprise* dar?«

»Wohl kaum, Sir. Solange unsere Schilde stabil bleiben, sind wir völlig sicher.«

Data warf einen Blick über die Schulter. »Und wenn wir es mit einer zusätzlichen gegnerischen Einheit zu tun bekommen? Jetzt nähern sich uns *drei* feindliche Jäger.«

Picard preßte kurz die Lippen zusammen. »Ich glaube, wir haben ihnen genug Zeit gegeben, unsere Signale zu beantworten. Nummer Eins?«

Riker nickte. »Da bin ich völlig Ihrer Meinung, Captain.«

»Mr. Worf, ein Warnschuß in die Flugbahn der Angreifer. Nahe genug, um keinen Zweifel an unserer Verteidigungsbereitschaft zu lassen.«

»Verstanden, Sir«, entgegnete der Klingone. »Ziel erfaßt.«

Die kleinen nuaranischen Raumschiffe rasten der *Enterprise* entgegen und führten dabei immer wieder komplexe Ausweichmanöver durch. Einmal mehr feuerten sie Torpedos ab, und Worf löste sofort die Phaser aus. Die Geschosse verglühten, und die drei Jäger wichen gerade noch rechtzeitig aus, um nicht in den nuklearen Orkan zu geraten. Sie beschleunigten, und ihre Entfernung zum Föderationsschiff vergrößerte sich rasch.

»Ich glaube, wir haben unseren Standpunkt deutlich

genug dargelegt«, kommentierte Picard. »Mr. Crusher, nehmen Sie wieder Kurs auf Thiopa. Data, maximale Sensorerfassung. Ich möchte sofort Bescheid haben, wenn uns die Nuaraner einen neuerlichen Besuch abstatten.«

»Dr. Pulaski an Captain Picard.« Die Stimme des Ersten Medo-Offiziers tönte aus dem Interkom-Lautsprecher.

»Worum geht's, Doktor?«

»Ein ziemlich ungeduldiger Botschafter wartet in meinem Büro.«

Picard und sein Stellvertreter sahen sich an. »Wir hätten ihn vor fünfzehn Minuten empfangen sollen«, sagte Riker.

»Warum befindet er sich in Ihrem Büro, Doktor?« fragte der Captain.

»Er hat vergeblich versucht, Sie auf der Brücke zu erreichen, und deshalb schnappte er sich den ersten Offizier, den er finden konnte – mich.«

»Richten Sie Mr. Undrun aus, daß ich die Verzögerung sehr bedauere. Und begleiten Sie ihn bitte in den Konferenzraum auf dem Kommandodeck.«

Pulaski zögerte, und Picard konnte fast *jenen Blick* sehen, die patentierte Katherine-Pulaski-Mimik, mit der es ihr so gut gelang, Mißfallen zum Ausdruck zu bringen.

»Gibt es sonst noch etwas, Doktor?« erkundigte sich Picard vorsichtig.

»Ich nehme an, Sie haben Botschafter Undrun noch nicht kennengelernt.« Es war keine Frage, sondern eine Feststellung.

»Das stimmt. Erfordert die Begegnung mit ihm besondere Vorbereitungen?«

»Äh, in gewisser Weise. Er zeichnet sich durch etwas aus, das meine Großmutter einen ›lästigen Charakter‹ zu nennen pflegte.«

»Danke für den Hinweis. Ich erwarte Sie mit ihm im Konferenzraum, Doktor.«

»Wir sind schon unterwegs.«

Picard, Riker und Counselor Troi standen auf, begaben sich ins Nebenzimmer und nahmen dort an einem langen

Tisch Platz. »Nummer Eins, Sie haben den Botschafter begrüßt, als er an Bord kam«, begann der Captain. »Ist er wirklich ein solches Ärgernis?«

»Ich pflichte Dr. Pulaskis Großmutter bei und halte die Bezeichnung ›lästig‹ für gerechtfertigt. Sie können von Glück sagen, daß Ihnen bisher ein Gespräch mit ihm erspart blieb.«

Kurz darauf öffnete sich die Tür, und ein fast komisch wirkendes Paar trat ein. Hier Kate Pulaski, langbeinig und elegant; dort Frid Undrun, Repräsentant des Föderationsministeriums für Hilfe und Unterstützung, klein wie ein Kind und alles andere als elegant. Undrun trug dicke Wollkleidung, die für einen kalten Wintertag weitaus angemessener erschien als an Bord eines ambientenstabilen Raumschiffes. Der mehrere Nummern zu große Hut verbarg die Ohren, und hinzu kam eine schlecht sitzende Thermohose. Das Gesicht des Winzlings sah aus wie eine geballte Faust und war von goldenem Haar umrahmt. Seine Stimme stand in krassem Gegensatz zum äußeren Erscheinungsbild, hatte einen vollen, fast dröhnenden Klang.

»Mr. Riker, Ihr Schiff ist *noch immer* viel zu kalt.«

Der Erste Offizier beherrschte sich mühsam. »Es tut mir leid, daß Sie sich nicht wohl fühlen, Mr. Undrun«, erwiderte er möglichst ruhig. »Wenn Sie möchten, justieren wir die Öko-Kontrollen in Ihrem Quartier auf die gewünschten Werte. Im Rest der *Enterprise* muß ein Klima herrschen, das den physisch-psychischen Erfordernissen der Crew entspricht.«

Der Botschafter schnaubte und wandte sich an Picard. »Teilen Sie diese Ansicht, Captain?«

»Ich glaube schon, Mr. Undrun. Sie verstehen sicher, daß wir Umweltbedingungen schaffen müssen, die von der Crew als angenehm empfunden werden. Nur auf diese Weise ist die volle Leistungsfähigkeit jedes einzelnen Besatzungsmitglieds gewährleistet. Soweit ich weiß, stammen Sie von einer recht warmen Welt...«

»Von einer *warmen* Welt?« wiederholte Undrun verächtlich. »Sie würden vermutlich feststellen, daß Noxor Drei mehr als nur warm ist, Captain. Nun, was war so wichtig, daß Sie mich eine Viertelstunde lang warten ließen?«

»Bitte setzen Sie sich, Mr. Undrun«, sagte Picard ruhig. »Nuaranische Raumschiffe griffen uns an, und leider wurde eine der Frachtdrohnen vernichtet.«

Dem Sesselpolster blieb nicht einmal genug Zeit, unter Undrun nachzugeben. Der Botschafter sprang sofort wieder auf. »Vernichtet? Meine für eine notleidende planetare Bevölkerung bestimmten Versorgungsgüter wurden *vernichtet?«*

Picard verzog das Gesicht und begriff nun das ganze Bedeutungsspektrum des Ausdrucks ›lästig‹.

»Mr. Undrun...«, begann er.

»Ist Ihnen eigentlich der Wert jener Materialien klar? Ich *wußte*, daß so etwas geschehen würde. Man gab mir nur ein Schiff und zu wenig Personal, das nicht *annähernd* genug Schutz gewährt...«

In Rikers Augen blitzte es. »Die *Enterprise* und ihre Besatzung sind durchaus in der Lage, allen Erfordernissen der Hilfsmission gerecht zu werden.«

»Ach, tatsächlich?« erwiderte der Botschafter bissig. »Ich kann meine Pflichten nicht erfüllen, wenn ich von der Unfähigkeit anderer Personen behindert werde. Es geht nicht nur darum, den Thiopanern Lebensmittel zu bringen. Wir müssen sie in die Lage versetzen, ihre Krise aus eigener Kraft zu überwinden.«

Picard schüttelte den Kopf. »Mr. Undrun, Sie wissen ebensogut wie ich, daß uns die Erste Direktive klare Grenzen setzt. Die Thiopaner haben deutlich darauf hingewiesen, daß sie derzeit nur humanitäre Hilfe benötigen, um mit den unmittelbaren Folgen der Hungersnot fertig zu werden. Ihre Vorgesetzten im Ministerium für Hilfe und Unterstützung ließen keinen Zweifel daran: Wir dürfen nur dann eingreifen, wenn uns Thiopa ausdrücklich darum bittet. Beim Gespräch mit Souverän-Protektor

Stross werde ich ein entsprechendes Angebot unterbreiten.«

Riker richtete seinen Blick auf Undrun. »Ihre Aufgabe besteht einzig und allein darin, die Versorgungsgüter zu liefern.«

»Was von ihnen übrig ist«, sagte der Botschafter. »Ich weiß über meine Aufgaben Bescheid, Mr. Riker. Und ich hoffe, Sie kennen auch die Ihren.« Undrun drehte sich ruckartig um und verließ das Zimmer.

Der Erste Offizier schnitt eine Grimasse. »Ein überaus freundlicher und sympathischer Zeitgenosse«, murmelte Riker.

»In der Tat, Nummer Eins«, erwiderte Picard leise. Er seufzte. »Denken Sie daran: Geduld ist eine Tugend.«

»Aber Mr. Undrun stellt sie auf eine sehr harte Probe«, fügte Dr. Pulaski hinzu.

KAPITEL 2

Man bezeichnete den Gesellschaftsraum an Bord der *Enterprise* auch schlicht und einfach als Bar. Er befand sich auf dem zehnten Vorderdeck, und derzeit war er praktisch leer. Nur wenige dienstfreie Besatzungsmitglieder saßen hier und dort an den Tischen. Frid Undrun trat zögernd ein und fragte sich, ob er besser in sein Quartier zurückkehren sollte. Er ließ einen unsicheren Blick durch den Raum schweifen und hoffte inständig, daß ihm niemand mehr als nur beiläufige Aufmerksamkeit schenkte. Einige Männer und Frauen standen an den breiten Aussichtsfenstern und beobachteten die kühle Schönheit des Alls. Undrun machte einen weiten Bogen um sie, nahm in einer Ecke Platz und wandte der Panoramafläche den Rücken zu. Es fiel ihm schwer, sich zu entspannen, aber nach einer Weile atmete er tief durch, lockerte die Schultermuskeln und rückte seine dicke, zerknitterte Jacke zurecht.

»Was kann ich Ihnen anbieten, Mr. Undrun?«

Der Botschafter versteifte sich sofort wieder, drehte den Kopf und musterte eine dunkelhäutige Frau, die einen weiten kastanienfarbenen Umhang trug. Ihr Hut war noch größer als sein eigener. Undrun verspürte den seltsamen Wunsch, ihr mit einem Lächeln zu begegnen, doch er kämpfte dagegen an, blieb ernst. »Ich brauche nichts«, behauptete er.

»Sind Sie sicher?« Die Frau zuckte kurz mit den Achseln. »Sie wirken irgendwie angespannt«, fuhr sie freundlich fort. »Ich heiße Guinan. In gewisser Weise bin ich hier die Gastgeberin.« Sie holte ein kleines Tablett hervor, deutete auf ein Glas mit rubinroter Flüssigkeit. »Vielleicht möchten Sie Kinjinn-Wein probieren.«

»Nein, danke.«

»Schmeckt hervorragend. Sogar noch besser als das Original.«

Undrun runzelte die Stirn. »Wie meinen Sie das?«

»Das Getränk ist nicht echt. Es basiert auf Synthehol.«

»Synthehol«, wiederholte Undrun langsam. »Stammt von den Ferengi, nicht wahr? Wenigstens ein Grund, die galaktischen Händler zu loben. So heißt es jedenfalls.«

»Man kann den Geschmack genießen, ohne irgendwelche Nebenwirkungen befürchten zu müssen.«

»Nun...« Undrun überlegte kurz, griff dann nach dem Glas und nippte daran – wie ein Kind, das eine bittere Medizin befürchtete. Einige Sekunden später nickte er anerkennend. »Hmm. Nicht übel.«

»Ein weiterer Kinjinn-Erfolg. Nun, möchten Sie die Aussicht genießen? Manche Leute kommen nur deshalb in den Gesellschaftsraum, um aus den Panoramafenstern zu sehen.«

»Nein, besten Dank, darauf möchte ich lieber verzichten«, sagte Undrun gepreßt. Er trank erneut einen Schluck, und seine Züge glätteten sich ein wenig. Ein Teil der instinktiven Reserviertheit verflüchtigte sich wie Dunst im warmen Sonnenschein. »Der Aufenthalt an Bord eines Raumschiffs erfüllt mich immer mit Unbehagen. Ich komme besser damit zurecht, solange ich nicht weiß, was draußen geschieht.«

»Ich verstehe«, sagte Guinan. »Nun, dann bleiben Sie einfach hier sitzen. Wissen Sie, wenn ich die Fenster eine Zeitlang ignoriere, vergesse ich völlig, daß wir zwischen den Sternen unterwegs sind.«

»Ja.« Undrun nickte. »Mir ergeht es ähnlich. Dann hat man das Gefühl, sich überhaupt nicht von der Stelle zu rühren, nicht wahr? Bitte... setzen Sie sich, Guinan. Ich darf Sie doch Guinan nennen, oder?«

»Selbstverständlich. So *heiße* ich.«

»Sie können mich mit ›Botschafter‹ ansprechen.«

»So lautet Ihr Name?«

»Nein. Aber mir gefällt der Titel.«

»Wie Sie wünschen, Botschafter.«

Undrun leerte sein Glas. »Der Kinjinn-Wein ist wirklich nicht übel.«

Guinan nickte, griff nach einer Karaffe, schenkte nach und genehmigte auch sich selbst einen Drink.

»Danke«, sagte Undrun. »Dieses Raumschiff ist wirklich erstaunlich. Es dürfte sehr schwer sein, die Verantwortung dafür zu tragen. Und für all die Besatzungsmitglieder.«

»Denken Sie dabei an Captain Picard und Commander Riker?«

»Ja. Ich könnte nie ihre Pflichten wahrnehmen. Wissen Sie, ich... komme nicht besonders gut mit anderen Leuten zurecht.«

Guinan bedachte ihn mit einem mitfühlenden Blick. »Bestimmt haben Sie in dieser Hinsicht wesentlich bessere Fähigkeiten, als Sie glauben. Immerhin sind Sie Botschafter.«

Undrun schüttelte traurig den Kopf. »Mit Plänen und Entwicklungsstrategien kenne ich mich viel besser aus. Auf meiner Heimatwelt Noxor Drei kam es zu zyklischen Dürren, die das Lebensmittelangebot drastisch reduzierten. Wir lernten schließlich, wie wichtig es ist, das ökologische Gleichgewicht zu respektieren und die Landwirtschaft den natürlichen Biotopen anzupassen. Daher mein Interesse an dieser Arbeit. Ich möchte andere Welten an unseren Erfahrungen teilhaben lassen.« Er zögerte kurz und seufzte. »Leider muß ich mit den Personen reden, die Hilfe brauchen.«

Guinan zeigte auf das leere Glas. »Es freut mich, daß Ihnen der Wein schmeckt. Nun, die Karaffe ist noch nicht leer...«

»Meine Güte, habe ich schon wieder ausgetrunken?« Undrun schlang die Arme um den Oberkörper und schauderte kurz. »Ich wollte gar nicht so lange bleiben. Und es lag keineswegs in meiner Absicht, mit jemandem zu sprechen. Bestimmt langweile ich Sie.«

»Ganz und gar nicht. Seien Sie unbesorgt. Sie haben sich

nur entspannt — wie alle anderen, die hierherkommen.«

»Ich, äh, ich glaube, die bisherige Dosis an Entspannung genügt vorerst. Die Arbeit ruft. Danke dafür, daß Sie mir... zugehört haben.« Undrun stand auf, verließ die Nische und trat von Guinan fort — als hoffte er, die frühere Förmlichkeit wiederherzustellen, indem er eine gewisse Distanz schuf.

»Sie sind hier jederzeit willkommen, Botschafter«, sagte Guinan.

Undrun senkte verlegen den Kopf und verließ den Raum wortlos.

Picard beugte sich zum Konferenztisch vor und faltete die Hände. »Was wissen wir über die Nuaraner, Data?«

Der Androide blinzelte und öffnete sein elektronisches Archiv. »Beim nuaranischen Imperium handelt es sich um eine Militärdiktatur, die vier Sonnensysteme mit insgesamt sieben bewohnten Planeten kontrolliert. Über die Entwicklung der nuaranischen Gesellschaft liegen nur wenige Informationen vor. Der erste Kontakt erfolgte vor siebenundsechzig solaren Jahren, als die Nuaraner versuchten, Beta Li'odo zu erobern — sie wußten damals nicht, daß die Bewohner jener Welt einen Bündnisvertrag mit der Föderation unterzeichnet hatten. Der Starfleet-Kreuzer U.S.S. *Polaris* war gerade erst von Beta Li'odo gestartet, reagierte auf den Notruf und verwickelte die Flotte der Angreifer in ein kurzes, aber entscheidendes Gefecht. Ein feindliches Schiff wurde dabei zerstört.«

»Die Abfangjäger deuten darauf hin, daß die Nuaraner ein hohes technisches Niveau erreicht haben«, warf Riker ein.

»In der Tat«, bestätigte Picard. »Vier oder fünf solche Kampfeinheiten könnten sogar ein Raumschiff der Galaxis-Klasse in Gefahr bringen. Mr. Data, welche Beziehungen gibt es zwischen dem nuaranischen Imperium und Thiopa?«

»Ein recht interessanter Aspekt, Captain. Die Nuaraner haben Thiopa besucht und Handelsbeziehungen geschaffen, bevor die Amtszeit des gegenwärtigen Regierungschefs Ruer Stross begann. Nach seiner Ernennung zum Souverän-Protektor verstärkte sich die Präsenz der Außenweltler. Das Interesse der Nuaraner galt sowohl den Rohstoffen Thiopas als auch der Lage des Planeten. Die Thiopaner gestatteten ihnen, gewisse natürliche Ressourcen zu nutzen – Mineralien, Pflanzen, fossile Brennstoffe – und einen Stützpunkt einzurichten.«

»Und was bekamen sie dafür?« fragte Counselor Troi.

»Technologie«, antwortete Data. »Als Stross an die Macht kam, gab es auf Thiopa kaum Industrie. Der Entwicklungsweg von Dampfmaschinen bis zur Nutzung von Atomenergie und interplanetarer Raumfahrt wurde innerhalb von nur vierzig Jahren zurückgelegt.«

Captain Picard runzelte nachdenklich die Stirn. »Ein ziemlich schneller Fortschritt. Auf der Erde dauerte er rund zweihundert Jahre.«

»Ja«, pflichtete ihm Riker bei. »Aber wir verzichteten dabei auf fremde Hilfe.«

Data neigte neugierig den Kopf zur Seite. »Traten Extraterrestrier mit einem entsprechenden Angebot an die Erde heran?«

»Nicht daß ich wüßte«, erwiderte der Erste Offizier und schmunzelte. »Es dauerte länger, um in die Zukunft zu gelangen, und außerdem unterliefen uns viele Fehler. Aber wenigstens haben wir es aus eigener Kraft geschafft, ohne unseren Planeten gewissenlosen Fremden auszuliefern.«

»Hätte Terra das Angebot technischer Unterstützung abgelehnt?« erkundigte sich Data.

»Wahrscheinlich nicht«, antwortete Picard. »Man braucht einen ziemlich starken Willen, um ›nein‹ zu sagen, wenn jemand mit den Wunderwerken moderner Technologie lockt. In der menschlichen Geschichte gibt es viele Beispiele dafür, daß sich Schwäche dort durchsetzte, wo Stärke erforderlich gewesen wäre.«

Der leere Gesichtsausdruck des Androiden deutete darauf hin, daß er zusätzlichen Input erwartete, bevor er sich

Schlußfolgerungen erlaubte. »Sie meinen also, es sei besser, derartige Hilfe abzulehnen?«

Picard überlegte kurz. »Nun, wie soll ich mich ausdrükken? Im besten aller denkbaren Universen – in einem Kosmos, der keinen Platz für negative Motivationen läßt – wäre Hilfe immer willkommen. Unglücklicherweise zeichnen sich nicht alle höherentwickelten Kulturen durch gute Absichten aus. Manchmal verlangen sie eine Gegenleistung, einen Preis. Und dieser Preis ist oft zu hoch.«

»Hinzu kommt noch etwas anderes«, sagte Troi. »Selbst wenn es an den Motiven nichts auszusetzen gibt – gelegentlich kann man kaum der Versuchung widerstehen, Gott zu spielen.«

»Hm.« Data nickte langsam.

»Aus diesem Grund hat sich die Föderation das Nichteinmischungsprinzip zu eigen gemacht.«

»Genau«, sagte Picard. »Bei der Verabschiedung der Ersten Direktive berücksichtigte man ein altes terranisches Sprichwort, nach dem der Weg zur Hölle mit guten Vorsätzen gepflastert ist.«

»Und die nuaranische Aktivität in diesem Raumsektor, Data?« fragte Riker.

»Die Nuaraner haben Arbeitskolonien auf mehreren unbewohnten Planeten und Planetoiden gegründet. In jenen Basen setzten sie thiopanische Sklaven ein.«

Deanna Troi riß die Augen auf. *»Sklaven?«*

»Ja. Die politischen Gefangenen auf Thiopa wurden wie Handelsgüter verwendet und an die Nuaraner … Ich glaube, der richtige Ausdruck heißt ›verschachert‹. Nun, dazu kam es während einer späteren Phase, als die wichtigsten natürlichen Ressourcen zur Neige gingen.«

Troi zwinkerte verwirrt. »Nach nur vierzig Jahren erschöpften sich Thiopas große Rohstoffvorkommen?«

»Ja, Counselor.«

Riker schüttelte ungläubig den Kopf. »Die Thiopaner gestatteten den Nuaranern, ihre Welt auszuplündern. Sie ließen sich sogar auf einen barbarischen Sklavenhandel ein. Und trotzdem ist die Föderation bereit, einem solchen Volk zu helfen?«

»Es klingt nicht sehr vielversprechend, ich weiß«, gestand Picard ein. »Das ist einer der Gründe für unsere Mission. Wir sollen feststellen, ob diese Angelegenheiten zu den metaphorischen Wachstumsschmerzen der thiopanischen Vergangenheit gehören oder Teil eines allgemeinen Verhaltensmusters sind, die zumindest als fragwürdig gelten müssen, wenn man die ethisch-moralischen Maßstäbe der Föderation anlegt.«

»Die Thiopaner haben uns um Hilfe gebeten«, sagte Deanna Troi. »Obgleich sie von unseren Grundsätzen wissen. Außerdem unterhalten sie keine Beziehungen mehr zu den Nuaranern. Vielleicht erhoffen sie sich eine zweite Chance.«

»Mag sein«, entgegnete Picard. »Nun, versuchen wir mal, die Sache aus einer anderen Perspektive zu betrachten. Die Thiopaner sehen sich einer Galaxis mit vielen überlegenen Zivilisationen gegenüber. Eigentlich kann man ihnen nicht vorwerfen, daß sie sich um jeden Preis ins vierundzwanzigste Jahrhundert katapultieren möchten.«

Ein Schatten fiel auf Rikers Gesicht. »Manchmal ist der Preis zu hoch — das haben Sie eben selbst gesagt.«

»Dabei bleibe ich auch, Nummer Eins«, erwiderte der Captain. »Allerdings steht es nicht *uns* zu, darüber zu urteilen. Counselor Troi, bitte beschreiben Sie das psychologische Profil der Nuaraner.«

»Sie sind völlig fremdartig, sowohl in psychologischer als auch intellektueller Hinsicht. Ihr Grundmotiv scheint das Streben nach Erfolg zu sein. Übersteigerter Ehrgeiz, wenn Sie so wollen.«

»Also ähneln sie den Ferengi«, brummte Riker.

»Nicht unbedingt«, fuhr Troi fort. »Ferengi sind sehr vorsichtig, aber die Nuaraner zögern nicht, erhebliche Risiken einzugehen, wenn sie sich einen Vorteil davon versprechen.«

»Mit anderen Worten — sie schrecken nicht einmal

davor zurück, ein Raumschiff wie die *Enterprise* anzugreifen«, sagte Picard.

Troi nickte. »In ihrer Kultur unterliegen die sozialen und politischen Interaktionen nicht den bei uns üblichen Regeln. Händler und Diplomaten, die Kontakt zu den Nuaranern hatten, berichten folgendes: Entweder wird ihr Verhalten von keinen klaren Richtlinien bestimmt, oder sie passen existierende Regeln ständig ihren Bedürfnissen an. Vermutlich kümmern sie sich nicht einmal um die Konsequenzen ihres Handelns. Vielleicht fehlt in ihrem Denken ein derartiges Konzept.«

»Mit anderen Worten: Wir müssen nicht nur damit rechnen, von den Ferengi bedroht zu werden; weitere Angriffe der Nuaraner lassen sich nicht ausschließen. Woraus die Notwendigkeit folgt, besondere Vorsicht walten zu lassen, solange wir uns in der Nähe von Thiopa befinden. Wir wissen nicht, warum die Thiopaner ihre Beziehungen zu den Nuaranern abgebrochen haben, aber allem Anschein nach wollen ihre ehemaligen Geschäftspartner das letzte Wort behalten.« Picard schob den Stuhl zurück und stand auf. »Ich danke Ihnen für die Diskussionsbeiträge. Sie können jetzt zu Ihren Posten zurückkehren.«

»Wenn Sie und Commander Riker noch etwas Zeit hätten ...«, sagte Troi.

Data verließ den Konferenzraum, und daraufhin wandte sich die Counselor an Picard und den Ersten Offizier. »Es geht um Botschafter Undrun. Ich spüre eine profunde Unsicherheit in ihm.«

Falten entstanden in Picards Stirn. »Was für eine Art von Unsicherheit?«

»Offenbar fühlt er sich wie ein Versager — und fürchtet, daß man ihn durchschaut. Er könnte seinen ausgeprägten Minderwertigkeitskomplex überkompensieren, indem er vermeintliche Fehler mit einem Gebaren auszugleichen versucht, das man unter normalen Umständen nicht von ihm erwartet.«

»Großartig«, sagte Riker. »Er ist nicht nur unerträglich, sondern auch unberechenbar.«

Picard schürzte die Lippen. »Schlagen Sie eine Sonderbehandlung für Mr. Undrun vor, um Schwierigkeiten zu vermeiden?«

»Ich bin ziemlich sicher, daß sich nur dann Probleme ergeben, wenn wir ihn in die Enge treiben oder ihm Inkompetenz vorwerfen. Er steht in dem Ruf, ein fähiger Mitarbeiter des Ministeriums für Hilfe und Unterstützung zu sein.«

»Wir sollten ihn also mit Samthandschuhen anfassen, damit er seine Arbeit auf Thiopa erledigen kann«, murmelte Picard.

»Ja, Sir. Ich hielt es für angebracht, Sie darauf hinzuweisen.«

»Da haben Sie völlig recht«, erwiderte der Captain. »Danke, Counselor.«

Sie kehrten zur Brücke zurück und nahmen dort in ihren Sesseln Platz. Die *Enterprise* näherte sich Thiopa, und der Planet schwoll auf dem Wandschirm an. Er bot keinen sehr angenehmen Anblick. Die Atmosphäre zeigte sich als bräunlicher Dunstschleier, und die Berge des Hauptkontinents wiesen lange, tiefe Narben auf — unübersehbare Spuren des verantwortungslosen Abbaus von Rohstoffen. Abgeholzte Wälder schufen neue Wüsten. Die Verschmutzung beschränkte sich nicht nur auf die kaum mehr atembare Atmosphäre. Auch die Meere waren davon betroffen: Ockerfarbene und schwefelgelbe Stellen wuchsen wie Krebsgeschwüre in den thiopanischen Ozeanen.

»Ist es wirklich so schlimm, wie's aussieht?« fragte Picard.

»Ja, Sir«, bestätigte der Androide. »Während unserer Besprechung hat Wesley die vor zwanzig Jahren aufgezeichneten Sensordaten mit den aktuellen Werten verglichen.«

»Ihr Bericht, Fähnrich Crusher.«

»Sofort, Sir. Die Atmosphäre enthält nun fünfzehn Prozent weniger Sauerstoff, zwanzig Prozent mehr Kohlendioxid und siebenundzwanzig Prozent mehr Schadstoffe, darunter fünfundzwanzig krebserregende Substanzen und mehr als ein Dutzend verschiedener Gifte. Mit dem Wasser verhält es sich ähnlich. Darüber hinaus ist die mittlere Temperatur des Planeten um fast zwei Grad gestiegen.«

»Wenn Thiopa ein menschlicher Patient wäre, Captain, müßte der Zustand als kritisch bezeichnet werden«, fügte Data hinzu.

Picard verschränkte die Arme. »Die ökologische Katastrophe Thiopas geht sicher nicht nur auf eine Laune der Natur zurück. Bestimmt tragen die Thiopaner selbst einen großen Teil der Verantwortung.« Er atmete tief durch. »Gute Arbeit, Fähnrich. Bereiten Sie alles für den Standardorbit vor. Steuern Sie uns in die Umlaufbahn, wenn wir den Planeten erreicht haben.«

»Ja, Sir.« Aus den Augenwinkeln sah Picard, wie der Junge zufrieden lächelte — er freute sich über das Lob des Captains. Data nickte Wesley anerkennend zu.

Der Kommandant wandte sich an seinen Ersten Offizier. »Ihre Meinung, Nummer Eins?«

»Thiopa scheint nicht gerade ein geeigneter Urlaubsort zu sein.«

»Allerdings. Alles deutet darauf hin, daß die Bewohner dieser Welt wirklich einen zu hohen Preis für den Fortschritt bezahlt haben.«

»Mag sein, Sir. Seltsam, nicht wahr? Ich meine, seit mindestens zwanzig Jahren steuert Thiopa auf eine globale Katastrophe zu, aber trotzdem bittet man uns erst jetzt um Hilfe. Warum?«

Picard lehnte sich nachdenklich zurück. »Wir werden es bald herausfinden.«

KAPITEL 3

»Bitte stehen Sie still, Lord Stross!«

Ruer Stross, Souverän-Protektor und mächtigster Mann auf Thiopa, kochte innerlich und betrachtete sich im großen Spiegel. Sein Kammerdiener zupfte an der langen Jacke, glättete den Stoff und fügte einige Nadeln hinzu.

»Ich wäre Ihnen sehr dankbar, wenn Sie sich etwas *beeilen* könnten, Supo.«

»Heben Sie die Arme. Ich *muß* die Ärmel in Ordnung bringen. Wenn sie nicht richtig sitzen...«

»Was dann? Besteht die Gefahr, daß mir die Arme abfallen?«

Supo erstarrte, ballte die Fäuste und preßte sie an die Hüfte — beziehungsweise dorthin, wo sich normalerweise die Hüften befanden. Der massige Bauch verbarg derartige anatomische Einzelheiten. Supos Gestalt ließ sich am besten mit einem aufrecht stehenden Sack vergleichen. Der Kopf ruhte auf schmalen Schultern, und nach unten hin nahm der Leibesumfang immer mehr zu. Kurze dicke Beine endeten in kleinen, fast winzigen Füßen, die nahezu ständig auf den Zehenspitzen wippten.

Die meisten Thiopaner hatten ein elegant geschwungenes, dreieckiges Gesicht mit hohen Jochbeinen und einem langen, anmutig wirkenden Kinn, große Augen ohne Wimpern oder Brauen und mehrere Sinneshaare dort, wo bei Menschen die Ohren saßen. Aber Worte wie ›elegant‹ und ›anmutig‹ waren nicht geeignet, um Ruer Stross' herrischen Kammerdiener zu beschreiben. In Supos Erscheinungsbild fielen nicht nur Glubschaugen auf, sondern auch eine schnabelartige Nase und Sinneshaare, die meistens schlaff herabhingen. Wenn Ärger und Nervosität nicht dazu führten, daß sie heftig zitterten. So wie jetzt.

»Keine Angst, Sie behalten Ihre Arme. Aber Sie könnten sich beim Jahresbankett lächerlich machen, und anschließend gäbe man mir die Schuld. Bestimmt hieße es: ›Armer alter Supo — so blind wie ein Höhlenkriecher, wie? Kann nicht einmal seinen Herrn richtig anziehen, was?‹ Würde Ihnen das gefallen? Möchten Sie vielleicht, daß ich mich bis auf die Knochen blamiere? Ich müßte damit rechnen, von Thiopa, von der Galaxis, vom ganzen *Universum* ausgelacht zu werden!«

»Schon gut, schon gut«, sagte Stross und lächelte beschwichtigend. »Ich wollte mich nicht beschweren. Es ist nur... Ich hasse es, soviel Zeit mit der Anprobe zu verlieren.«

»Ich weiß«, erwiderte Supo und setzte seine Arbeit fort. Er nähte und schnitt, schuf einige Falten und ließ andere verschwinden.

»Ich lasse es nur über mich ergehen, weil Ootherai darauf besteht«, brummte Stross.

»Ich weiß«, wiederholte der Kammerdiener. Seine Finger erwiesen sich als erstaunlich flink und geschickt, als sie über das Gewand des Souverän-Protektors tasteten und sicherstellten, daß die vielen metallenen Streifen, Abzeichen und Medaillen genau den richtigen Platz auf der breiten Brust einnahmen.

Stross atmete in regelmäßigen Abständen durch die Nase aus, und es klang so, als zische Dampf aus einem zu heißen Boiler. Das Alter hatte Kopf- und Sinneshaar grauweiß gefärbt, doch die Augen mit der für Thiopaner charakteristischen perlmuttfarbenen Iris glänzten noch immer so hell wie früher.

Supo trat zurück und gestikulierte übertrieben. »Fertig! Perfekt!«

»Gut.« Stross seufzte. »Kann ich das Ding jetzt ausziehen?«

»Nein! Dann zerknittert die Jacke. Oder die Schnallen geben nach. Oder die Medaillen verrutschen. *Ich* nehme sie ab.« Vorsichtig löste der Kammerdiener die Verschlüsse, zog den Umhang behutsam von den Schultern des Protektors und hängte ihn an einen vorbereiteten Kleiderständer. Unterdessen streifte Stross einen Pullover über, der ihm fast bis zu den Knien reichte und aus grobem, hellbraunem Stoff bestand. Die vielen Flecken hinderten ihn nicht daran, sich wie jemand zu fühlen, der gerade Fesseln abgestreift hatte. Er schlang sich eine Kordel um die Taille und schob die weiten Ärmel hoch. Einer blieb oben; der andere sank zurück. Stross zuckte nur mit den Achseln.

»Ich habe Hunger«, sagte er.

Supo wirbelte so plötzlich herum, daß der puppenförmige Kleiderständer von einer Seite zur anderen schwankte. »Nein! Bis heute abend wird gefastet. Sie würden sich aufblähen wie ein Gasvogel, und dann wäre die Uniform zu klein. Sie essen zuviel, Herr. Und Ihre körperliche Ertüchtigung besteht nur darin, Löffel und Gläser zum Mund zu heben!«

Protektor Stross brummte. »Na schön, Sie kleiner Tyrann. Ich gebe nach. Aber nur weil ich Ihr Genörgel nicht mehr ertragen kann. Nach dem Festbankett heute abend esse ich, was und wann ich will.«

»Und ich ändere dann Ihre Kleidung, damit Sie nicht nackt herumlaufen müssen«, konterte Supo, schritt zur Tür und verließ den Raum, ohne ein weiteres Wort zu verlieren. »Übrigens ...«, erklang die Stimme des Kammerdieners im Flur. »Ich habe den in Ihrem Nachtschränkchen versteckten Zuckerkuchen gefunden. Sie brauchen also nicht danach zu suchen.«

Stross durchquerte den Raum, blieb an der kleinen Kommode neben dem Bett stehen und zog eine Schublade auf. *Leer. Ich wette, der verdammte Kerl hat ihn selbst verspeist.*

»Vermissen Sie etwas, mein Lord?« Eine andere Stimme. Ein dumpfes, melodisches Schnurren.

Stross drehte sich um und sah eine hochgewachsene Frau im Foyer seines Schlafzimmers. »Ja. Eine leckere Spezialität. Kommen Sie herein.«

Die Frau trat ins Licht einer asymmetrischen Lampe, deren einfaches Design aus schwarzem Metall und grauem Glas gut zur Schmucklosigkeit der übrigen Einrichtung paßte. Ayli bildete einen auffallenden Kontrast zu der eher schlichten Umgebung.

Honiggelbes Haar reichte bis über ihre Schultern herab, umrahmte ein Gesicht, dessen kühle Schönheit der Pracht eines makellosen Edelsteins entsprach. Aylis Augen waren dunkler als die der meisten anderen Thiopaner, verliehen selbst einem beiläufigen Blick etwas Rätselhaftes. Ihre Sinneshaare gewannen allmählich eine silbergraue Tönung, aber abgesehen davon wirkte sie noch immer jung, unterschied sich kaum von der Schattenleserin, die Stross vor zwanzig Jahren kennengelernt hatte. Ihr Seidenkleid raschelte und knisterte leise, als sie zu dem ovalen Tisch ging, an dem zwei hochlehnige Stühle standen.

»Hat es Supo noch immer nicht gelernt, Ihnen mit Respekt zu begegnen?« fragte sie im Plauderton und nahm würdevoll Platz.

Stross gesellte sich ihr hinzu. »Er wird sich nie ändern. Ich hätte *ihn* den Nuaranern anbieten sollen.«

Ayli musterte den Protektor und lächelte amüsiert. »Stellen Sie sich nur einmal vor, Sie müßten auf ihn — und auch auf mich — verzichten. Supo sorgt dafür, daß Sie angemessen gekleidet sind, und ich kümmere mich um Ihre Lebenslinie. . . .«

»Sie sind ebenso arrogant wie er«, erwiderte Stross und lachte. »Und Sie vergessen Ootherai.«

Ayli schnitt eine Grimasse. »Ich hasse ihn«, sagte sie leidenschaftslos.

»Das geben Sie deutlich genug zu erkennen. Ich weiß auch, daß er Sie ebenfalls verabscheut — obgleich er es nie zugäbe. Er ist vorsichtiger als Sie.«

»Unsere gegenseitige Antipathie gefällt Ihnen«, stellte Ayli fest. »Sie ist eine Garantie dafür, daß sich Ihre beiden wichtigsten Ratgeber nicht gegen Sie verschwören.«

»Nun, da haben Sie durchaus recht. Ich brauche einen

Schattenleser, und ich benötige auch einen Politikminister. Ich könnte mir keine besseren Mitarbeiter wünschen als Sie und Ootherai. Nun, Ayli, ich habe heute noch viel zu tun. Lassen Sie uns anfangen.«

Ayli hob ihren Lederkoffer und stellte ihn auf den Tisch. Als sie den Deckel hob, klappten die Seitenflächen nach rechts und links, gaben den Blick auf eine Anordnung aus dünnen Röhren und kleinen Würfeln frei. Überall glänzte sorgfältig bearbeitetes schwarzes Metall. Mit geübtem Geschick löste Ayli die einzelnen Komponenten aus ihren Halterungen und setzte die Vorrichtung innerhalb weniger Minuten zusammen. Der Apparat bestand aus einem Okular sowie mehreren Zylindern, die kaleidoskopische Prismen und Spiegel enthielten. Die Hauptröhre wies vier Ringe auf, und Ayli drehte sie, um den Fokus zu justieren.

Stross wartete geduldig und beobachtete, wie bunte Reflexe über das Gesicht der Frau huschten, als komplexe optische Mechanismen das Licht der Lampe einfingen, es aufspalteten und anschließend auf eine Weise zusammensetzten, die es begabten Mystikern wie Ayli ermöglichten, in die Zukunft zu sehen.

Schattenleser waren ein integraler Bestandteil der thiopanischen Geschichte. Vor Jahrhunderten und Jahrtausenden hatten sie das Leben auf dem Planeten verändert, indem sie Staatsoberhäuptern rieten, Kriege zu vermeiden oder zu beginnen. Als die Wissenschaft auf Thiopa Fuß faßte, noch vor Ruer Stross' Geburt, wandten sich viele Thiopaner von den alten Traditionen ab, um sich dem Neuen zu widmen. Daraufhin begannen schwierige Zeiten für die Schattenleser. Keine Regierung, die Wert auf ihr Ansehen legte, wollte sich vorwerfen lassen, im Flackern von Licht und Dunkelheit Rat zu suchen — obgleich viele Minister insgeheim versuchten, einen Blick in die Zukunft zu werfen.

In den abgelegenen Provinzen — darunter auch in Ruer Stross' Heimat Thesra — gab es noch immer einige wenige Schattenleser, die ihr ärmliches Dasein fristeten, indem sie die Omen für Bauern deuteten, deren Leben vom Fortschritt unbeeinflußt blieb. Stross vergaß nie, welchen Respekt seine Eltern dem lokalen Schattenleser entgegengebracht hatten, einem zahnlosen alten Mann namens Onar. Er erinnerte sich auch daran, daß er Onar sein Leben verdankte. Der Greis warnte damals vor einem verheerenden Erdbeben, und Ruers Eltern hörten auf ihn, brachen mit ihrem zehnjährigen Sohn auf und verließen Thesra einen Tag vor der Katastrophe. Andere Familien schlossen sich ihnen an. Doch die meisten Bewohner jener Region hielten Onar für einen alten Narren. Sie blieben — und starben.

Als Stross den Militärputsch gegen Protektor Cutcheon leitete, war Thiopa bereits auf dem besten Weg, eine moderne Welt zu werden. Als Junge hatte Ruer nie Wasserleitungen oder Elektrizität kennengelernt, und deshalb sah er in Wissenschaft und Technik fast so etwas wie Magie. Stross verstand ihre Errungenschaften nicht, aber er verehrte sie, hielt sie für nicht besser oder schlechter als Onars Zauber, der ihn und seine Eltern vor dem Tod bewahrte. Soweit es Stross betraf, kanalisierten beide Arten von Magie die natürlichen Kräfte des Universums. Es funktionierte, und nur darauf kam es an. An Wissenschaftlern, Ingenieuren und Technikern herrschte kein Mangel, doch in der neuen Welt gab es nur noch wenige Schattenleser.

Stross schickte Dutzende von Männern und Frauen aus, um nach jemandem zu suchen, der die Gabe besaß, im Wechselspiel von Licht und Dunkelheit die Zukunft zu sehen. Zu viele Schattenleser stellten sich als Scharlatane heraus. Einige schienen echtes Talent zu haben, aber ihre Fähigkeiten genügten leider nicht. Es dauerte zwanzig lange Jahre, bis Ruer die faszinierende junge Frau namens Ayli fand.

Sie lehnte sich zurück und bedachte ihn mit einem durchdringenden Blick. »Viele Gefahren erwarten Sie. Möchten Sie wirklich mehr darüber hören?«

»Dafür bezahle ich Sie ja. Ich bin ganz Ohr.«

In Aylis großen Augen glühte Besorgnis. »Diesmal bringen die Omen keine Antworten, nur Fragen.«

»Nun, es hilft schon, wenn man weiß, wie die richtigen Fragen lauten. Was meinen Sie?«

»Vielleicht haben Sie recht. Vielleicht auch nicht. Noch nie zuvor waren die Schatten so dunkel.«

Stross schlug mit der flachen Hand auf den Tisch, und Ayli zuckte zusammen. »Genug der Warnungen und unheilvollen Anspielungen. Sagen Sie mir, was Sie erkennen.«

Ayli holte tief Luft. »Zum erstenmal gibt es keine Anzeichen dafür, daß Sie Ihr Ziel erreichen.«

»Meinen Sie die Verschmelzung?«

Die Schattenleserin nickte. »Sie träumen davon, vor Ihrem Tod alle Thiopaner in einer kulturell und sozial homogenen Gesellschaft zu vereinen. Gleichzeitig wissen Sie, daß Ihre Lebenslinie nicht mehr sehr lang ist.«

»Das stimmt. Die Verschmelzung soll mein Erbe sein. Die vielen von Bräuchen und Traditionen bestimmten Unterschiede haben uns bisher darin gehindert, zu einem Volk zu werden – man braucht kein Genie zu sein, um zu diesem Schluß zu gelangen. Wenn wir alle die gleiche Sprache sprechen, wenn wir uns alle von der gleichen Philosophie leiten lassen... Dann sind wir stark genug, um das Universum herauszufordern. Sie glauben ebenfalls daran, nicht wahr?«

»Ja. Aber nicht alle Thiopaner teilen unsere Ansicht.«

»Ich weiß. Worin besteht die größte Gefahr für meine Mission?«

»Ich sehe Sand. Die endrayanische Sphäre.«

»Besser gesagt: die Sa'drit-Leere«, knurrte Stross. »Am liebsten würde ich jedem einzelnen Verweiler den Hals umdrehen. Zur Hölle mit ihnen.«

»Manche Leute sind der Meinung, daß sich die Leere kaum von der Hölle unterscheidet.«

Stross stand jäh auf und ging unruhig im Zimmer umher. »Sie leben wie Wilde in der Einöde, ohne Kraftwerke, ohne Wasserversorgung, ohne Klimaanlagen, ohne moderne Geräte für die Nahrungsmittelzubereitung ...«

»Dafür haben die Verweiler Waffen, Kommunikationsanlagen und die von uns aufgegebene Eisenbahnlinie. Sie sind zu allem entschlossen und können die Wüste ganz nach Belieben verlassen, um irgendwo zuzuschlagen, Ruer.«

»Ja. Verdammt, ich frage mich immer wieder nach dem *Grund.* Als wir Cutcheon und seine Idiotenbande verjagten, hatte für Thiopa kaum die Gegenwart begonnen. In vielen Sphären herrschten noch immer die Zustände, die ich aus meiner Kindheit kenne: Es gab nicht genug zu essen, und das Wasser enthielt Krankheitserreger. In vierzig Jahren habe ich diese Welt aus der Vergangenheit in die Zukunft geführt. Warum liegt den Verweilern soviel daran, mein Lebenswerk zu zerstören?«

Ayli blieb ruhig. »Weil sie glauben, daß alles viel zu schnell gegangen ist. Sie behaupten, der Souverän-Protektor sichere nicht etwa die Zukunft für Thiopa, sondern stelle sie durch falsche Entscheidungen in Frage. Sie geben Ihnen die Schuld für Dürre, Mißernten, schmutzige Luft und ungenießbares Wasser.«

»Der Fortschritt verlangt Opfer. Weshalb fällt es einigen Leuten so schwer, das zu begreifen? Wollen die Verweiler allen Ernstes in der Vergangenheit leben? In einer Welt, in der die Thiopaner eine wesentlich geringere Lebenserwartung hatten, in der viele kleine Kinder starben ...« Stross schüttelte den Kopf. »Wenn man mir all das Schlechte zur Last legt — warum lobt man mich nicht fürs Gute?«

»So ist das Volk eben, Ruer«, erwiderte Ayli sanft. »Es will immer das, was es nicht hat. Und wenn irgend etwas schiefgeht, macht es die Regierung dafür verantwortlich.«

»Kann es denn nicht über den eigenen Horizont blicken, so wie wir?« fragte Stross, hob kurz die Arme und ließ sie wieder sinken.

»Furcht schränkt die individuelle Perspektive ein — und derzeit haben viele Thiopaner Angst«, gab die Schattenleserin zu bedenken. »Solche Angst, daß sie auf jemanden wie Lessandra hören und zu gemeinen Verbrechern werden.«

»Noch haben die dreimal verfluchten Verweiler nicht gewonnen.«

»Mag sein, Ruer. Aber vergessen Sie nicht den dunkelsten Schatten. Die Verweiler wollen, daß die ganze Welt zu den alten Traditionen zurückkehrt, und sie streben dieses Ziel ebenso energisch an wie Sie die Verschmelzung, die auf Thiopa eine einheitliche Kultur entstehen lassen soll.« Ayli zögerte kurz. »Die Aufständischen glauben ebenso fest an ihre Anführerin wie wir an Sie.«

Von der Tür her ertönte eine dritte, verschlagen und berechnend klingende Stimme. »Und wenn wir die Anführerin der Verweiler ins Jenseits schicken?«

Politikminister Hydrin Ootherai trat ein. Er war nicht nur viele Jahre jünger als Stross, sondern auch größer und schlanker. Ein dünner Bart zierte sein Kinn, und der kahlgeschorene Schädel glänzte im Licht der Lampe. Ootherai trug einen maßgeschneiderten Anzug mit Tressen und Spangen. Der Souverän-Protektor lehnte Schmuck ab, wenn er nur der Effekthascherei diente, aber sein Politikminister nutzte jede Gelegenheit, um sich herauszuputzen.

Ayli ignorierte Ootherai und sah Stross an, als sie erwiderte: »Wenn Sie Lessandra umbringen, nimmt jemand anders ihre Stelle ein. Die Verweiler haben bereits viel erreicht; sie geben bestimmt nicht einfach auf.«

»Aber vielleicht bricht ihre Bewegung durch Lessandras Tod in einzelne Fraktionen auseinander«, sagte Ootherai.

»Das haben Sie auch gehofft, als es Ihnen gelang, Evain zu stellen und ihn zu verhaften. Inzwischen sind zwanzig Jahre vergangen, und die Verweiler sind noch stärker geworden.«

»Evain war Philosoph, kein Kämpfer«, entgegnete Ootherai. »Als Lessandra seine Nachfolge antrat, bekamen wir es mit einem Gegner zu tun, der radikalere Ansichten vertrat und nicht zögerte, Gewalt anzuwenden.«

»Vielleicht gibt es jemanden, der noch radikaler ist als Lessandra. Und wenn die betreffende Person zum neuen Oberhaupt der Verweiler wird, könnten Sie Ihr blaues Wunder erleben.«

»Sie sehen die Dinge immer viel zu einfach, meine Liebe.«

»Und Sie sehen nicht einmal das, was sich direkt vor Ihrer Nasenspitze befindet, Ootherai«, sagte Ayli etwas schärfer. »Sie lassen völlig unberücksichtigt, daß die heutige Situation ohne Evain vermutlich gar nicht entstanden wäre. Unsere derzeitigen Probleme verdanken wir *nicht zuletzt* ihm. *Er* hat die alten Testamente der Verweiler auf den neuesten Stand gebracht. Seine Schriften gaben Lessandra eine ideologische Basis. Sie hat nur das Konzept eines Heiligen Krieges hinzugefügt, um die Welt zurückzuerobern, bevor es zu spät ist.«

»Sie überschätzen einen alten Narren, dem die Sonne das Gehirn aus dem Schädel gebrannt hat...«

»Das reicht jetzt!« donnerte Stross und hämmerte mit der Faust auf den Tisch. »Sie streiten sich über Dinge, die bereits geschehen sind, während ich wissen möchte, was passieren *wird.* Und Lessandra... Ich halte nichts davon, sie zu eliminieren; wir dürfen auf keinen Fall Märtyrer schaffen. Ayli, ich erwarte genaue Angaben von Ihnen.«

Die Schattenleserin räusperte sich. »Die Verhandlungen mit dem Raumschiff, das hierher unterwegs ist, bringen gewisse Risiken mit sich. Um einen möglichst großen Nutzen aus den Versorgungsgütern der *Enterprise* zu ziehen und Nachteile zu vermeiden, müssen Sie die Ereignisse unter Kontrolle halten. Kein Verweiler darf Gelegenheit bekommen, mit Propaganda und Lügen die Gesandten der Föderation zu erreichen.«

»Kontrolle«, wiederholte Ootherai. »Dazu rate ich ständig.«

Ayli schenkte dem Politikminister keine Beachtung. »Ich sehe, wie die Verweiler dort aktiv werden, wo sie eine enorme Wirkung erzielen — beim Augenblick Ihres größten Triumphes, Ruer.«

Stross runzelte die Stirn. »Während des Jahresbanketts?«

»Die Struktur des Schattenlichts berichtet von einer Gewißheit.«

Ootherai rollte mit den Augen. »Man braucht kein Schattenleser zu sein, um so etwas zu prophezeien, mein Lord«, sagte er. »Ich habe besonders strenge Sicherheitsmaßnahmen ergriffen. Beim Fest heute abend wird es zu keinen Zwischenfällen kommen, das versichere ich Ihnen.«

»Sie haben auch behauptet, in Bareesh und in dieser Sphäre seien Terroristenanschläge völlig ausgeschlossen«, warf Ayli ein.

»Selbst meiner Abteilung unterlaufen Fehler. Wir lernen jedoch aus ihnen und versuchen ständig, unseren Gegnern mindestens einen Schritt voraus zu bleiben. Ich bezweifle, ob es irgendeinen Schattenleser gibt, der seine Verantwortung so ernst nimmt wie wir die unsere. Nun, unsere Agenten entdeckten eine bedeutende Propagandakampagne und haben sie im Keim erstickt, bevor ...« Ootherai griff in die Jackentasche und holte einen zerknitterten Zettel hervor. »Bevor das hier Bareesh und die anderen Orte dieser Sphäre erreichen konnte. Wir folterten die Terroristen, und daraufhin gaben sie zu, Sympathisanten der Verweiler zu sein.«

Stross starrte auf das Flugblatt herab und blinzelte verblüfft. »Sympathisanten ...? Unsere Bürger unterstützen die Verweiler?«

»Ja«, erwiderte Ootherai rasch. »Aber bestimmt sind es nicht sehr viele. Es handelt sich nur um eine kleine Minderheit, und wir sind derzeit damit beschäftigt, die einzelnen Personen zu identifizieren und zu verhaften. Es geht darum, ein Exempel zu statuieren und potentiellen Verrätern zu zeigen, daß sie nicht ungestraft davonkommen. Ich bin sicher, es gelingt uns innerhalb kurzer Zeit, den Unruhestiftern das Handwerk zu legen.«

»Die Anzeigen meines Instruments geben eine ganz andere Auskunft«, sagte Ayli.

»Die Anzeigen Ihres *Instruments?* Sie klingen wie eine Wissenschaftlerin, die...«

»*Sie* können das Schattenlesen nie verstehen.«

Stross kam einer neuerlichen verbalen Auseinandersetzung zwischen dem Politikminister und Ayli zuvor, indem er Ootherai den Zettel aus der Hand riß. Die Fotomontage zeigte einen Souverän-Protektor, der zu einer großen Menge sprach, seine Uniform trug und winkte – doch das Gesicht war ein grinsender Totenschädel. Unter dem Bilde stand ›Onkel Tod‹.

»Die Kinder nennen mich Onkel, weil sie wissen, daß ich sie liebe«, brachte Stross erschüttert hervor. »Ich habe ihre Lebensbedingungen erheblich verbessert – und deshalb lieben sie *mich.*«

»Das ist allgemein bekannt, mein Lord«, entgegnete Ootherai in einem tröstenden Tonfall.

»Und die verdammten Mistkerle wagen es, diese Liebe in so etwas zu verwandeln?« Stross knirschte mit den Zähnen. »Wenn sie den Tod wollen, sollen sie ihn auch bekommen. Ich bin der Souverän-Protektor und werde nicht zögern, die Pflichten meines Amtes wahrzunehmen.«

»Sandspinnen«, zischte Ootherai. »Die Terroristen und ihre Sympathisanten sind wie Sandspinnen. Wir zertreten sie einfach.«

»Ruer«, sagte Ayli eindringlich und appellierte an die Vernunft des Protektors. »Lassen Sie sich von den Verweilern nicht ablenken. Sie müssen auch weiterhin Ihr Ziel im Auge behalten: die Verschmelzung. Wenn Sie den Fehler machen, einen Krieg zu beginnen, wenn Sie vergessen, welches Erbe Sie dieser Welt schenken wollen... Dann erringen Ihre Gegner den Sieg, selbst wenn sie eine Niederlage hinnehmen müssen.«

Stross schüttelte den Kopf. »Was soll ich unternehmen?«

»Isolieren Sie die Verweiler, auf daß sie an ihrem eigenen Propagandagift ersticken. Und was noch viel wichtiger ist: Stellen Sie sicher, daß die Föderation und ihre Gesandten nicht die dämonische Version der Wahrheit hören.«

Stross schwieg einige Sekunden lang. Alles in ihm verlangte danach, Rache an den Verweilern zu nehmen, weil sie ihn verhöhnten, ihn mit dem Tod verglichen. Aber allmählich begriff er, daß die Schattenleserin recht hatte.

»Na schön«, sagte er schließlich. »Ich beherzige Ihren Rat, Ayli.« Er wandte sich an seinen Politikminister. »Es darf sich kein einziges Sicherheitsproblem ergeben, Ootherai. Treffen Sie alle notwendigen Vorbereitungen für das heute abend stattfindende Jahresbankett. Und noch etwas...« Stross zerknüllte das Flugblatt. »Sorgen Sie dafür, daß sich in einem Umkreis von zweihundert Kilometern kein einziger Sympathisant der Verweiler aufhält, wenn die *Enterprise* eintrifft.«

»Ja, Lord«, brummte Ootherai.

»Ich bin in meiner Werkstatt. Stören Sie mich nur dann, wenn es sich wirklich nicht vermeiden läßt.« Stross stand auf und verließ das Zimmer.

Ootherai sah ihm nach und schüttelte den Kopf. »Die Regierungspolitik des Souverän-Protektors basiert auf der Entwicklung moderner Technik. Ich begreife einfach nicht, warum er auf die ›Erklärungen‹ einer Frau hört, die behauptet, mit Hilfe von Prismen und Spiegeln zukünftige Ereignisse erkennen zu können.«

»Erneut übersehen Sie das, was doch offensichtlich ist«, erwiderte Ayli. »Ruer Stross hört auf mich, weil er weiß, daß ich recht habe.«

KAPITEL 4

Wesley berührte mehrere Sensorflächen seiner Konsole und übermittelte dem Bordcomputer einige letzte Anweisungen. »Standardorbit erreicht, Captain.«

»Danke, Mr. Crusher. Sensorerfassung, Mr. Data.«

»Die Nahbereichsondierung bestätigt Wesleys Angaben, Sir.« Der Androide drehte sich halb zu Picard und Riker um, die hinter ihm saßen. »Thiopas Umweltprobleme spielen bei der Lagebeurteilung eine wichtige Rolle, und daher brauche ich zusätzliche historische Informationen.«

»Von welcher Art?« fragte Picard.

»Insbesondere Aufzeichnungen in bezug auf Luft- und Wassertemperaturen, genaue Analysen des Schadstoffgehalts in der Atmosphäre und den Meeren, Zuwachsraten und Methodik der industriellen Produktion. Mit Ihrer Erlaubnis, Captain — um exakte Untersuchungsergebnisse zu gewährleisten, möchte ich direkte Kontakte zu thiopanischen Wissenschaftlern herstellen und auf den Inhalt lokaler Datenbanken zugreifen.«

»In Ordnung. Wenn die Thiopaner bereit sind, uns Auskunft zu geben, sollten wir aufmerksam zuhören. Halten Sie mich auf dem laufenden. Mr. Worf, stellen Sie eine Verbindung zur planetaren Regierung her.«

»Kom-Kanal geöffnet«, sagte der Klingone.

»Hier spricht Captain Jean-Luc Picard von der U.S.S. *Enterprise.* Ich wünsche eine Unterredung mit Souverän-Protektor Stross.«

Die Antwort ließ nicht lange auf sich warten. »Hier ist das thiopanische Satelliten-Kommunikationsnetz. Wir empfangen Sie, *Enterprise.* Bitte haben Sie ein wenig Geduld.«

»Wir warten.«

Kurz darauf zeigte der große Wandschirm das Abbild eines kahlköpfigen, bärtigen Mannes. »Captain Picard, ich bin Politikminister Ootherai. Souverän-Protektor Stross hat mich gebeten, Sie willkommen zu heißen.«

»Ich würde mich gern mit Protektor Stross persönlich unterhalten.«

»Leider ist er derzeit beschäftigt. Ich bin autorisiert, in seinem Namen und damit für die Regierung zu sprechen, Captain. Ich möchte die Gelegenheit nutzen, Ihnen einen herzlichen Gruß zu übermitteln und in aller Form für die Versorgungsgüter zu danken, die wir dringend benötigen. Lord Stross bereitet ein Festbankett vor, das heute abend in der Hauptstadt Bareesh stattfinden wird.«

»Ein Fest*bankett*?« Picard glaubte, seinen Ohren nicht trauen zu können.

»Ja. Heute vor vierzig Jahren wurde Lord Stross zum Souverän-Protektor ernannt. Keine andere Regierung in der thiopanischen Geschichte war so stabil und erfolgreich. Wir empfänden es als große Ehre, wenn Sie und Ihre Offiziere als Gäste an dem Bankett teilnähmen. Benötigen Sie Bedenkzeit, um eine Entscheidung zu treffen?«

Picard lächelte zurückhaltend. »Nein, keineswegs. Wir nehmen die Einladung gern an.«

Ootherai klatschte kurz in die Hände. »Ausgezeichnet! Das Bankett beginnt in zwei Stunden. Beamen Sie sich zu unserem Regierungssitz; die Koordinaten kennen Sie bereits. Ich nehme Sie dort in Empfang.«

»Danke, Minister Ootherai. Nun, was den eigentlichen Zweck unserer Mission betrifft... Gibt es ausreichend große und geschützte Lagerräume, um unsere Fracht aufzunehmen?«

»Selbstverständlich. Wenn Sie sich die entsprechenden Gebäude ansehen möchten...«

»Ich schicke meinen Ersten Offizier, Commander William Riker. Er wird sich um alles kümmern.«

»Einverstanden, Captain. Ich informiere den zuständigen Aufseher Chardrai. Der Souverän-Protektor und ich freuen uns bereits darauf, Sie und Ihre Gruppe zu begrüßen. Bis später, Captain Picard...«

»Vielen Dank für Ihre Gastfreundschaft. Picard Ende.« Auf dem Wandschirm erschien wieder eine Darstellung des Planeten, der sich zehntausend Kilometer unter der *Enterprise* um seine eigene Achse drehte.

Riker kniff skeptisch die Augen zusammen. »Ein Bankett? Viele Thiopaner hungern, und die Regierung veranstaltet ein *Festbankett*?«

Picard sah ihn an. »Vielleicht dürfen wir keinen Festschmaus in dem Sinne erwarten, Nummer Eins. Wenn wirklich ein ernster Mangel an Nahrungsmitteln herrscht, ist das Menü sicher recht schlicht.«

»Vielleicht dient das Bankett dazu, die allgemeine Moral zu verbessern«, vermutete Counselor Troi. »In besonders kritischen Situationen kann ein gut vorbereitetes Fest außerordentlich positive psychologische Wirkungen haben. Es neutralisiert Kummer und Niedergeschlagenheit, stimmt optimistischer und zuversichtlicher.«

»Wie die Jazz-Konzerte, die Sie dauernd zu organisieren versuchen«, sagte Picard zu seinem Ersten Offizier. »Um die Besatzung zu trösten, wenn der Captain besonders schlechte Laune hat.«

Riker lächelte. »Was mich an etwas erinnert, Worf... Geordi meinte, Sie sollten mir etwas vorspielen. Angeblich können Sie ziemlich gut mit einem klingonischen Musikinstrument umgehen.«

»Mit der *ChuS'ugh*, Commander.«

»Nun, ich gebe Ihnen die Chance, mir Ihr Geschick zu beweisen.«

Picard beugte sich zu Riker vor. »Worf in einer Jazz-Band?« flüsterte er. »Warum kann ich mir das nur schwer vorstellen?«

»Vielleicht ergibt sich dadurch eine ganz neue Karriere für ihn.« Der Erste Offizier zuckte mit den Schultern, als er den zweifelnden Blick des Captains auf sich ruhen spürte.

»Counselor, Commander Data...«, sagte Picard. »Ich

möchte, daß Sie mich zu dem Empfang auf Thiopa begleiten.«

»Ich weiß nicht, ob es ratsam ist, daß Sie sich auf den Planeten beamen, Captain«, wandte Riker ein.

»Protokoll, Nummer Eins. Außerdem: Ich gehe bestimmt kein Risiko ein. Und Sie müssen andere Pflichten wahrnehmen.«

»Die mich dazu zwingen, Undrun mitzunehmen.« Riker seufzte.

»Ich fürchte, Ihnen bleibt nichts anderes übrig«, sagte Picard. »Sicher sind Sie vernünftig genug, ihn mit der gebotenen Rücksichtnahme zu behandeln.«

Riker stand auf und schüttelte den Kopf. »Es läuft also auf folgendes hinaus: Während meine Selbstbeherrschung auf eine harte Probe gestellt wird, verbringen Sie einige Stunden bei Wein und Gesang. Ich muß mir irgendwelche langweiligen Lagergebäude ansehen, und Sie sitzen bei einem Bankett... Tja, es gibt eben keine Gerechtigkeit im Universum.« Er schritt bereits über die Rampe und näherte sich dem Turbolift.

»Wir dürfen sicher nicht mit einem Abendessen rechnen, das aus siebzehn Gängen besteht«, erwiderte Picard. »Wahrscheinlich serviert man Haferbrei in Holzschüsseln.«

Riker grinste bei dieser Vorstellung. »Hoffentlich.«

»Nummer Eins...«

Der Erste Offizier blieb in der offenen Lifttür stehen. »Sir?«

»Seien Sie vorsichtig. Und lassen Sie sich von dem ›lästigen‹ Mr. Undrun nicht daran hindern, aufmerksam Ausschau zu halten. Die Föderation verläßt sich auf uns, und ich verlasse mich auf Sie.«

Riker nickte. »Verstanden, Captain.«

Riker wartete neben der Transporterkonsole und übte sich mühsam in Geduld, als Undrun seinen Hut sorgfältig zurechtrückte, den Kragen hochklappte und offenbar danach trachtete, jeden Quadratzentimeter seiner Haut zu bedekken. »In Bareesh herrschen keine arktischen Temperaturen, Botschafter.«

»Kälte ist relativ, Mr. Riker.«

»Wenn Sie jetzt soweit sind...«

Undrun zupfte noch einige Male an seinem Kragen, strich die dicke Jacke glatt und nickte. »Ich bin bereit.«

»Gut. Nehmen Sie das hier.« Riker reichte dem Botschafter eine Atemmaske, die vom Kinn bis zur Stirn reichte.

Undrun betrachtete sie argwöhnisch. »Was soll ich denn *damit* anfangen?« fragte er.

»Unsere Sensoren haben am Zielort einen hohen Luftverschmutzungsgrad festgestellt. Ohne angemessene Schutzvorrichtungen dürfen wir uns nicht auf den Planeten beamen. Wenn Sie möchten, daß ich Ihnen helfe...«

»Ich bin durchaus in der Lage, die Atemmaske allein aufzusetzen, Commander.«

Riker wich einen Schritt zurück. »Freut mich.« Er preßte sich die eigene Maske aufs Gesicht und ging zur Transporterplattform. Undrun folgte ihm, und der Erste Offizier sah den Techniker hinter der Konsole an. »Energie.«

Riker und Undrun rematerialisierten auf einem langen Betondock am Ufer des Eloki, der die Bezeichnung ›Fluß‹ kaum mehr verdiente. Mindestens ein Kilometer trennte sie von der gegenüberliegenden Seite, aber der Strom war nur noch ein schmales Rinnsal in der Mitte des Bettes, gesäumt von festgebackenem, pockennarbigem Schlamm. Hier und dort lagen Boote in der harten, trockenen Masse — wie fossile Wesen, gefangen im Wahn einer ökologisch durcheinandergeratenen Welt.

Riker stellte sofort fest, daß sie nicht auf ihre Atemmasken verzichten konnten. Um sie herum erhoben sich hohe Schornsteine, spuckten Gas und Staub gen Himmel. Die Sonne glühte als blasse Scheibe durch giftige Dunstschwaden, die den Planeten langsam erdrosselten.

Direkt hinter ihnen erstreckte sich ein Vestibül, das sich kurz darauf als eine Art Luftschleuse erwies. Das äußere Schott schloß sich mit einem dumpfen Pochen, und über der Innentür blinkte eine rote Lampe. Pumpen saugten Rauchschleier aus der Kammer und verbannten sie nach draußen. Einige Sekunden später erlosch das Warnlicht, und die beiden Hälften des Innenschotts glitten auseinander, gaben den Blick in einen Korridor frei, der aus vorgefertigten Segmenten bestand. Die Luft im Gebäude roch nach Kunststoff und anderen Dingen, aber sie war wenigstens atembar. Riker nickte, und daraufhin nahm Undrun ebenfalls die Maske ab, stülpte sich anschließend hastig seinen Hut auf den Kopf.

Riker und sein Begleiter folgten dem Verlauf des Korridors. Ab und zu kamen sie an kleinen Fenstern vorbei und sahen in den zentralen Bereich des Depots: Es reichte zehn Stockwerke empor und fünf nach unten. Einige Segmente wiesen keine Zwischenwände auf und dienten vermutlich dazu, lange Stahlträger und dergleichen zu lagern. In den anderen gab es mobile Plattformen, die jederzeit anders angeordnet werden konnten. Riker beobachtete verschiedene Container, die nicht nur aus Plastik und Metall bestanden, sondern auch aus Holz, und schon nach kurzer Zeit gewann er den Eindruck eines sorgfältig organisierten Durcheinanders.

Der Korridor endete vor einem Büro mit transparenten Wänden, und dort saß ein Thiopaner am Schreibtisch. Ein zweiter Mann — wahrscheinlich ein Wächter — stand direkt neben der Tür. Die Kleidung der beiden Thiopaner unterschied sich kaum: graue Coveralls mit vielen Taschen und schlichten Abzeichen. Der Wächter trug außerdem einen kantigen Helm und hielt ein Gewehr in der Hand — eine Strahlwaffe, nahm Riker an. Eine Pistole steckte im Gürtelhalfter, und die Schulterscheide enthielt ein Messer.

Der Mann am Schreibtisch sah auf, als Riker und Undrun eintraten, und der Wächter blieb ruhig stehen. »Sie kommen vom Raumschiff, nicht wahr? Ich bin Chardrai, der für diesen Lagerkomplex zuständige Aufseher.«

»Commander Riker«, stellte sich der Erste Offizier vor. »Das ist Botschafter Undrun vom Föderationsministerium für Hilfe und Unterstützung.«

Chardrai nickte knapp. Er war klein und stämmig, hatte breite Unterkiefer und graue Sinneshaare. »Möchten Sie etwas zu trinken? Um sich den Geschmack der Suppe aus dem Mund zu spülen, die wir Luft nennen?«

»Machen Sie sich keine Umstände — wir haben Atemmasken getragen. Geht es hier immer so zu?«

Chardrai öffnete einen kleinen Schrank hinter seinem Schreibtisch, holte eine Flasche hervor und schenkte hellgrüne Flüssigkeit in drei fleckige Becher. »Heute ist es noch ein wenig schlimmer als sonst. Das gegenwärtige Hochdruckgebiet hält schon seit drei Wochen an und verhindert einen Luftaustausch. Was soll's — so etwas geschieht jeden Monat mindestens einmal.« Er schob die Becher über den Tisch. »Leider haben wir hier keine Gläser. Genießen Sie den Drink trotzdem. Er ist garantiert erfrischend.«

Riker wischte den Rand ab und trank einen Schluck. Die seltsame Flüssigkeit war herrlich kühl, und an ihrem Geschmack gab es nichts auszusetzen.

Undrun starrte skeptisch auf den für ihn bestimmten Becher herab. »Von Hygiene keine Spur«, murmelte er.

»Mag sein«, sagte Chardrai. »Aber draußen ist es noch weitaus schmutziger.« Er lachte, doch es klang nicht besonders humorvoll, eher fatalistisch.

Undrun schüttelte den Kopf. »Nein, danke. Ich bin nicht durstig.«

»Wie Sie meinen.« Chardrai griff nach dem Becher des Botschafters und schüttete den Inhalt in die Flasche zurück. Dann nippte er an seinem eigenen. »Schmeckt wirklich hervorragend.«

»Das glaube ich Ihnen gern.« Undrun sah sich in dem Raum um. Sein Blick fiel auf rostiges Wellblech, bröckeligen Beton und korrodierende Rohrleitungen, die von der

Decke herabhingen. »Ist der Rest dieses Gebäudes in einem ähnlich schlechten Zustand wie dieses Büro?«

»He, einen Augenblick«, knurrte Chardrai. »Haben Sie ein Hotel erwartet? Wir sind hier in einem Lager.«

Undrun bedachte den Aufseher mit einem kühlen Blick. »Unsere Fracht besteht aus keimfreien Nahrungsmitteln, Samen, Pflanzen und Arzneien, Mr. Chardrai. Ich werde nicht zulassen, daß man sie in einem von Ungeziefer heimgesuchten Bakterien-Inkubator verstaut.«

Chardrai stand auf. »Jetzt gehen Sie zu weit...«

»Entschuldigen Sie«, sagte Riker, legte dem Botschafter die Hand auf die Schulter und führte ihn in eine Ecke des Zimmers. »Sie sind nicht gerade sehr diplomatisch, Mr. Undrun.«

»Was soll das heißen?«

»Sie haben dem Mann überhaupt keine Chance gegeben, Ihnen zu erklären...«

»Daß dieses Büro keine Rückschlüsse auf die Verwaltung des Lagers zuläßt?« Undrun deutete auf die Wände und Decke. »Meine Pflicht besteht darin...«

»... die Versorgungsgüter zu liefern und sie den Thiopanern zu geben. Wenn diese die Lebensmittel und alles andere Ratten überlassen wollen, so müssen wir uns damit abfinden.«

»Tut mir leid, Commander Riker. Ich sehe die Sache ein wenig anders.«

»Sie können die Sache sehen, wie Sie wollen. Aber Sie werden sich so verhalten, wie es Captain Picard und ich von Ihnen verlangen. Wenn Sie sich noch einmal dazu hinreißen lassen, Thiopaner zu beleidigen...«

»Sie haben kein Recht, mich daran zu hindern, meine Meinung zu sagen. Das Ministerium hat mich befugt, nach eigenem Ermessen zu handeln.« Undrun schüttelte Rikers Hand ab und straffte seine Gestalt. Trotzdem überragte ihn der Erste Offizier um rund achtzig Zentimeter. »Wenn Sie mich noch einmal anrühren, werde ich dafür sorgen, daß Sie...«

Er unterbrach sich, als Chardrai seinen Becher auf den Schreibtisch schmetterte. Ein Keramiksplitter sauste davon. »Das eigentliche Lager haben Sie noch nicht einmal gesehen. Ich zeige Ihnen alles, und anschließend sprechen wir darüber, ob dieser Ort sauber genug ist, um Ihre Container aufzunehmen.«

»Es geht nicht nur um die Behälter«, erwiderte Undrun scharf. »Ich möchte wissen, wo meine Mitarbeiter untergebracht werden, nachdem sie sich heruntergebeamt haben.«

Chardrais Blick tanzte zwischen den beiden Föderationsrepräsentanten hin und her. »Wie bitte?« brachte er hervor. Seine Stimme klang alarmiert. »Niemand hat mir etwas davon gesagt, daß weitere Leute kommen. Wenn Sie eine Art Polizeitruppe hierherschicken wollen, um uns zu kontrollieren...«

Undrun gestikulierte verärgert. »Von einer Polizeitruppe kann überhaupt keine Rede sein. Wir sind hier, weil uns Ihre Regierung darum gebeten hat, etwas gegen die Hungersnot auf diesem Planeten zu unternehmen. Aber unter den gegenwärtigen Bedingungen sehe ich mich außerstande, Ihrem Volk zu helfen.«

»Ich bin nicht ermächtigt, andere Gesandte der Föderation zu empfangen, und deshalb...«

Irgendwo explodierte etwas, und die Druckwelle erschütterte das ganze Gebäude. Dünne Risse entstanden in den Fenstern des Büros, und Mörtelbrocken fielen von der Decke herab. Überall rieselte feiner Staub.

Der Wächter wandte sich aus einem Reflex heraus der Tür zu und hielt das Strahlengewehr schußbereit. Aufseher Chardrai griff nach einem drahtlosen Kommunikator und aktivierte das einfache Gerät. »Was ist geschehen, verdammt?«

Eine aufgeregte Stimme ertönte aus der Lautsprecherbox auf dem Schreibtisch. »Eine Explosion am Ufer! Hat ein großes Loch in der Mauer hinterlassen. Überall lodern Flammen!«

Der Aufseher zog ein Mikrofon heran. »Hier spricht

Chardrai. Die Brandschutzgruppe zur Uferfront — sofort!«

Die beiden Thiopaner verließen das Büro; Riker und Undrun folgten ihnen. Als sie durch den Korridor stürmten, wehte ihnen beißender Rauch entgegen, und der Erste Offizier spürte ein heftiges Brennen in der Kehle. Nach einigen Dutzend Metern wurde die Hitze unerträglich, und Riker sah das Feuer im Bereich der Außenwand. Was auch immer der Grund für die Explosion sein mochte: Sie war stark genug gewesen, um eine dicke Stahlbarriere zu zerreißen. Einige Gestalten in Schutzanzügen rollten Schläuche aus, spritzten Wasser und Schaum. Die Luft selbst schien zu glühen, und es blieb Riker gar keine andere Wahl, als rasch zurückzuweichen.

Er hustete krampfhaft, als er in Richtung Büro wankte, das zumindest einen gewissen Schutz vor dem ätzenden Qualm versprach. Er senkte den Kopf, preßte sich einen Teil des Uniformpullis auf Mund und Nase; trotzdem fühlte sich jeder Atemzug so an, als tropfe ihm Säure in die Lungen. Chardrai und der Wächter wankten durch die Tür — und plötzlich begriff Riker, daß Undrun fehlte.

Er duckte sich, um die dichtesten Rauchschwaden zu meiden, eilte durch den Gang und fand den Botschafter zusammengerollt in einer Ecke. Der Erste Offizier hob ihn hoch, hastete so schnell wie möglich zum Büro und ließ Undrun dort zu Boden sinken. Rikers Knie gaben nach, und wie ein Erstickender schnappte er nach Luft. Um ihn herum drehte sich alles.

Drei Wächter mit Atemfiltern stapften an ihm vorbei, trugen etwas und warfen es auf einen Stuhl. Riker rieb sich die Augen und erkannte einen untersetzten Thiopaner, der zerrissene, rußgeschwärzte Arbeitskleidung trug. Blut tropfte aus mehreren Wunden im Gesicht.

»Wer ist das?« fragte Chardrai.

»Der für den Bombenanschlag verantwortliche Terrorist«, erwiderte einer der Wächter. »Wir haben ihn erwischt, als er zu fliehen versuchte.«

»Ein Verweiler«, stieß Chardrai zornig hervor.

Der Gefangene gab keine Antwort. Der Aufseher holte aus, versetzte ihm eine schallende Ohrfeige. Der Kopf des Mannes neigte sich abrupt zur Seite, kippte dann nach vorn. »Wie hast du es angestellt, ins Gebäude zu gelangen? Wie viele Komplizen haben dir dabei geholfen?«

»Für gewöhnlich arbeiten die Mistkerle in Dreier-Gruppen«, sagte ein Wächter. »Wir glauben, die anderen beiden sind entkommen.«

Chardrai griff nach dem Haar des Gefangenen und zerrte den Kopf hoch. »Du bist ein verdammter Verräter — und bereits so gut wie tot.«

Die blutigen Lippen des Gefangenen verzogen sich zu einem spöttischen Lächeln. »Sie verlieren nicht viele Worte, Aufseher Chardrai.«

»Woher kennst du mich?«

»Oh, wir wissen über viele Dinge Bescheid. Ist Ihnen noch immer nicht klargeworden, daß wir klüger sind als Sie?«

Chardrai schlug erneut zu, und über dem rechten Auge des Verweilers platzte die Haut auf. »Ach, tatsächlich? Wenn du wirklich so klug bist — wieso haben wir dich dann geschnappt?«

»Ich bin entbehrlich. Und meine sieben Freunde sind inzwischen in Sicherheit.«

»Sieben?« donnerte Chardrai und sah die Wächter an. »Sie haben nur zwei erwähnt.«

»Er lügt«, lautete die verlegene Antwort. »Er ist ein Verweiler. Die Verweiler kommen als Lügner zur Welt.«

Chardrai ließ den Kopf des Gefangenen los, aber der Mann senkte ihn nicht, hielt dem Blick des Aufsehers herausfordernd stand.

Er spuckte Blut. »Es ist kein Verrat, gegen einen Tyrannen zu kämpfen, der geschworen hat, mein Volk zu vernichten. Gegen einen Tyrannen, dessen Wahnsinnspolitik die thiopanische Zivilisation zerstören wird. Sie können mich umbringen ...«

»Oh, das werde ich auch«, fauchte Chardrai. »Darauf kannst du dich verlassen.«

»... aber die Ideen der Verweiler leben weiter. Das Volk hört uns, und irgendwann wird es sich auf unsere Seite stellen. Wir müssen unsere Welt vor Stross retten und zu den alten Traditionen zurückkehren.«

»Ich habe mir diesen Unsinn jetzt lange genug angehört.« Chardrai versetzte dem Gefangenen einen weiteren gnadenlosen Hieb. »Tötet ihn«, forderte er die Wächter auf.

Ihr Anführer wirkte betroffen. »Unser Befehl lautet, alle verhafteten Verweiler zu verhören.«

»Es fand gerade ein Verhör statt. Und dabei stellte sich heraus, daß dieser Mann nicht bereit ist, unsere Fragen zu beantworten.«

»Was sollen wir mit seiner Leiche machen?«

»Ist mir völlig gleich.« Chardrai zögerte und überlegte es sich anders. »Nein, warten Sie. Lassen Sie den Leichnam dort zurück, wo ihn seine Freunde finden.«

Riker stöhnte leise und stand auf. »Was ich hier gesehen und gehört habe, gefällt mir nicht sonderlich, Aufseher. Ich frage mich ernsthaft, ob sich dieser Ort für die Lagerung der Versorgungsgüter eignet.«

»Der größte Teil des Lagers wurde nicht in Mitleidenschaft gezogen, Commander. Ich garantiere Ihnen, daß die Container hier sicher sind.«

»Zuerst muß ich mit Captain Picard sprechen.« *Sowohl über die Fracht als auch über einige andere Dinge,* fügte er in Gedanken hinzu. Er trat an den bewußtlosen Undrun heran und berührte seinen Insignienkommunikator. »Riker an *Enterprise.* Beamen Sie mich und den Botschafter an Bord. Und schicken Sie ein Medo-Team in den Transporterraum.«

Picard brauchte nicht lange, um noch einmal die Unterlagen über Thiopa durchzugehen. Sie enthielten nicht viele Informationen. Eine noch recht primitive Welt, die das

Glück hatte – oder das Pech – es kam ganz auf den jeweiligen Blickwinkel an –, sich in einem für verschiedene Völker interessanten Raumsektor zu befinden. Picard dachte über die bekannten Fakten nach, als er sich auf die Teilnahme an dem Festbankett vorbereitete. Die Nuaraner schlüpften in die Rolle des Mephisto und fanden in Souverän-Protektor Ruer Stross einen überaus bereitwilligen Faust. Thiopa hatte ganz offensichtlich von dem Pakt profitiert: Die moderne Technologie machte das Leben für viele Thiopaner einfacher. Doch wer seine Seele verkaufte, durfte nicht nur mit Vorteilen rechnen. Irgendwann erschien der Teufel, und dann war es zu spät, Ehrgeiz und Selbstüberheblichkeit zu bereuen.

Ich hoffe nur, daß Thiopa noch Zeit genug hat, sich dieser Erkenntnis zu stellen und aus ihr zu lernen.

Das Interkom summte und unterbrach Picards Grübeleien. Dr. Pulaskis Stimme drang aus dem Lautsprecher. »Captain Picard, bitte kommen Sie zur Krankenstation.«

»Stimmt was nicht, Doktor?«

»Commander Riker und Mr. Undrun sind gerade zurückgekehrt und brauchten ärztliche Hilfe.«

»Wie geht es ihnen?« fragte Picard besorgt.

»Schlecht. Aber bestimmt erholen sie sich bald.«

Picard eilte zur Tür. »Ich bin unterwegs.«

Als er die Krankenstation betrat, saß Will Riker auf der Kante einer Diagnoseliege. Ruß- und Staubflecken zeigten sich in seinem Gesicht und auch an der Uniform, aber ansonsten schien mit ihm alles in Ordnung zu sein. Was man von Undrun nicht behaupten konnte. Er lag bewußtlos auf einem anderen Bett.

»Was ist geschehen, Doktor?«

»Rauchvergiftung«, erläuterte Kate Pulaski knapp. »Undrun hat es schlimmer erwischt als Ihren Ersten Offizier. Ich habe ihm ein Sedativ gegeben.«

Riker hustete. Pulaski preßte ihm einen Inhalator auf Mund und Nase, und ihr Patient versuchte, den Kopf zur Seite zu drehen.

»Atmen Sie *tief* durch«, sagte die Ärztin in einem Tonfall, der keinen Widerspruch duldete. Riker fügte sich, nahm den Inhalator ab und berichtete in allen Einzelheiten von den Geschehnissen auf Thiopa.

Picards Züge verdüsterten sich.

»Sie scheinen nicht sehr erfreut zu sein, Sir«, bemerkte Riker.

»Ich habe Sie nicht auf den Planeten geschickt, damit um Sie herum irgendwelche Gebäude in die Luft gejagt werden.«

»Captain, Sie sollten darauf verzichten, an dem Jahresbankett teilzunehmen«, sagte Riker.

»Nun, Sie sind derzeit wohl kaum in der Lage, mich zu vertreten.«

»Da irren Sie sich«, erwiderte Riker und stand auf.

»Da irrt er sich *nicht*«, betonte Pulaski und schob den Ersten Offizier in Richtung Liege zurück. »Aber ich stimme Commander Riker zu, Captain. Thiopa scheint recht gefährlich zu sein. Ich kann mir angenehmere Orte für ein ruhiges, entspannendes Abendessen vorstellen.«

»Ich auch, Doktor. Aber man hat mich eingeladen, und ich habe die Einladung angenommen. Ganz abgesehen von der diplomatischen Bedeutung des Banketts... Ich brauche Informationen über die Lage auf dem Planeten. Ein Gespräch mit Stross und Ootherai könnte mir wichtige Anhaltspunkte geben.«

»Die Sache gefällt mir nicht«, beharrte Riker.

»Einwand zur Kenntnis genommen, Nummer Eins. Ich verspreche Ihnen, vorsichtig zu sein.«

KAPITEL 5

Captain Picard, Counselor Troi und Commander Data beamten sich auf einen großen Platz inmitten des thiopanischen Regierungszentrums. Sechs Gebäude säumten ihn. Sie schienen alle ungefähr zur gleichen Zeit errichtet worden zu sein, bestanden überwiegend aus weißem Glanzstein, Glas und Stahl; Kanten und Bögen gaben sich ein ernstes, schlichtes Stelldichein. Die moderne Schmucklosigkeit bildete einen auffallenden Kontrast zu den älteren Häusern an den Straßen jenseits des Platzes.

»Interessante Architektur«, sagte Picard. Die Sonne ging unter, projizierte länger werdende Schatten. Der Captain schnupperte vorsichtig und rümpfte die Nase. »Jetzt verstehe ich, warum Riker eine Atemmaske verwendete. Gehen wir. Das Bankett wartet auf uns.«

Die drei Offiziere von der *Enterprise* näherten sich einem Gebäude, das von bunten Scheinwerfern angestrahlt wurde. Sie folgten einigen Männern und Frauen durchs breite Portal, und Picard musterte die Thiopaner. Sie waren gut gekleidet und sahen nicht wie Leute aus, die seit Wochen oder Monaten Hunger litten. An der asymmetrisch geformten Decke des Empfangssaals hingen Kronleuchter in der Form abstrakter Kristalle, und in der Mitte des großen Raums stand eine Vitrine, die ein maßstabgetreues Modell der Stadt enthielt. Der Captain und seine beiden Begleiter traten näher, betrachteten die Darstellung und bemerkten sofort, daß die alten Häuser fehlten. An ihrer Stelle erhoben sich wesentlich größere Bauwerke, deren Struktur den Gestaltungsmustern des Regierungszentrums entsprach.

Data ging wie ein neugieriges Kind um das Modell herum. »Faszinierend«, sagte er.

»Ein ausgesprochen ehrgeiziges Projekt«, erwiderte Picard und hob die Brauen. »Erst recht dann, wenn man an die gegenwärtigen Probleme auf Thiopa denkt.«

»Captain Picard!« Politikminister Ootherai bahnte sich einen Weg durch die Menge, nickte dabei thiopanischen Würdenträgern zu und murmelte freundliche Grüße. Schließlich erreichte er die Repräsentanten der Föderation.

Picard räusperte sich. »Darf ich vorstellen? Counselor Deanna Troi und Lieutenant Commander Data, zwei meiner Offiziere.«

»Es ist mir eine Freude, Sie auf Thiopa willkommen zu heißen. Wie ich sehe, bewundern Sie gerade das Modell unserer neuen Hauptstadt.«

Picard lächelte dünn. »Höchst eindrucksvoll. Wann sollen die Bauarbeiten beginnen?«

»Wir haben vor, die alten Häuser abzureißen, sobald es kühler wird. In etwa zwei Monaten. Einen richtigen Winter gibt es nicht mehr, und deshalb hoffen wir, den Komplex des Stross-Platzes schon recht bald fertigzustellen.«

»Er ist nach dem Oberhaupt Ihrer Regierung benannt?« fragte Troi.

»Ja. Ein angemessenes Monument für den Souverän-Protektor. Und er kann es sich noch zu seinen Lebzeiten ansehen. Posthume Ehrungen lassen meiner Meinung nach sehr zu wünschen übrig. Ich bin dafür, sie bereits den Lebenden zuteil werden zu lassen – und Ruer Stross hat es gewiß verdient, daß man ihm ein Denkmal setzt. Übrigens: Er ist ganz versessen darauf, Sie zu empfangen. Bitte hier entlang. Anschließend führe ich Sie zu Ihren Plätzen im Bankettsaal.«

»Hören Sie endlich auf, an mir herumzufummeln!« Protektor Stross stieß Supos Hand vom Kragen fort, den der kleine Kammerdiener zurechtrücken wollte. Supo taumelte einige Schritte zur Seite, und Stross straffte die Schultern, betrachtete sein Spiegelbild und nickte. »Das wär's. Prächtig. Alles in bester Ordnung.«

Supo ließ kummervoll den Kopf hängen. »Nein, es ist *nicht* alles in bester Ordnung, aber ...«

»Aber es genügt«, sagte Stross fest. Erneut glitt sein Blick zum Spiegel. Die Medaillen genau an der richtigen Stelle, den Kragen hoch und angemessen steif, gerade Tressen, entrollte Ärmel, die Schärpe am Bauch gestrafft.

Ruer hatte sich inzwischen von dem Schock darüber erholt, daß einige Bürger der Hauptstadt die Verweiler unterstützten — knapp zwei Stunden Arbeit in seiner Werkstatt beruhigten ihn wieder. Jetzt war er bereit, den Gästen des Banketts gegenüberzutreten, auch den Gesandten der Föderation.

Wie auf ein geheimes Zeichen hin schwang die Tür auf, und Ootherai trat mit den Offizieren von der *Enterprise* ein, stellte sie nacheinander vor.

Captain Picard streckte die Hand zu einem respektvollen Gruß aus. »Es ist mir eine Ehre, Sie persönlich kennenzulernen. Danke dafür, daß Sie uns empfangen.«

»*Ich* danke *Ihnen*. Dafür, daß Sie gekommen sind und uns die dringend benötigten Versorgungsgüter bringen, mit denen wir vielen Thiopanern das Leben retten können.«

»Die Föderation lehnt es nie ab, Hilfe zu gewähren.«

»Nun, wir werden nichts unversucht lassen, um uns für Ihre Großzügigkeit erkenntlich zu zeigen. Supo, holen Sie Dr. Keat. Sie müßte irgendwo im Saal sein.« Der Kammerdiener verneigte sich kurz und eilte fort. Stross wandte sich wieder an Picard. »Eine sehr interessante Frau, Captain. Sie verkörpert nicht nur unsere jüngsten Erfolge, sondern auch die Hoffnung auf eine bessere Zukunft. Wir schickten sie als junges Mädchen auf andere Welten, damit sie dort studieren konnte — und sie kehrte gerade rechtzeitig genug zurück, um unser völlig festgefahrenes wissenschaftliches Entwicklungsprogramm zu retten.«

»Äh, Lord Stross«, sagte Ootherai gepreßt. »Ist dies der geeignete Zeitpunkt, um ...«

»Schweigen Sie, Ootherai. Der Captain und seine Begleiter sind gekommen, um uns zu helfen. Ich möchte ihnen zeigen, daß sie keine ›Perlen vor die Säue werfen‹.«

Data neigte den Kopf zur Seite. »Vor die Säue, Sir? Soweit ich weiß, haben Perlen einen gewissen Wert, eignen sich jedoch nicht als Futter. Und Säue sind die weiblichen Exemplare der terranischen Spezies Schwein. Haben Sie Vieh von der Erde importiert?«

»Es ist nur eine Redewendung. Sie scheinen alles recht wörtlich zu nehmen, nicht wahr, Mr. Data?« Stross lachte leise. »Ich meine folgendes: Wir möchten Sie darauf hinweisen, daß wir sehr bemüht sind, unsere Probleme selbst zu lösen, Captain. In diesem Zusammenhang steht heute abend eine wichtige Bekanntmachung auf dem Programm. Ah, da ist sie ja.«

Supo kehrte mit einer gertenschlanken Frau zurück. Sie trug ein hochgeschlossenes Kleid, das gleichzeitig schlicht und verführerisch wirkte, und ihre Haut glänzte in einem bronzefarbenen Ton, war dunkler als die der meisten anderen Thiopaner. Hinzu kamen große, helle Augen sowie blondes Kopf- und Sinneshaar. Ihre individuelle Exotik beeindruckte Picard, und er lächelte herzlich, ergriff die Hand der Wissenschaftlerin.

»Dr. Kael Keat«, sagte Stross. »Captain Jean-Luc Picard, Counselor Deanna Troi und Lieutenant Commander Data vom Raumschiff *Enterprise*.«

»Ihr Ruf eilt Ihnen voraus, Dr. Keat«, bemerkte Picard.

»Aber nur um ein oder zwei Minuten«, meinte Stross und schmunzelte.

»Der Souverän-Protektor hält viel von Ihnen. Er hob hervor, daß Sie die wissenschaftliche Gemeinschaft Thiopas vor einer Katastrophe bewahrt haben.«

Dr. Keats wimpernlose Lider zuckten kurz. »Manchmal übertreibt Lord Stross. Aber in einem Punkt hat er recht: Wir beschäftigten uns mit einigen vielversprechenden Projekten — die jedoch nur auf dem aufbauen, was der wissenschaftliche Rat Thiopas geleistet hat, bevor man mich zu seiner neuen Leiterin ernannte. Wir suchen nach einer

Möglichkeit, zu überleben und uns den Auswirkungen der gegenwärtigen Naturkatastrophen anzupassen.«

»Das klingt bewundernswert, Dr. Keat.«

Data trat vor. »Ich würde gern mehr über das veränderte Klima und die von Ihnen geplanten Gegenmaßnahmen erfahren. Könnten wir uns ausführlich über Ihre Arbeit unterhalten?«

»Warum nicht?« erwiderte Dr. Keat. »Ich schlage vor, wir treffen uns morgen in den Laboratorien des Wissenschaftsrates. Vorausgesetzt, Sie sind abkömmlich, Commander Data.«

»Mit Ihrer Erlaubnis, Captain...«

»Selbstverständlich«, erwiderte Picard.

»Tut mir leid, daß ich nicht noch ein wenig mit Ihnen plaudern kann«, sagte Stross. »Aber Ootherai hat einige Personen ausgewählt, mit denen ich sprechen muß, bevor das Bankett beginnt.«

»Ich verstehe«, entgegnete Picard. »Ein Staatsoberhaupt hat gewisse Pflichten zu erfüllen.«

»Eine neuerliche Begegnung mit Ihnen würde mich sehr freuen«, fügte Stross hinzu. »Vielleicht morgen. Wenn Sie wünschen, vereinbart Ootherai einen Termin mit Ihnen, Captain. Darüber hinaus ist er sicher in der Lage, alle Fragen zu beantworten, die sich heute abend ergeben. Ansonsten... Genießen Sie das Fest.« Supo öffnete die Tür für den Protektor und schloß sie hinter ihm.

»Wir sollten jetzt in den Saal zurückkehren«, sagte Ootherai. »Inzwischen ist das Bankett sicher vorbereitet. Wenn Sie mir gestatten, Sie zu Ihren Plätzen zu begleiten...«

»Darf ich mitkommen?« fragte Dr. Keat.

»Ich bitte darum«, antwortete Data sofort. »Ich bin sehr neugierig auf Ihre Analyse hinsichtlich der Ursachen für die ökologische Krise Thiopas. Von der Umlaufbahn aus kann man zwar die Auswirkungen beobachten, aber das genügt nicht, um einen vollständigen Überblick zu gewinnen. Ohne die richtige historische Perspektive haben auf die Gegenwart bezogene Untersuchungsergebnisse nur einen beschränkten Wert. Die Beziehungen zwischen den Komponenten der Atmosphäre und dem Ausmaß ihrer Veränderung könnte uns wichtige Aufschlüsse vermitteln, insbesondere dann, wenn man die allgemeine Kausalität verschiedener interagierender Einwirkungsfaktoren berücksichtigt, zum Beispiel...«

»Mr. Data, Sie *schwatzen* schon wieder«, warf Picard ein.

Datas gelbe Augen weiteten sich. »In der Tat, Sir. Entschuldigung.«

»Schon gut. Denken Sie nur daran, daß gesellschaftliche Anlässe adäquate Umgangsformen erfordern.«

»Was gesellschaftliche Anlässe betrifft, ist mein Wissen leider begrenzt«, erwiderte Data. Es klang so, als beziehe er sich auf einen Lehrgang, bei dem er nur wenige Fortschritte erzielte.

»Warum, Commander?« erkundigte sich Kael Keat.

»Offenbar gehörten solche Dinge nicht zu meiner Programmierung.«

Keat starrte Data verblüfft an. »Programmierung? Sie sind ein Androide?«

Picard und Troi wechselten einen wissenden Blick. Sie machten diese Erfahrung nicht zum erstenmal. Andere Personen, die Data nicht kannten, reagierten immer wieder überrascht, wenn sie herausfanden, daß sie mit einem Kunstwesen sprachen. Sie hielten ihn zunächst für einen recht naiven Mann, dessen Haut ungewöhnlich blaß war. Erst später begriffen sie, was sich hinter dem äußeren Erscheinungsbild verbarg.

»Er ist nicht nur Androide, sondern auch einer meiner fähigsten Offiziere«, sagte der Captain.

»Nun, dadurch wird alles noch viel interessanter, Mr. Data«, meinte Dr. Keat. »Ich habe noch nie jemanden wie Sie kennengelernt. Vielleicht kann ich Ihnen heute abend dabei helfen, mehr über ›gesellschaftliche Anlässe‹ zu lernen.«

Picard und Troi lächelten, als sie Data und der thiopanischen Wissenschaftlerin folgten.

»Wie nannte Worf den Apparat?« wandte sich Riker an Geordi LaForge, als sie durch einen Korridor der *Enterprise* schritten.

»*ChuS'ugh* – und fragen Sie mich jetzt bloß nicht, ob ich das Wort richtig ausgesprochen habe. Für mich hört sich Klingonaase so an, als werde jemand erwürgt.«

Riker lachte. »Das richte ich ihm aus.«

»Sparen Sie sich die Mühe. Ich hab's ihm selbst gesagt.«

»Was bedeutet...« Riker zögerte, begann noch einmal von vorn und verrenkte sich fast die Zunge. »Was bedeutet *ChuS'ugh*?«

»›Schweres Geräusch‹.«

Riker verzog skeptisch das Gesicht. »Und Sie haben gehört, wie Worf auf seinem Instrument gespielt hat?«

»Ja, Sir.«

»Wie klang es?«

»Schwierige Frage, Commander. Es gibt kaum einen passenden Vergleich.«

»Dann hat wahrscheinlich niemand irgendwelche Jazz-Arrangements dafür geschrieben«, sagte Riker und lächelte zufrieden.

»Sie müssen also improvisieren. Darum geht's doch beim Jazz, oder?«

Hinter ihnen erklang eine bereits viel zu vertraute Stimme. »Ah, da sind Sie ja, Riker. Schtehenbleiben!«

Der Erste Offizier drehte sich um und versuchte, nicht laut zu seufzen, als Undrun heranschlurfte. »Sie wünschen, Botschafter? Ich bin derzeit nicht im Dienst.«

Undrun verharrte und wippte auf den Zehen. »Oh, nun... Ich bin *immer* im Dienscht. Wir sollt'n darüber schprechen, was auf dem Planeten passier' ischt. Wir müsch'n einige Entscheidun' treffen.« Er lallte und verschluckte mehrere Silben.

Riker musterte den kleinen Mann und gestattete sich zumindest einen inneren Seufzer. »Wir können erst dann Entscheidungen treffen, wenn Captain Picard von Thiopa zurückkehrt und Sie lange genug geschlafen haben, um nicht mehr unter der Wirkung des Sedativs zu stehen.«

»Wasch für ein Sed'tiv?«

»Hat Dr. Pulaski Sie aus der Rekonvaleszenz entlassen?«

Undrun schob trotzig das Kinn vor. »Das hab' ich schelbst erledigt. Ich brauche niemanden, der mir schagt...«

»Sie werden sofort in die Krankenstation zurückkehren.« Riker versuchte, den Botschafter umzudrehen, aber er entwand sich seinem Griff. »Wenn Sie keine Kooperationsbereitschaft zeigen...«

Undrun wich zurück und starrte den Ersten Offizier aus trüben Augen an. Kooperationsbereitschaft gehörte nicht zu den Optionen seines Verhaltens. Riker trat vor, hob den kleinen Mann hoch und warf ihn sich über die Schulter. »Sie haben nichts gesehen, Geordi.«

LaForge folgte ihm. »Natürlich nicht. Schließlich bin ich blind.«

»Riker!« schrillte Undrun. »Ich habe Sie davor gewarnt, mich noch einmal anzufaschen...«

Glücklicherweise war es nicht weit bis zur Krankenstation. Nach einer knappen Minute setzte Riker den zappelnden Noxorianer vor einer überraschten Dr. Pulaski ab. »Ich glaube, Sie haben etwas verloren, Kate.«

»Mir ist überhaupt nicht aufgefallen, daß er sich aus dem Staub gemacht hat.«

»Das wundert mich«, erwiderte Riker. »Das wundert mich sogar sehr. An Ihrer Stelle würde ich alle Schotten schließen.«

»Sie sind bereits geschlossen«, sagte Dr. Pulaski energisch.

Der Erste Offizier und Geordi LaForge verließen die Krankenstation, setzten ihre Musikmission fort und erreichten Worfs Kabine gerade rechtzeitig, um einen tiefen

Baß zu hören. Riker stellte sich ein Riesenschaf vor, das mit einem Elektroknüppel traktiert wurde. Entsetzt riß er die Augen auf. »Was hat das zu bedeuten, Geordi?«

»Keine Sorge. Worf stimmt nur sein Instrument. Ich habe Ihnen ja gesagt, daß es keinen passenden Vergleich für den Klang einer *ChuS'ugh* gibt.«

Das *Blaaaaaah* wiederholte sich, diesmal auf einer etwas höheren Frequenz.

»Er *stimmt* das Ding? Hört sich eher so an, als risse er es langsam auseinander.«

»Sie möchten doch eine ganz besondere Combo zusammenstellen, oder?«

»Ja, das schon. Aber wenn sie spielt, soll es nach Jazz klingen.« Riker runzelte skeptisch die Stirn. »Na schön, bringen wir's hinter uns.«

Geordi grinste von einem Ohr bis zum anderen. »Das ist die richtige Einstellung.«

»Fremde Länder, fremde Sitten«, sagte Picard und zuckte mit den Schultern. Die anwesenden Thiopaner erhoben sich und applaudierten begeistert, als Souverän-Protektor Stross eintrat. Der Captain und seine beiden Begleiter erhoben sich ebenfalls, klatschten jedoch nicht.

Der Ausdruck ›gesellschaftlicher Anlaß‹ schien ein wenig untertrieben zu sein. Nach Datas Schätzung hielten sich zweitausendachthundertsechsunddreißig Personen in dem großen Saal auf, und ihre enthusiastische Reaktion auf Stross ließ vermuten, daß sie alle die zumindest teilweise umstrittene Regierung unterstützten. Der Applaus nahm kein Ende. Buntes Scheinwerferlicht und Laserstrahlen tanzten über das lange Podium, auf dem Ruer Stross geballte Fäuste hob und die Ovationen ganz offensichtlich genoß.

»Eine eindrucksvolle Show«, wandte sich Picard an Troi und beugte sich zu der Counselor vor, damit sie ihn trotz des Lärms verstehen konnte. »Ich glaube, diese Art von Fest dient nicht nur dazu, die allgemeine Moral zu verbessern. Es handelt sich um mehr als nur Protzerei.«

Deanna Troi nickte langsam. »Halten Sie es für möglich, daß man die Föderation belogen hat, daß hier auf Thiopa überhaupt keine Hungersnot herrscht?«

»Keine Ahnung. Aber wenn das tatsächlich der Fall ist, können Stross und seine Regierung wohl kaum hoffen, damit durchzukommen.«

Data schob sich etwas näher heran. »An den ökologischen Problemen dieses Planeten besteht kein Zweifel, Sir. Sie sind groß genug, um eine kritische Verknappung von Lebensmitteln zur Folge zu haben.«

»Allerdings deutet bei dieser Feier nichts auf jene Art von disziplinierter Zurückhaltung hin, die man auf einer Welt erwartet, deren Bewohnern der Hungertod droht. Man sehe sich nur die Servierwagen an. Sie brechen fast unter dem Gewicht der vielen Speisen zusammen.«

»Es geschähe nicht zum erstenmal, daß Regierungsvertreter und Staatsoberhäupter schlechtes Urteilsvermögen beweisen«, sagte Troi.

Picard stöhnte leise. »Soll das Volk Kuchen essen?«

»Kuchen?« fragte Data und sah sich um. »Ich kann nirgends irgendwelche Backwaren erkennen.«

»Eine Redewendung aus der terranischen Geschichte. Zum erstenmal benutzte man sie im achtzehnten Jahrhundert, vor der französischen Revolution.«

»Oh, ich verstehe«, erwiderte Data. »Die Heimat Ihrer Vorfahren, Sir. Marie Antoinette, Königin von Frankreich und Gemahlin König Ludwigs XVI., soll damals gesagt haben: ›Wenn das Volk kein Brot hat, so soll es Kuchen essen.‹ Die Authentizität des Zitats ist jedoch ungewiß.«

»Darum geht es nicht, Data«, entgegnete Troi ungeduldig. »Der französische Adel lebte in Luxus, während die übrigen Bürger Armut und Elend überlassen blieben. Es gibt viele historische Beispiele dafür, daß die grausame Gleichgültigkeit von Alleinherrschern zu Revolutionen führte.«

»Glauben Sie, hier liegt der Fall ähnlich?« fragte Picard.

»Es ist nicht auszuschließen, Sir«, sagte die Counselor.

»Aber wir dürfen sicher nicht damit rechnen, von den Anwesenden in diesem Saal eine Bestätigung zu bekommen. Ihre Objektivität muß zumindest bezweifelt werden.«

»Ein Grund mehr, morgen ausführliche Gespräche mit Stross und Ootherai zu führen.«

Schließlich verklang der Applaus, und die Gäste nahmen wieder Platz. Ein ganzes Kellnerheer schwärmte mit Servierwagen und silbernen Tabletts aus, verteilte erlesene Delikatessen. Die Offiziere der *Enterprise* saßen an einem Einzeltisch in einer Ecke des Saals. Ein Bediensteter eilte sofort auf sie zu und reichte ihnen mehrere Schalen mit frischem Obst.

»Ein ausgesprochen reichhaltiges Angebot«, kommentierte Troi. »Eigentlich fühle ich mich nicht ganz wohl dabei, hier zu schlemmen, während Thiopaner hungern.«

»Wir haben vier Frachtdrohnen voller Lebensmittel mitgebracht, Deanna«, erwiderte Picard. »Wenn wir unsere Aufgabe erledigen, werden bald alle hungrigen Mägen gefüllt — wenigstens für eine Weile.«

»Jetzt ist sie gestimmt«, verkündete Worf und hielt die *ChuS'ugh* in der Armbeuge. Das Instrument bestand aus dunklem, mattem Holz und verfügte über einen birnenförmigen, etwa sechzig Zentimeter hohen Resonanzkasten. Das breite untere Ende ruhte auf dem Oberschenkel des Klingonen, und der sich verjüngende obere Teil wies mehrere Schlitze auf. Vier dicke Stahlsaiten spannten sich dort und bildeten einen seltsamen Winkel zum mittleren Segment. In der anderen Hand hielt Worf einen kurzen Bogen.

Riker hatte viele Welten besucht und dabei Gelegenheit gefunden, sich mit fremdartigen Kulturen zu befassen. Doch eins stand fest: Dies war das seltsamste aller Musikinstrumente. Der Erste Offizier beugte sich vor und streckte zögernd den Arm aus. »Darf ich?«

Worf nickte. Riker zupfte an der dünnsten Saite — die dickste entsprach dem Durchmesser eines kleinen Fingers. Irgendwo im Resonanzkörper erklang ein dumpfes und überraschend sanftes Brummen, doch eine knappe Sekunde später gesellte sich eine laute Dissonanz hinzu, tönte blechern aus den Schlitzen weiter oben.

Riker riß die Hand so hastig zurück, als habe er sich verbrannt. »Zum Teufel auch, was war das?«

Worf lächelte schief. »Harmonie.«

»Nun gut.« Riker lehnte sich an die Wand und verschränkte die Arme. »›Fetzen Sie los‹, wie es so schön heißt.«

Der klingonische Sicherheitsoffizier warf Geordi einen unsicheren Blick zu. »Er meint, Sie sollen spielen«, erklärte LaForge.

Worf streckte den rechten Arm, holte viel zu weit mit dem Bogen aus, brachte ihn in die richtige Position und begann zu sägen, während er mit der linken Hand auf die Saiten drückte. Riker zuckte unwillkürlich zusammen, als er brodelndes Donnern hörte — wie das überaus melodische Grollen eines fernen Gewitters. Die entstehenden Geräusche waren so laut und dumpf, daß der Boden zu vibrieren begann.

»Und jetzt etwas schneller!« rief Geordi.

Nach den zwei längsten Minuten in Rikers Leben hielt Worf inne.

»Sehr, äh, beeindruckend«, behauptete der Erste Offizier. »Wie lange spielen Sie schon?«

»Seit meiner Kindheit«, antwortete Worf. »Und immer auf dem gleichen Instrument. Ich bin bei Menschen aufgewachsen, wie Sie wissen, aber meine Eltern wollten mir auch Gelegenheit geben, die klingonische Kultur kennenzulernen. Sie investierten viel Geld in diese *ChuS'ugh* — und mußten dann feststellen, daß mir niemand zeigen konnte, wie man damit umgeht. Schließlich fanden sie ein interaktives Unterweisungsprogramm, und daraufhin übte ich mit Hilfe des Computers. Ein Lehrer hätte mir vermutlich die Feinheiten beibringen können...«

»Keine falsche Bescheidenheit«, sagte Geordi und sah Riker an. »Nun, was meinen Sie?«

Der Erste Offizier fühlte die Blicke der beiden anderen Männer auf sich ruhen und wünschte sich, einfach unsichtbar zu werden. Er hoffte, daß seine Züge nichts verrieten, als er verzweifelt nach einer Antwort suchte, die der große, muskulöse Klingone nicht als Beleidigung empfand. Worf hatte gerade den künstlerischen Aspekt seines Selbst offenbart, und Riker wollte ihn keineswegs verletzen. Er öffnete den Mund, doch Zunge und Lippen weigerten sich, irgendwelche Worte zu formulieren. *Laß dir was einfallen, Will. Und zwar schnell.* »Nun, es ist nicht genau das, was ich erwartet habe«, sagte er vorsichtig und möglichst taktvoll. »Tja, äh, um ganz ehrlich zu sein: Ich bin ein wenig überrascht. Meine Kenntnisse in bezug auf klingonische Musik sind natürlich begrenzt, und außerdem...« Er gestikulierte vage.

»Guter Jazz könnte sicher ein paar ordentliche Baß-Klänge vertragen«, warf Geordi ein.

»Oh, sicher, zweifellos. Aber zwischen Baß und Baß gibt es gewisse Unterschiede. Ich meine, wir wollen doch vermeiden, daß den Zuhörern das Trommelfell platzt, oder? Sie sind sicher sehr talentiert, Worf. Lieber Himmel, *ich* könnte das Ding nicht spielen. Übrigens: Was für ein Stück haben Sie uns eben dargeboten?«

»Einige Sequenzen einer klassischen klingonischen Symphonie.« Worfs Gesicht blieb ausdruckslos, aber der Glanz in seinen Augen wies auf Enttäuschung und Betroffenheit hin. »Sie halten nichts davon.«

»Nun, ich weiß nicht recht, *was* ich davon halten soll.«

Sie wandten sich an Geordi, der als Schlichter eingriff. »Bestimmt gewöhnen Sie sich daran, Commander.«

Riker wich zur Tür zurück, die gehorsam aufglitt. »Wir sehen uns später.«

»Vielleicht braucht die *ChuS'ugh* Begleitung!« rief ihm Geordi nach.

»Ja, vielleicht«, erwiderte Riker, und dann schloß sich das Schott.

»Machen Sie sich nichts draus, Worf«, sagte LaForge

und lächelte. »*Mir* gefällt Ihre Musik. Ich lege bei Commander Riker ein gutes Wort für Sie ein. Und jetzt... Lassen Sie uns über Ihren großen Auftritt sprechen. Nicht nur das musikalische Geschick ist wichtig — auch die Art der Präsentation. Sie wissen schon: lockere Plauderei zwischen den einzelnen Stücken und dergleichen.«

»Menschen haben nicht das geringste Verständnis für gute Musik«, brummte der Klingone. »Sie ziehen Klänge vor, die sich wie das Wimmern von Säuglingen anhören.« Behutsam legt er sein Instrument in den gepolsterten Kasten zurück.

Das Obst war nur einer von insgesamt fünf Gängen des Festbanketts. Als man das Dessert servierte — verschiedene Schichten aus süßem Teig —, war Picard so vollgestopft, daß er keinen Bissen mehr herunterbringen konnte. Er ließ seinen Blick durch den großen Saal schweifen und verglich die Anwesenden mit gemästeten, zum Schlachten bereiten Kälbern. Das hervorragende Essen bewies die Qualität der thiopanischen Küche, aber es schien in einem krassen Gegensatz zu der angespannten Lage auf dem Planeten zu stehen. Nach wie vor fehlten wichtige Informationen über die allgemeine Situation. Stross hatte auf eine wichtige Bekanntmachung hingewiesen, und Picard hoffte, daß sich daraus einige Aufschlüsse ergaben, die das Rätsel namens Thiopa lösten.

Er starrte auf das Gebäck herab und dachte an die jüngsten Ereignisse. Angreifende Nuaraner, ein Bombenanschlag thiopanischer Terroristen, eine erste Konfrontation mit der erschreckenden Umweltverschmutzung und der ökologischen Katastrophe auf Thiopa, der alles andere als leichte Umgang mit Botschafter Frid Undrun... Picard seufzte leise. Diese Mission brachte weitaus mehr Probleme mit sich, als er zunächst angenommen hatte.

Als er den Kopf hob, begegnete er Deanna Trois Blick. »Stimmt was nicht, Counselor?« fragte er etwas schärfer als beabsichtigt. Nun, eigentlich spielte es keine Rolle. Es war ohnehin unmöglich, seine Empfindungen vor einer Empathin zu verbergen, die einem direkt gegenübersaß.

»Sie sind recht angespannt, Captain.«

Picard holte tief Luft und ließ den Atem zischend entweichen. »Der vergangene Tag beweist einmal mehr die Gültigkeit von Murphys Gesetz, wonach immer das Schlimmste geschieht. Ich wäre keineswegs überrascht, wenn gleich ein Ferengi-Kellner käme, um uns vergifteten Kaffee zu servieren.«

Protektor Stross erhob sich und trat an das Mikrofon auf dem breiten Podium heran. »Ich will Sie nicht mit einer langen Rede langweilen«, begann er, und einige Gäste lachten. »Aber ich habe eine bedeutende Nachricht für Sie. Andernfalls würde ich es nicht wagen, Sie von dem Dessert abzulenken.«

»Er hat natürlichen Charme«, flüsterte Troi. »Kein Wunder, daß er vierzig Jahre lang an der Macht bleiben konnte.«

»Sie alle wissen, daß sich seit einiger Zeit gewisse Probleme ergeben«, fuhr Stross fort. »Unsere Welt ist heiß und trocken. Viele Mitbürger hungern. Aber das werden wir bald ändern. Ich möchte Ihnen nun die Wissenschaftlerin vorstellen, die eine bessere Zukunft für uns alle schaffen wird – Dr. Kael Keat, Leiterin des wissenschaftlichen Rates.«

Die junge Frau erhob sich mit einer geschmeidigen Bewegung und näherte sich dem Rednerpult. Das Publikum klatschte eher höflich und zurückhaltend, und Picard fragte sich nach dem Grund für die mangelnde Begeisterung. *Wissen diese Leute nicht, wer Dr. Keat ist?* überlegte er. *Oder hat ihr Enthusiasmus unter einer viel zu üppigen Mahlzeit gelitten?*

»Danke«, sagte die Wissenschaftlerin. »Der Überfluß, den wir heute abend genossen haben, sollte allen Thiopanern zur Verfügung stehen, nicht nur den Anwesenden hier im Saal. Wir bekommen bald eine Möglichkeit, diesen Traum zu verwirklichen. Wir müssen uns endlich vom unberechenbaren Joch des Wetters befreien. Nie wieder werden wir Stürmen, Überschwemmungen, glühender Hitze und klirrender Kälte ausgeliefert sein. Nie wieder werden wir wie unsere Vorfahren vor den Naturgewalten kapitulieren. Der Wissenschaftsrat ist bereit, mit einem Projekt zu beginnen, das uns über die Natur erhebt. Wir planen ein Klimakontrollprogramm, das unsere Umweltprobleme endgültig löst.« Dr. Keat sprach ruhig und leise, und deshalb dauerte es eine Weile, bis die Zuhörer begriffen, was sie meinte. Die Thiopaner murmelten, und aus dem Flüstern wurde ein dumpfes Brummen, das den ganzen Saal erfaßte. Applaus folgte.

»Innerhalb von zehn Jahren verwandeln wir Thiopa in ein Paradies«, fügte Kael Keat im gleichen Tonfall hinzu. Erneut klatschte das Publikum, diesmal wesentlich lauter.

Nach einer knappen Minute hob Stross die Hand.

»Das ist unser Ziel, Freunde«, sagte er. »Aber zuerst müssen wir unsere Welt und ihre Bewohner vereinen — ein Glaube, eine Philosophie, ein Volk.« Die Menge schwieg nun, und der Protektor sprach mit schlichter Eindringlichkeit. »Wir brauchen Harmonie. Laßt uns damit aufhören, über alte Traditionen und den Fortschritt zu streiten. Vergessen wir die Vergangenheit. Nur die Zukunft ist wichtig. Die Verschmelzung macht uns stark genug, um den einen Feind zu besiegen, der *wirklich* eine Gefahr für uns darstellt — die Natur. Ich bin sicher, daß wir mit Ihrer Hilfe alle notwendigen Maßnahmen ergreifen können. Ich danke Ihnen.« Stross beendete seine kurze Ansprache und neigte wie demütig den Kopf.

Die Thiopaner sprangen auf und schienen regelrecht in Ekstase zu geraten. Der stürmische Beifall zu Beginn des Jahresbanketts war nichts im Vergleich mit dem Applaus, der nun durch den Saal donnerte. Die Gäste schrien und brüllten in fast religiöser Verzückung. *Dies sind wahre Gläubige,* dachte Picard, als er zusammen mit Troi und Data aufstand, ohne an dem allgemeinen Begeisterungstaumel teilzunehmen.

Der Androide drehte den Kopf von einer Seite zur anderen. »Die emotionale Reaktion ist höchst erstaunlich«, sagte er.

»Es kommt nur darauf an, zum richtigen Zeitpunkt die richtigen Worte auszusprechen«, erwiderte Troi. »Gute Rhetorik gehört zum Instrumentarium eines jeden erfolgreichen Regierungschefs.«

»Und manchmal kann sie sehr gefährlich werden«, fügte Picard dumpf hinzu.

Troi nickte, und dünne Falten bildeten sich auf ihrer Stirn. »Ich spüre *tatsächlich* Gefahr, Captain.«

»Wie meinen Sie das?«

Die Counselor bekam keine Gelegenheit, darauf zu antworten. Ein thiopanischer Kellner lief an ihrem Tisch vorbei und kippte ihn um. Teller zersplitterten auf dem Boden, und Speisereste spritzten an die nahe Wand. Picard hielt Deanna Troi fest und bewahrte sie davor, das Gleichgewicht zu verlieren. Die verblüfften Gäste schwiegen so plötzlich, als sei ein Lautsprecher ausgeschaltet worden, und der Kellner sprang auf einen anderen Tisch, entfaltete eine Fahne.

»Sie leisten sich eine üppige Mahlzeit, während in der endrayanischen Sphäre kleine Kinder sterben — weil die korrupte Regierung *will,* daß sie verhungern! Ihre einzige Schuld besteht darin, daß sich die Eltern weigern, ihr kulturelles Erbe für Lebensmittel aufzugeben, die ihnen rechtmäßig zustehen! Sie lehnen es ab, sich mit dem Völkermord abzufinden, den Sie ›Verschmelzung‹ nennen! Es gibt genug Nahrung für alle Thiopaner, aber trotzdem läßt Stross unsere Söhne und Töchter sterben. Warum?« Der Mann drehte sich ruckartig um und sah Ruer an. »Warum, Souverän-Protektor? Wir Verweiler werden uns niemals der Verschmelzung beugen. Schließen Sie sich uns an, um Thiopa zu retten! Wer Stross unterstützt, führt unsere Welt ins Verderben! Bitte...«

Das helle Sirren eines Blasterstrahls unterbrach ihn. Picard wandte den Kopf zur Seite und sah drei Wächter, die das Feuer eröffneten. Blaue Energieblitze zuckten durch den Saal, trafen den vermeintlichen Kellner auf seinem improvisierten Podium. Er war bereits tot, bevor er zu Boden fiel; stinkender Rauch stieg von seiner verbrannten Brust auf.

Will Riker streifte die Stiefel ab, streckte sich auf dem Bett aus und überlegte, ob er lesen oder Musik anhören sollte. Die Müdigkeit veranlaßte ihn dazu, sich für die zweite Möglichkeit zu entscheiden. Er streckte die Hand nach dem Recorder aus...

»Commander Riker, hier ist Lieutenant White von der Brücke.«

Der Erste Offizier rollte sich zur Seite und schaltete den Interkom-Monitor ein.

»Hier Riker.« Whites sommersprossiges Gesicht erschien auf dem kleinen Schirm. »Ja, Lieutenant?«

»Tut mir leid, Sie zu stören, Sir. Captain Picard und seine beiden Begleiter sind gerade zurückgekehrt. Sie werden im Konferenzraum erwartet.«

»Bin schon unterwegs. Riker Ende.«

Als er die Brücke erreichte, waren Picard und die anderen bereits zugegen. Der Erste Offizier betrat das Besprechungszimmer und hob überrascht die Brauen, als er die Essensflekken auf der Uniform des Kommandanten sah. Deanna Troi und Data boten ein ähnliches Erscheinungsbild. »Offenbar veranstalten die Thiopaner ziemlich wilde Parties.«

Picard ging vor den Aussichtsfenstern auf und ab. Thiopa schwebte unter der *Enterprise,* und das Sonnenlicht reflektierte von bräunlichen Wolkenformationen. »Setzen Sie sich, Nummer Eins.«

»Möchten Sie sich nicht umziehen?«

»Nun, es sieht schlimmer aus, als es ist. Und die jüngsten Geschehnisse erfordern eine sofortige Diskussion.« Mit dieser knappen Einleitung begann ein detaillierter Bericht über .das Festbankett. Picard sprach einige Minuten lang, nahm dann an der Stirnseite des Tisches Platz.

Riker blinzelte fassungslos. »Die Wächter haben den Mann nur erschossen, weil er protestierte und eine Fahne schwang?«

»Eine recht extreme Strafe«, murmelte Picard und preßte die Fingerspitzen aneinander. »Was haben Sie gespürt, Counselor Troi?«

Deanna seufzte, bevor sie Antwort gab. Offenbar versuchte sie, die verschiedenen Emanationen zu interpretieren, die sie bei dem Zwischenfall im Saal empfangen hatte. »Entsetzen, Entschlossenheit — und intensiven Zorn.«

»Von wem?«

»Von allen Anwesenden.«

»Ich verstehe«, sagte Picard und schnitt eine kurze Grimasse. »Offenbar sind die Verweiler der Regierung schon seit einer ganzen Weile ein Dorn im Auge.«

»Trotz der Sicherheitsmaßnahmen im Lagergebäude und beim Bankett ist es den Rebellen — wenn man sie so nennen kann — gelungen, ihren Standpunkt auf ziemlich deutliche Art und Weise darzulegen. Offenbar sind die Verweiler bereit, erhebliche Risiken einzugehen.«

»Und sich zu opfern«, fügte Picard nachdenklich hinzu. »Ich weiß, was Sie meinen. Solche Leute glauben fest an ihre Sache. Nun, abgesehen davon, daß sie die Regierung in Verlegenheit brachten, haben sie nicht viel erreicht. Aber vielleicht genügt ihnen das schon. Sie wollten uns auf ihre Existenz hinweisen, auf den Konflikt zwischen ihnen und der Politik des Souverän-Protektors.«

»Bisher kennen wir nur die Slogans zweier Dissidenten«, wandte Troi ein. »Einer von ihnen muß sogar als Terrorist bezeichnet werden; Bombenanschläge gehören nicht zum Repertoire einer normalen politischen Auseinandersetzung. Wir müssen mehr in Erfahrung bringen, um festzustellen, ob die Kritik an der Regierung begründet ist.«

»Die Verweiler sind ganz offensichtlich davon überzeugt«, sagte Picard. »Sie zögern nicht, für ihre Ziele zu sterben — worin auch immer sie bestehen.«

»Haben die beiden Zwischenfälle irgendeinen Einfluß auf unsere Mission?« erkundigte sich der Androide.

Picard breitete kurz die Arme aus und ließ sie wieder sinken. »Eine gute Frage, Data. Wir sind nicht befugt, uns in die inneren Angelegenheiten des Planeten einzumischen. Aber wenn sich die Lage auf Thiopa als instabil erweist, muß die Föderation in diesem Raumsektor vielleicht nach einem anderen Bündnispartner Ausschau halten, um der ferengischen Expansion Einhalt zu gebieten.«

»Diese Entscheidung steht nicht uns zu, Captain«, sagte Riker. »Wir brauchen nur eine Empfehlung auszusprechen.«

»Ja. Aber möglicherweise müssen wir entscheiden, ob wir unsere Hilfsmission fortsetzen oder abbrechen.«

In Trois großen Augen zeigte sich Sorge. »Wenn wirklich große Teile der thiopanischen Bevölkerung vom Hungertod bedroht sind...«

»Vielleicht ist nicht nur die ökologische Katastrophe schuld daran«, erwiderte Picard. »Auch die Politik der Regierung in Bareesh könnte eine große Rolle dabei spielen. Und wenn diese Vermutung stimmt... Welche Garantie gibt es dann dafür, daß unsere Versorgungsgüter zu den Personen gelangen, die sie besonders dringend benötigen?«

Riker stützte die Ellenbogen auf den Tisch. »Ich bin sicher, die Thiopaner brauchen unsere Fracht — und zwar nicht nur, um die Verweiler und ihre Sympathisanten in der endrayanischen Sphäre zu ernähren. Bestimmt täuscht der Eindruck, den wir beim Festbankett gewonnen haben. Die Lage auf dem Planeten muß weitaus schlimmer sein, denn sonst hätte man sich nicht mit der Bitte um Hilfe an die Föderation gewandt. Stimmen Sie darin mit mir überein?« Der Erste Offizier sah sich am Tisch um, und als keine Einwände erfolgten, fügte er hinzu: »Wir sollten von folgender Annahme ausgehen: Wir haben etwas, das die Thiopaner wollen, und umgekehrt verhält es sich ebenso.«

»*Wir* möchten Informationen darüber, was auf Thiopa geschieht«, warf Troi ein.

»Genau. Daher schlage ich folgendes vor: Wir zeigen uns bereit, die Versorgungsgüter zu liefern, aber gleichzeitig lassen wir die Sache schleifen. Wir nehmen uns Zeit und geben zu erkennen, daß wir in unsere Heimat zurückkehren könnten – mit den Transportern.«

»Das erscheint mir vernünftig, Nummer Eins«, kommentierte Picard. »Ja, es wäre sicher nicht schlecht, ein wenig Druck auszuüben. Damit kann ich gleich morgen beginnen, beim Gespräch mit Souverän-Protektor Stross.«

»Ich treffe mich mit Dr. Keat«, ließ sich Data vernehmen.

Picard lehnte sich müde auf seinem Stuhl zurück. »Ich hoffe, daß wir morgen einige Antworten bekommen. Ich möchte die einzelnen Mosaiksteine so schnell wie möglich zu einem einheitlichen Bild zusammensetzen. Data, was ist mit dem Klimakontrollprogramm? Läßt sich so etwas bewerkstelligen?«

»Im Prinzip schon. Folgende Faktoren prägen das Wetter: Dichte und Struktur der Atmosphäre, Größe der Landmassen, Luft- und Wassertemperatur, Windgeschwindigkeit und -richtung, Quantität und Intensität des einfallenden Sonnenlichts, kosmische Strahlung, Neigung der Rotationsachse, die Bewegung des Äquinoktiums, Aktivität von Flora und Fauna...«

Picard winkte ungeduldig. »Sie brauchen nicht ins Detail zu gehen.«

»Wie Sie meinen, Sir. Nun, rein theoretisch ist die Klimakontrolle möglich, bis zu einem gewissen Ausmaß. Beim sogenannten Terraformen eines neuen Planeten sind die entsprechenden Fachleute imstande, innerhalb eines begrenzten Bereichs bestimmte Umweltbedingungen zu schaffen. Aber so etwas dauert Jahre, manchmal sogar Jahrzehnte – es hängt von den ambientalen Bedingungen der betreffenden Welt ab. Selbst die modernste uns bekannte Technik ist nicht in der Lage, *globales* Wetter so zu manipulieren, daß sich die gewünschten Resultate ergeben.«

»Und die Alternativen?«

»Es wären lokale Zonen mit kontrolliertem Klima denkbar. Indem man Einfluß auf für das Wetter bedeutsame Windströmungen nimmt, die Temperatur großer Wassermengen verändert, den Feuchtigkeitsgehalt der Atmosphäre erhöht oder reduziert...«

»Es klingt ganz so, als seien große Energiemengen erforderlich«, sagte Picard.

»Das stimmt, Captain.«

»Die ganze Sache erscheint mir wie ein Kartenhaus, das jederzeit einstürzen kann«, brummte Riker. Als Data verwirrt den Kopf zur Seite neigte, erklärte der Erste Offizier: »Komplexe interagierende Verbindungen zwischen den verschiedenen Einwirkungsfaktoren. Wenn man einen modifiziert, werden auch alle anderen beeinflußt, und dadurch kommt es zu unüberschaubaren Wechselwirkungen.«

Data verstand und nickte. »Da haben Sie völlig recht, Sir. Nicht einmal unsere leistungsfähigsten Computer können eine zuverlässige Prognose erstellen. Es gibt zu viele Variablen, die sich nicht berechnen lassen.«

»Um auf den Kern der Sache zu kommen...«, sagte Picard. »Wäre es möglich, daß die Thiopaner mit dem von Stross und Dr. Keat vorgestellten Projekt Erfolg haben?«

»Wenn man sowohl unsere unvollständigen Informationen über den Entwicklungsstand der hiesigen Technologie als auch die offensichtliche Unfähigkeit der Thiopaner berücksichtigt, mit der ökologischen Krise fertig zu werden, so liegt der Schluß nahe, daß ein derartiges Projekt scheitern muß.«

»Ein solcher Schluß *liegt nahe*?« wiederholte Picard. »Sie sind nicht ganz sicher?«

»Nein, Sir. Vielleicht wissen die Thiopaner in diesem Zusammenhang mehr als wir. Obwohl ich das für unwahrscheinlich halte.«

»Wenn Sie sich morgen mit Dr. Keat treffen... Versuchen Sie, zusätzliche Informationen zu gewinnen. Na schön, ich glaube, damit können wir die Besprechung beenden.«

Riker hob die Hand. »Wenn Sie gestatten, Captain...«

»Ja?««

»Sollen wir Undrun in unsere Pläne einweihen?«

Picard nickte. »Das Föderationsministerium für Hilfe und Unterstützung hat ihn offiziell beauftragt, mit der thiopanischen Regierung in Hinsicht auf die Versorgungsgüter zu verhandeln. Er hat also ein Recht darauf zu erfahren, warum wir unsere Fracht noch nicht auf den Planeten beamen. Computer, wo befindet sich Botschafter Undrun?«

»In der Krankenstation.«

»Picard an Krankenstation.«

Die heiser und erschöpft klingende Stimme der Bordärztin drang aus dem Lautsprecher. »Hier Dr. Pulaski. Sie wünschen, Captain?«

»Ich schätze, auch Sie haben einen anstrengenden Tag hinter sich, nicht wahr, Doktor?«

»Anstrengend wurde er erst nach Mr. Undruns Einlieferung.«

»Ist er wach und bei Verstand?«

»Wach ja. Aber bei Verstand... Hängt ganz davon ab, welche Maßstäbe man anlegt.«

Im Hintergrund brummte jemand.

»Botschafter Undrun, hier spricht Captain Picard.«

»Captain«, keifte der kleine Noxorianer, »ich möchte, daß Sie die thiopanische Regierung dazu zwingen, ein angemessenes Lager für die Versorgungsgüter der Föderation zur Verfügung zu stellen.«

Aus den Augenwinkeln sah Picard, wie Riker fast verzweifelt den Kopf schüttelte. »Es ist uns nicht erlaubt, die Thiopaner zu irgend etwas zu zwingen. Ich schicke Ihnen ein Protokoll meiner Besprechung mit Commander Riker, Data und Counselor Troi. Darin wird ausführlich unsere Entscheidung erklärt, die Auslieferung der Fracht zu verzögern.«

»Ich bestehe darauf, daß die Lebensmittel so schnell wie möglich den Thiopanern übergeben werden«, platzte es aus Undrun heraus.

»Sie haben gerade noch einmal betont, daß auf dem Planeten ein geeignetes Depot fehlt, Botschafter. Commander Riker und Sie werden sich gleich morgen früh darum kümmern. Es handelt sich nur um einen verfahrenstechnischen Aufschub.«

Mit einer solchen Antwort hatte Undrun offenbar nicht gerechnet. Er hüstelte und räusperte sich verlegen. »Ich, äh... Die Nahrungsmittel müssen zu den hungernden Thiopanern gelangen. Haben Sie verstanden?«

»Ja, Mr. Undrun.«

»Man hat mich mit irgendwelchen Medikamenten vollgepumpt, Captain, aber ich kann trotzdem klar denken«, zischte Undrun. »Und ich bin nicht dumm. Wenn Sie mich bei der Ausübung meiner Pflicht irgendwie behindern, erhebe ich bei Starfleet offiziellen Protest. Ich kann dafür sorgen, daß Sie erhebliche Schwierigkeiten bekommen...«

»Arroganter Fatzke«, murmelte Picard.

»Wie? Sie sprechen zu leise.«

»Ich sagte: Ich bin mir durchaus über die Bedeutung Ihrer Mission im klaren. Ich wünsche Ihnen noch einen guten Abend, Mr. Undrun.«

Picard preßte die Lippen zu einem dünnen Strich zusammen. Es genügte nicht, Frid Undrun ›lästig‹ zu nennen. Der Botschafter war eine regelrechte Nervensäge.

KAPITEL 6

Eine heiße Nachmittagssonne loderte über der Sa'drit-Leere. Sie glühte am Himmel, verbrannte das Land, hüllte alles in einen grellen, blendenden Glanz. Erst jetzt, als sie langsam in Richtung Horizont glitt, krochen gnädige Schatten über die öde Landschaft wie seltsame, schemenhafte Tiere, die ihre verborgenen Höhlen verließen.

Einer der Schatten, verursacht von den zackenartigen Kuppen einer schroffen, verwitterten Anhöhe, fiel auf einen Sims, der sich über dem schmalen Einschnitt zwischen zwei Felsbarrieren erstreckte. Auf jenem günstigen Aussichtspunkt lagen zwei Späher und beobachteten die weite, staubige Ebene.

Irgend etwas bewegte sich dort und kam näher: winzige Flecken in der Ödnis, von flirrender Luft verschleiert. Nach einer Weile verwandelten sie sich in Tiere, auf denen Männer ritten. Die Späher waren Frauen, die eine jung, die andere alt, mit tiefen Falten in den Augenwinkeln und grauen Sinneshaaren. Die jüngere blickte durch einen Feldstecher und berührte eine Taste, um den Fokus zu regulieren.

»Wie viele, Mori?« fragte die ältere Wächterin mit rauher Stimme.

Mori antwortete nicht sofort, beobachtete die seltsame Gangart der beiden Tiere. Ihre dünnen Beine bewegten sich langsam, aber kontinuierlich, und die Köpfe schwangen in einem anderen Rhythmus hin und her. Die Ealixe besaßen rundliche Körper, die erst im zweiten Lebensjahr ein dünnes, rosarotes Fell entwickelten. Der Pelz schützte die Haut vor der Sonne und ließ gleichzeitig genug Luft durch, um den Leib zu kühlen.

»Zwei Tiere, zwei Reiter – und ein dritter Körper.«

Die ältere Frau murmelte einen Fluch. »Ein weiterer gefallener Kämpfer für Lessandras Sammlung«, zischte sie. »Kannst du die Gesichter erkennen?«

Mori starrte durchs Okular. Die Reiter trugen gewöhnliche Wüstenkleidung: weite Umhänge aus hellem Stoff, an der Taille mit einer schmalen Schärpe zusammengebunden. Hinzu kamen Bastgamaschen und Sandalen. Am Kragen wiesen die Umhänge schalartige Erweiterungen auf, die tagsüber herabbaumelten und des Nachts, wenn die Temperatur bis unter den Gefrierpunkt sank, um den Hals geschlungen werden konnten. Beide Männer hatten sich die Kapuzen tief in die Stirn gezogen, und ihre Züge verbargen sich im Schatten.

»Nein«, sagte Mori, rollte sich auf die Seite und sah ihre Gefährtin an. »Glaubst du wirklich, daß Lessandra die falschen Anweisungen gibt, Glin?«

Die ältere Frau richtete einen sanften Blick auf die jüngere. Glins Gesicht war wettergegerbt, von Entbehrungen und bitteren Erfahrungen gezeichnet, aber Moris Wangen wölbten sich glatt unter hohen, zarten Jochbeinen. Sie gehörte inzwischen zu den Erwachsenen der Gemeinschaft und hatte sich das Haar kurzgeschnitten, um älter zu wirken — mit nur wenig Erfolg. Aber ihr stand ein schwieriges Leben in der Leere bevor, und sicher verlor sie bald ihre Unschuld.

»Ja«, erwiderte Glin schließlich. »Ich bin davon überzeugt, daß sich Lessandra irrt. Sie geht zu weit. Sie setzt Stross so sehr unter Druck, als hätten wir die Macht.«

»Wir *sind* mächtig«, beharrte Mori.

»Mächtig genug, um dem Protektor und seinen Anhängern empfindliche Schläge zu versetzen. Aber den endgültigen Sieg können wir nicht erringen. Wir sind in der Minderzahl, und wenn es zum Krieg kommt, droht uns eine verheerende Niederlage. Viele von uns glauben, daß Stross bessere Dinge zu tun hat, als nach unseren Bombenanschlägen Reparaturtrupps zu schicken und die Trümmer beiseite räumen zu lassen. Wahrscheinlich würde er lieber darauf verzichten, seinen Hoverjet-Piloten zu befehlen, uns hier anzugreifen.«

»Derartige Aktionen nützen überhaupt nichts«, sagte Mori und blickte zur Seite. Sie wußte, worauf Glin hinauswollte. »Hier kann Stross kaum etwas gegen uns unternehmen. Wir sind zu gut geschützt. Aber wenn er uns in der Ebene erwischt . . .«

»Genau darum geht es, Mori. Dein Vater lehrte uns, was die Verweiler damals wußten.«

Mori hob den Kopf und musterte die ältere Frau unsicher. Manchmal blieben ihr Glins Worte ein Rätsel. »Meinst du die Verborgene Hand, die uns den besseren Weg zeigen wird?«

»Ja. Die vielen begrabenen Toten übermitteln eine deutliche Botschaft: Verhandlungen sind besser als Kampf.«

»Lessandra betont immer wieder, die Regierung sei nicht bereit, mit uns zu verhandeln.«

»Nun, dann haben wir nichts zu verlieren. Wir unterbreiten Stross ein entsprechendes Angebot. Wenn er darauf eingeht, brauchen wir keine Bedingungen zu akzeptieren. Wir können den Kampf jederzeit fortsetzen. Und das ist auch der Fall, wenn der Protektor ablehnt. Aber wenn wir eine Übereinkunft erzielen, erreichen wir unser wichtigstes Ziel. Dann bekommen wir das Recht, friedlich und ungestört im Lande der Ahnen zu leben, nach unseren eigenen Traditionen.«

»Lessandra sagt, die Regierung ruiniert die ganze Welt, und wir sind nicht immun gegen das Verderben. Wenn in anderen Provinzen Wasser und Luft vergiftet werden, so sind auch wir davon betroffen. Daher müssen wir dafür sorgen, daß ganz Thiopa zum alten Leben zurückkehrt. Es genügt nicht, wenn nur wir den sogenannten Fortschritt ablehnen.«

Glin kniff die Augen zusammen. »Ich kenne Lessandras Standpunkt. Aber was hältst *du* von der ganzen Sache?«

»Ich . . . ich weiß es nicht.«

»Lessandras Worte stehen im Gegensatz zu dem, was

dein Vater all die Jahre lang schrieb und lehrte. Er war dagegen, andere Thiopaner zu zwingen, unsere Auffassungen zu teilen.«

»Aber inzwischen ist er seit zwanzig Jahren fort – fast mein ganzes Leben lang«, entfuhr es Mori. »Damals herrschten ganz andere Verhältnisse. Wie können wir sicher sein, daß seine Philosophie auch heute noch Gültigkeit hat?«

»Der Glaube deines Vaters wurzelte in den alten Traditionen. Evain fand die Testamente und paßte sie unserer Zeit an. Lessandra behauptet, ihn neu zu interpretieren, aber in Wirklichkeit entfernt sie sich immer mehr von ihm.«

»Wenn mein Vater tatsächlich die Überzeugungskraft hat, die man ihm nachsagt... Er könnte unseren Streit sicher schlichten.«

»Er ist tot, Mori.«

»Das wissen wir nicht genau.« Die Stimme der jungen Frau vibrierte.

»Ich bitte dich...«

»Wir können nicht ganz sicher sein!« Mori sprang auf. »Die Regierung ließ verkünden, er sei im Gefängnis gestorben, aber vielleicht ist das eine Lüge. All die Geschichten...«

»Sind eben nur Geschichten. Es gibt keinen Beweis dafür, daß die anderen Gefangenen deinen Vater lebend gesehen haben. So, und jetzt mach dich auf den Weg. Berichte Lessandra von den Reitern. Sag ihr, einer kehrt als Leiche heim.«

Moris Sandalen wirbelten Staub auf, als sie mit gesenktem Kopf davoneilte. Die Verweiler zweifelten immer an dem Wahrheitsgehalt offizieller Regierungsverlautbarungen – warum waren sie in diesem besonderen Fall bereit zu glauben, Evain sei zwei Jahre nach seiner Verhaftung gestorben? Man hatte ihn des Verrats bezichtigt, vor Gericht gestellt und nicht etwa zum Tode verurteilt, sondern ›nur‹ zu lebenslänglicher Haft. Ältere Verweiler wie Glin erklärten Mori, Stross wolle ihren Vater als ein Symbol fairer Gerechtigkeit am Leben erhalten – und damit gleichzeitig seine Entschlossenheit zeigen, für Recht und Ordnung zu sorgen. Viele Leute forderten die Hinrichtung Evains, aber dadurch wäre er zum Märtyrer geworden und hätte im Tode mehr Macht gewonnen als zu seinen Lebzeiten.

Doch nur zwei Jahre nach dem Urteil gab die Regierung bekannt, Evain sei krank geworden und trotz der besten medizinischen Behandlung gestorben. Angeblich entsagte er kurz vorher den Glaubensgrundsätzen der Verweiler und schloß sich Stross' Vision von der Verschmelzung an, die Thiopa unter dem Banner des technologischen Fortschritts vereinen sollte. Man bestattete ihn im Heldenpark der Hauptstadt, und fortan hörten die thiopanischen Kinder in der Schule, daß der erbittertste Gegner der Regierung auf dem Sterbebett zur Einsicht gelangte und die Weisheit des Souverän-Protektors Ruer Stross bestätigte. *Onkel Stross ...*

Mori war erst fünf Jahre alt, als ihr Vater starb. Durch Evains Tod wurde sie zu einer Waise ohne nahe Verwandte. Sie wuchs in der Gemeinschaft auf, die an den überlieferten Traditionen der Verweiler festhielt, fühlte sich dort nie vernachlässigt. Evains Freunde kümmerten sich hingebungsvoll um sie. Es mangelte ihr nicht an Liebe und Zuneigung, ganz im Gegenteil: Mindestens fünf oder sechs Personen sahen eine Tochter in ihr. Aber sie fühlte sich insbesondere zu Lessandra, Glin und Durren hingezogen. Durren, vielleicht einer der beiden Reiter, die nun zur heiligen Feste der Verweiler zurückkehrten. Oder der Gefallene ... Mori verdrängte diesen Gedanken rasch, um zu verhindern, daß Entsetzen in ihr keimte. Nein, Durren war viel zu schlau und listig, um dem Gegner zum Opfer zu fallen.

Mori folgte dem Verlauf des Felsenpfades und trat schmale Stufen hoch, vor zweitausend Jahren von den ersten Verweilern ins Gestein gemeißelt. Sie war nicht hier in der Ödnis geboren, sondern in einer Stadt, wie die meisten Thiopaner. Mannowai, Hauptstadt der endrayanischen Sphäre, hatte nicht die gleiche Bedeutung wie Bareesh, bot jedoch modernen Komfort. Dort kam es zu der von Evain eingeleiteten Renaissance der Verweiler. Mori erinnerte sich vage daran, als kleines Kind zusammen mit ihrem Vater und seinen Gefährten das Land der Ahnen besucht zu haben, aber sie wußte nicht genau, ob diese Reminiszenzen auf eigenen Erlebnissen basierten oder nur Erzählungen und Berichte anderer Personen widerspiegelten.

Erst einige Jahre nach Evains Tod verließ der aus knapp vierhundert Personen bestehende harte Kern der Verweiler die Städte im westlichen Endraya; dort liefen sie ständig Gefahr, von Polizeikommandos aus der benachbarten Bareesh-Sphäre aufgespürt zu werden. Sie kehrten zu dem sakralen Ort zurück, wo ihr Glaube entstanden war.

Mori verbrachte den Rest ihrer Kindheit in der Wüste. Schon nach kurzer Zeit vergaß sie das Leben in der Stadt und lernte, in der unwirtlichen Sa'drit-Leere zurechtzukommen. Inzwischen hatte sie das Gefühl, schon immer gewußt zu haben, wie man Nahrung und Wasser fand, wie man knappe Vorräte so einteilte, daß sie nicht sofort zur Neige gingen, wie man sich der Weltmutter anpaßte und auf ihre Verborgene Hand achtete. Nie vergaß sie das wichtigste Prinzip in der Verweiler-Philosophie: Das Land gehört nicht den Thiopanern, die Thiopaner gehören dem Land.

Heute ging es in der Feste nicht mehr so primitiv zu wie vor Jahrhunderten. Die neuen Verweiler besaßen moderne Waffen, Werkzeuge und Geräte, die ihr Leben erleichterten. Evain und später auch Lessandra sowie die anderen Oberhäupter der Gemeinschaft wußten, wie wichtig es war, im Kampf gegen die Regierung jeden Vorteil zu nutzen.

Mori lief über den ausgetretenen Weg, der sich am Rande des Schützenden Canyons entlangwand. An diesem Ort hatte eine für sie noch immer unvorstellbare Kraft die

Macht der Schöpfung benutzt, um eine herrliche Landschaft entstehen zu lassen. Der Canyon war eine tiefe Schlucht, ein Halbkreis aus hohen, gemaserten Felsmassiven, die weit emporragten. Aber er öffnete sich keineswegs dem Himmel: An der breitesten Stelle strebten die mehr als dreihundert Meter hohen Wände einander entgegen und erweckten dadurch den Eindruck, als könnten sie jeden Augenblick herabstürzen. Im zentralen Bereich hatten die Naturgewalten Wind, Wasser, Feuer und Eis riesige Blöcke aus dem Sandstein geschnitten und zarte Bögen aus ihnen geformt. Auf der anderen Seite erstreckte sich ein bemerkenswert komplexes Labyrinth aus Kammern und Tunneln.

Doch der interessanteste – und wunderbarste – Aspekt des Canyons war die Wiege der Verweiler: Die Steinerne Stadt verkörperte ihre Vergangenheit, Gegenwart und Zukunft. In der einen Flanke des Abrai-Berges klaffte ein langer, niedriger und diagonaler Riß, und dort hatten Moris Vorfahren ihre heiligste Zuflucht geschaffen. Um diese Tageszeit strömte das Licht der untergehenden Sonne über die Klippen vor der Schlucht, kroch goldgelb über die Fassaden der Steinernen Stadt. Die Gebäude waren so alt wie die Bewegung der Verweiler und bestanden aus sorgfältig bearbeiteten Sandsteinziegeln. Ihre Größe reichte von kleinen Hütten bis zu vierstöckigen Bauwerken mit gewölbten Schutzwällen.

Mori fand Lessandra in ihrem einfachen Garten, wo sie den letzten Sonnenschein des Nachmittags genoß. Zwar lag die Steinerne Stadt fast die ganze Zeit über im Schatten, trotzdem gediehen anspruchsvolle Pflanzen, die nur wenig Licht benötigten, unter ihnen Silbeeren. Dieses Jahr aber wirkten die Reben verschrumpelt und trugen nur wenige Früchte. Leichter Wind zupfte an Lessandras weißem Haar, als sie Samenkörner ausstreute und sie mit sandigem Boden bedeckte.

»In diesem Jahr wächst überhaupt nichts, Lessandra«, sagte Mori. »Die unterirdischen Quellen sind ausgetrocknet. Warum säst du trotzdem?«

Lessandra griff nach ihrem Gehstock, winkelte ihn an und stemmte sich damit in die Höhe. Das rechte Bein endete am Knie, und die entsprechende Bastgamasche war verknotet, um den Stumpf zu bedecken. Moris Pflegemutter schob sich das gepolsterte Ende des Stocks unter den Arm und drehte sich um. Sie war alt, und sie sah noch älter aus. Das eine wimpernlose Lid fiel schlaff herunter, und in ihrem Gesicht zeigte sich ein Netzwerk aus dünnen Falten. Lessandra sah Mori aus einem Auge an. »Weil es unser Brauch ist«, erwiderte sie. »Das Ausbringen der Saat erneuert unsere Hoffnung, daß uns die Weltmutter den frevlerischen Umgang mit ihrem Land verzeiht. Es beweist ihr, daß wir Reue empfinden und uns zu verbessern versuchen. Bestimmt schickt sie uns das benötigte Wasser. Opfer und Wiederbelebung. Weshalb stellst du die Testamente in Frage?«

Mori zuckte mit den Schultern. »Unter den gegenwärtigen Umständen erscheint mir das Säen so … sinnlos.«

Die alte Frau stützte sich auf den Gehstock. »Du solltest es eigentlich besser wissen«, tadelte sie.

»Reiter nähern sich dem Canyon.«

»Wer?«

»Ich konnte sie nicht erkennen. Sie waren zu weit entfernt. Vermutlich zwei Überlebende und ein Toter.«

»Ich frage mich …« Lessandra seufzte. »Nun, wir werden bald feststellen, um wen es sich handelt. Gib den anderen Bescheid. Sie sollen sich hier versammeln, wenn die Reiter den Canyon erreichen. Ich halte die Grabrede. Wir sehen uns später.« Sie richtete einige rituelle Worte an die Saat und humpelte dann zur Tür des zweistöckigen Gebäudes hinter dem Garten.

Die beiden überlebenden Kämpfer ritten auf ihren Ealixen durch den Paß unterhalb der Stelle, an der die beiden Späher Ausschau gehalten hatten. Sie folgten dem Verlauf des schmalen Trockentals, das in den Schützenden Canyon führte, doch nach einigen Dutzend Metern mußten sie absteigen. In offenem Gelände ergaben sich für die Tiere überhaupt keine Schwierigkeiten, aber sie waren einfach zu schwerfällig, um steile Hänge zu erklettern. Die Verweiler gaben sie frei, so daß sie sich der kleinen Herde aus etwa zwei Dutzend Ealixen hinzugesellen konnten, die an den Dornbüschen neben dem ausgetrockneten Flußbett knabberten. Das kleine Rinnsal einer unterirdischen Quelle genügte, um sie am Leben zu erhalten.

Die Männer nahmen eine grobe Decke und formten daraus eine Schlinge, in der sie den Toten über den unwegsamen Pfad durch den Canyon trugen. Als sie zum Lager gelangten, warteten die dreihundert Bewohner der Steinernen Stadt im natürlichen Amphitheater hinter Lessandras Haus. Fließendes Wasser hatte jenen Bereich im Laufe von Jahrtausenden ausgewaschen, und hinzu kam die Arbeit längst verstorbener Steinmetze; in die Felswände gemeißelte Sitzbänke erinnerten an sie. Mori und Glin standen neben Lessandra, als die Heimkehrer ihre Last vorsichtig auf den Boden herabließen und dann die Kapuzen zurückstrichen. Endlich bekam Mori Gelegenheit, einen Blick auf die Gesichter der beiden Männer zu werfen. Der Tote hieß Bradsil. An seiner Brust zeigte sich eine verbrannte Stelle — vermutlich stammte sie von einem Blasterstrahl —, und Blut bildete dicke Krusten auf den schlaffen Wangen. Er war erbarmungslos geschlagen worden, bevor er dem Energieblitz zum Opfer fiel.

Mori bedauerte Bradsils Tod und dachte daran, daß seine Frau ein Kind erwartete. Aber sie hatte ihn nicht besonders gut gekannt. Ihre Trauer wich tiefer Erleichterung, als sie feststellte, daß Durren, ein guter Freund ihres Vaters, unverletzt geblieben war. Durren gehörte zu den Verweilern, die sich nach Evains Verhaftung um Mori gekümmert hatten, und sie mochte ihn sehr. Die junge Frau umarmte ihn, blickte dann zu ihm auf und musterte sein zerfurchtes Gesicht, sah die lange Narbe auf der linken Wange. Einmal mehr fragte sich Mori, woher sie stammte, aber wieder brachte sie nicht den Mut auf, eine entsprechende Frage zu stellen. Durren seufzte kummervoll, und seine Sinneshaare sanken herab.

Der andere Überlebende war kaum älter als Mori, und trotz der Erschöpfung blitzte es in seinen Augen. »Sie haben Bradsil ermordet«, stieß er hervor.

Lessandra trat auf ihn zu, stützte sich dabei auf ihren Gehstock. Die übrigen Anwesenden schwiegen. »Hast du ihn gefunden, Mikken?«

Der junge Kämpfer hielt sein Gewehr so sanft wie ein geliebtes Kind und nickte. »Sie haben Bradsil ermordet, und anschließend ließen sie seine Leiche dort liegen, wo wir sie finden konnten.«

Glin löste sich aus der stummen Menge. »Wie viele von uns müssen noch sterben, Lessandra?«

»Solche Verluste lassen sich nicht vermeiden«, erwiderte die alte Frau und bedachte Glin mit einem durchdringenden Blick.

»Bist du sicher? Ist es wirklich Schicksal — oder liegt es vielmehr an deinem persönlichen Rachefeldzug gegen Ruer Stross? Schickst du unsere Gefährten deshalb in den Tod?«

»Entscheidest du jetzt darüber, wohin die Verborgene Hand deutet?«

»So etwas maße ich mir nicht an. Aber viele von uns fragen sich inzwischen, ob *du* sehen kannst, wohin sie zeigt.«

Ein dürrer Mann mit grauem Bart kam näher und blieb neben Glin stehen. »Wir haben bewiesen, daß wir zum Kampf bereit sind«, sagte er. »Unsere Aktionen werden immer wagemutiger. Der Gegner weiß, daß er sich nicht vor uns schützen kann. Vielleicht haben wir ihn so sehr verunsichert, daß er zu Friedensverhandlungen bereit ist.«

»Du bist ein Narr, Jaminaw«, erwiderte Lessandra verächtlich. »Hast du deinen Auftrag erfüllt, Durren?«

Der Narbige nickte. »Die Bombe explodierte genau zum richtigen Zeitpunkt. Unsere im Lager tätigen Agenten bestätigten, daß sich jemand vom Raumschiff in der Nähe befand.«

»Wie groß ist der angerichtete Schaden?«

»Groß genug.«

Lessandra wandte sich wieder an ihre Kritiker. »Dann starb Bradsil nicht umsonst. Zusammen mit Durren und Mikken wurde er seiner Aufgabe gerecht.«

»Und was verändert sich dadurch an der allgemeinen Situation?« fragte Glin scharf.

Lessandra lehnte sich auf ihren Stock und winkte herrisch. »Dies ist weder der geeignete Ort noch der richtige Zeitpunkt, um miteinander zu streiten. Es geht darum, einem Toten die letzte Ehre zu erweisen.« Sie drehte sich um und sah die anderen Verweiler an. »Die von den Ahnen überlieferte Tradition verlangt, vom Garten zu berichten, wenn jemand stirbt, wenn Kummer unsere Gemeinschaft heimsucht.« Lessandra holte tief Luft. »Die Weltmutter schuf einen Garten, und sie selbst war der Garten und blieb untrennbar mit ihm verbunden. Sie erlaubte uns, dort zu leben, und sie gestattete unseren Vorfahren, glücklich und zufrieden zu sein. Aber bald vergaß das Volk die Gebote der Mutter. Es wandte sich von ihr ab und beschritt einen neuen Weg, einen schlechten Weg. Die Weltmutter hatte gar keine andere Wahl, als das Volk zu bestrafen, und sie verbannte es aus dem Garten. Wir Verweiler wissen: Erst dann, wenn sich das ganze Volk wieder auf die Mutter besinnt, können wir in den Garten zurückkehren, wo das erste Leben blühte. Dann kehrt das Glück zu uns zurück. Dann können wir bis in alle Ewigkeit Frieden und Überfluß genießen.«

Lessandra ließ ihren Blick über die Männer und Frauen auf den steinernen Bänken schweifen. Sie räusperte sich, und als sie fortfuhr, klang ihre Stimme eindringlich. »Die Regierung dieser Welt verrät alle unsere Prinzipien. Sie vergewaltigt den Leib der Weltmutter. Solange sie keine Einsicht zeigt, ist ein Kompromiß völlig ausgeschlossen.« Sie hob die Hand, bewegte sie kreisförmig und fügte in einem lauten Singsang hinzu: »Herrin des Lebens, Herrin des Todes, Werden und Vergehen — du gebietest über alles. Du gestattest uns, in deinem Garten-Schoß zu weilen. Wo der Tod fehlt, kann es kein Leben geben. Gewähre uns friedliche Erneuerung. Empfange unsere Seelen.«

Einige Sekunden lang hielt Lessandra den Kopf gesenkt. Dann sah sie wieder auf und sah eine schwangere Frau an, die in der zweiten Reihe saß. »Komm zu mir, Kuri.«

Bradsils Witwe, dachte Mori und beobachtete, wie Kuri aufstand und sich Lessandra näherte. Zum erstenmal fiel ihr auf, daß Kuri höchstens ein oder zwei Jahre älter war als sie. *Ob ich ebenso gefaßt sein kann, wenn mein Mann stirbt?*

»Wir bestätigen den Kreis des Lebens«, flüsterte Kuri und wiederholte Lessandras Geste. Aus trüben Augen starrte sie ins Leere. »Kreis und Zyklus bestimmen das Leben und die Zeit. Es gibt weder Anfang noch Ende, nur den Kreis.«

Die alte Frau strich Kuri über den weit vorgewölbten Bauch. »Du und dein ungeborenes Kind sind Symbole des Kreises, wie wir alle. Innerhalb des Kreises teilen wir deine Trauer.«

Kuri nickte benommen und kehrte zu ihrem Platz zurück.

Lessandra gab ein Zeichen, und daraufhin griffen zwei kräftig gebaute Männer nach dem umhüllten Leichnam Bradsils. »Bringt unseren Bruder in die Höhle der Erinnerung«, intonierte sie.

Mori sah Glin an und spürte den nur mühsam unterdrückten Zorn der älteren Späherin. Als Kuri und die beiden Leichenträger außer Hörweite waren, konnte sich Glin nicht mehr beherrschen.

»In der Höhle liegen bereits zu viele Tote, Lessandra! Wann kommst du endlich zur Vernunft? Wann hört das Blutvergießen auf?«

»Wenn uns Stross unsere Welt zurückgibt«, antwortete die alte Frau.

Mori konnte es nicht mehr ertragen.

Die Feindschaft zwischen dem Souverän-Protektor und

den Verweilern war schon schlimm genug — warum mußten sie sich auch untereinander streiten?

Mori lief fort, verharrte am Rande des breiten Felsvorsprungs und beobachtete von dort aus die Ealix-Herde am Ende des Canyons. Sie zuckte zusammen, als sie eine breite Hand an der Schulter spürte. Ruckartig drehte sie den Kopf, erkannte Durren und entspannte sich wieder.

»Was ist mit dir?« fragte er.

Sie zuckte mit den Schultern und versuchte, die Tränen zurückzuhalten. »Ich bin nur ein wenig durcheinander.«

»Und warum?«

»Ich weiß nicht mehr, wem und was ich glauben soll ...«

»Du glaubst an das, was dein Vater lehrte.«

»Vielleicht habe ich die Lehren meines Vaters vergessen.« Mori atmete tief durch. »Von ihm lernte ich, wie wichtig es ist, zu überlegen und nachzudenken. Du hast mich auf die Bedeutung des Handelns hingewiesen — zu reiten und zu schießen, dort draußen zu überleben.« Sie nickte in Richtung Wüste, in der die Schatten länger wurden. »Manchmal ist es wesentlich leichter, einfach zu handeln — insbesondere dann, wenn die Gedanken verschiedener Personen in einem krassen Gegensatz zueinander stehen.«

Durren lächelte sanft. »Um ganz ehrlich zu sein: Oft fiel es mir recht schwer, die Worte deines Vaters zu verstehen.«

Mori musterte ihn verwirrt und überrascht. »Im Ernst? Aber ihr wart doch wie Brüder.«

»Selbst zwischen Brüdern kann es zu Meinungsverschiedenheiten kommen. Für Evain war alles so kompliziert.«

»Du hast ihn sehr geschätzt«, sagte Mori.

»Ja, das stimmt. Es gab nichts an ihm auszusetzen. Er glaubte an die richtigen Dinge, und er hielt immer an seinen Grundsätzen fest.«

»Leider bekam ich keine Gelegenheit, ihn besser kennenzulernen. Hätte ich ihn geliebt?«

Durren nickte. »Ganz bestimmt.«

Sie schwiegen eine Zeitlang und sahen auf die ruhig grasenden Ealixe herab. »Durren, hast du ...«, begann Mori.

Er schnitt eine Grimasse. »Ach, Mori ...«

»Ich *muß* dich fragen«, sagte sie, und ihre Züge verhärteten sich. »Hast du etwas über meinen Vater herausgefunden?«

»Deshalb sind wir nicht nach Bareesh geritten.«

»Aber du weißt, was der entflohene Gefangene berichtete, dem wir in Siebenwege begegneten. Er schwor, mit Evain im Kerker gesprochen zu haben, vor knapp einem Jahr.«

»Das behauptete er jedenfalls.«

»Und du hast mir versprochen, dich umzuhören ...«

»Wir befanden uns im Einsatz«, erwiderte Durren scharf. »Und einer von uns starb. Mikken und ich können von Glück sagen, daß wir mit dem Leben davonkamen. Ich bitte dich, Mori – wir haben wichtigere Dinge zu tun, als irgendwelchen Gerüchten nachzugehen ...«

Die junge Frau unterbrach ihn. »Glaubst *du*, daß mein Vater tot ist?«

»Ich bin mir nicht sicher.«

»Hältst du es wenigstens für möglich, daß er noch lebt?«

Durren holte tief Luft, bevor er Antwort gab. »Es wäre denkbar.«

»Diese Auskunft genügt mir.« Mori lächelte. »Bis später.«

»Durren.« Lessandra unterhielt sich mit Glin und Jaminaw, winkte den Narbigen zu sich heran. »Die Zeit ist gekommen. Daran kann überhaupt kein Zweifel bestehen. Die Testamente berichten uns davon, und Evain prophezeite es kurz vor seiner Festnahme. Das Raumschiff der Föderation – die Verborgene Hand zeigt darauf.«

Durren schüttelte den Kopf. »Was soll das heißen?«

»Glaubst du, wir können den Captain der *Enterprise* entführen?«

Glin riß die Augen auf. »Bist du vollkommen übergeschnappt?«

»Nein«, erwiderte Lessandra. »Ich benutze nur meinen Verstand — woran du dir zumindest ab und zu ein Beispiel nehmen solltest. Nun, Durren?«

Der zurückgekehrte Kämpfer überlegte. »Unsere Agenten haben uns mitgeteilt, daß der Captain an Bord des Raumschiffes bleibt. Sein Stellvertreter namens Riker hat sich mit einem Repräsentanten der Föderation zum Lagergebäude gebeamt.«

»Na schön. Riker dürfte als Geisel genügen.«

Glin starrte die alte Frau fassungslos an. »Und was ist, wenn der Captain... Wie hieß er noch?«

»Picard«, sagte Durren.

»Was passiert, wenn es Picard ablehnt, sich auf Verhandlungen einzulassen?«

Lessandras Gesicht blieb ausdruckslos. »Dann könnte sein Stellvertreter Riker dem Krieg zwischen uns und Stross zum Opfer fallen.«

KAPITEL 7

Wesley Crusher saß im Schneidersitz auf seinem Bett. »Ich *vermisse* dich, Mom, aber es ist nicht ganz so schlimm, wie ich dachte.«

Beverly Crusher blickte vom Kom-Schirm herab und verzog in gespielter Verzweiflung das Gesicht. »Solche Worte hört eine Mutter gern.«

»Du weißt, was ich meine.« Wes lachte. »Ich habe kaum Zeit genug, darüber nachzudenken.«

»Ißt du regelmäßig?«

Der Junge rollte mit den Augen. *Wenn ich jemals einen Sohn haben sollte, werde ich ihm keine so dummen Fragen stellen,* fuhr es ihm durch den Sinn. »Natürlich. Was ist mit deiner Arbeit?«

»Nun, ich habe festgestellt, daß es Vor- und Nachteile mit sich bringt, Leiterin des medizinischen Korps von Starfleet zu sein. Die Verwaltung nimmt einen so sehr in Anspruch, daß man sich kaum um Patienten kümmern kann.«

Wesley warf einen kurzen Blick aufs Computer-Chronometer. »Ich muß das Gespräch jetzt beenden, Mom.«

»Brückendienst?«

»Nein. Captain Picard erwartet einen Bericht von mir.«

Beverly Crusher wölbte die Brauen. »Ich bin beeindruckt.«

»Oh, es ist keine weltbewegende Angelegenheit.« Wesley zuckte mit den Achseln. »Ein kleines Forschungsprojekt, mit dem Data mich beauftragte.«

»Hat er inzwischen gelernt, wie man Witze erzählt?«

»Nein, noch nicht«, erwiderte Wesley. »Aber er gibt sich Mühe. Nun, wenn du uns das nächstemal besuchst ...«

»Ach, Wes.« Die rothaarige Beverly seufzte. »Am liebsten würde ich mich sofort auf den Weg machen. Aber ich stecke hier in einem bürokratischen schwarzen Loch fest.«

»Ich verstehe, Mom. Bis dann.«

»Auf Wiedersehen, Wes. Ich hab' dich lieb.«

»Ich dich auch, Mom. Tschüß.«

Dr. Crushers melancholisches Lächeln verblaßte auf dem Bildschirm, und Wesley ließ traurig die Schultern hängen. Nach den Kom-Gesprächen mit seiner Mutter fühlte er sich immer recht einsam. Eine Zeitlang blickte er ins Leere, dann rief er sich zur Ordnung. Wes hatte aus freiem Willen entschieden, an Bord der *Enterprise* zu bleiben, und er bereute es nicht. *Außerdem: Die Pflicht ruft,* dachte er.

Er schwang sich vom Bett herunter, glättete seine Uniform und verließ die Kabine.

Captain Picard blickte über den Tisch im Bereitschaftsraum. »Meine Anweisung galt Ihnen, Mr. Data.«

»Und ich habe den Auftrag an Fähnrich Crusher weitergegeben, Sir. Ich sah darin eine günstige Gelegenheit für ihn, Erfahrungen auf einem Gebiet zu sammeln, das in keiner unmittelbaren Verbindung zu seinen technischen Talenten steht.«

Riker saß an der Ecke und nickte zustimmend. »Sie haben durchaus richtig gehandelt, Data. Nun gut, Mr. Crusher. Ihr Bericht über die Verweiler.« Bei förmlichen Anlässen siezte er den Jungen, ebenso wie die anderen Offiziere.

Wesley hatte das Gefühl, besonders wirksamen Klebstoff geschluckt zu haben: Seine Zunge schien sich nicht vom Gaumen lösen zu wollen. Er stand so steif, daß er kaum atmen konnte. »Ja, Sir.«

»Entspannen Sie sich, Fähnrich.« Riker lächelte. »Mein Großvater meinte immer: ›Sieh ihnen fest in die Augen und sag, was du weißt.‹«

»Ja, Sir.« Wesley spürte, wie die Unsicherheit allmählich

von ihm wich. »Die Föderationsdateien enthielten nur wenige brauchbare Informationen, und deshalb stellte ich einige Nachforschungen an. Bei den Verweilern handelte es sich ursprünglich um eine kleine religiöse Sekte in der endrayanischen Sphäre; dieses Land grenzt an die Regierungsprovinz mit der Hauptstadt Bareesh. Nun, die Verweiler schlossen sich vor rund zweitausend Jahren zu einer Gruppe zusammen und traten für die Koexistenz mit der Natur ein. Dieses Prinzip bildete gewissermaßen die religiöse Basis. Der Boden in ihrer Heimat war nicht sehr fruchtbar, aber künstliche Bewässerung ermöglichte eine einigermaßen ertragreiche Landwirtschaft. Außerdem gab es dort viele Rohstoffvorkommen, und somit begann man auch mit dem Bergbau.«

»In kleinem Maßstab, nehme ich an?« fragte Picard.

»In der Tat, Sir. Bis vor hundert Jahren existierte überhaupt keine Industrie auf Thiopa. Nun, die übrigen Endrayaner — damit meine ich diejenigen, die sich nicht den Verweilern anschlossen — fingen damit an, das Land ihren Bedürfnissen anzupassen. Sie hoben Bewässerungsgräben aus, leiteten Flüsse und Bäche um, trieben Minenstollen in Berghänge. Die Verweiler sahen darin einen unverzeihlichen Frevel — sie bezeichnen Thiopa als Weltmutter.«

»Eine Vorstellung, die viele primitive humanoide Kulturen in der Galaxis teilen«, kommentierte Data.

»Die Verweiler verließen den besiedelten Bereich Endrayas und zogen in ein Wüstengebiet, das sie Sa'drit-Leere nennen«, fuhr Wesley fort. »Selbst heute ist jene Ödnis weitgehend unbewohnt. Sie ließen sich im sogenannten Schützenden Canyon nieder. Für die Verweiler sind heilige Stätten sehr wichtig, und sie beschlossen, ihre neue Heimat zum sakralsten Ort auf ganz Thiopa zu erklären.«

»Was geschah dann?« warf Picard ein.

»Fast zweihundert Jahre lang blieb die kleine religiöse Gemeinschaft im Canyon und existierte als eine Art Klosterorden. Einige Leute verließen die Gruppe, andere schlossen sich ihr an. Die Anzahl der Verweiler änderte sich kaum und ging nie über drei- bis vierhundert hinaus. Sie schrieben viel und beteten, schickten Mentoren aus, um die übrigen Thiopaner von ihrer Philosophie zu überzeugen — mit nur geringem Erfolg. Nach zwei Jahrhunderten kam es in ihrer Bewegung zu einer ernsten Krise, und die Verweiler kehrten in die sich entwickelnde Gesellschaft Endrayas zurück ...«

»Bis Ruer Stross seinen Militärputsch durchführte und die Macht ergriff«, sagte der Androide.

Picard warf ihm einen kurzen Blick zu. »Vielen Dank, Mr. Data. Aber ich bin sicher, Fähnrich Crusher kommt auch ohne Ihre Hilfe zurecht.«

»Data hat recht, Sir«, ließ sich Wesley vernehmen. »Als Stross Souverän-Protektor wurde und Beziehungen zu den Nuaranern herstellte, erfuhr die Evolution der hiesigen Gesellschaft eine jähe Beschleunigung. Die raschen Veränderungen erschreckten viele Thiopaner. Ein Lehrer namens Evain, der in Endraya lebte, begann mit dem Studium der zweitausend Jahre alten Verweiler-Schriften. Sie werden als ›Testamente‹ bezeichnet. Evain paßte sie den neuen Verhältnissen an und propagierte eine moderne Version der alten Religion.«

»Wie viele Anhänger hatte er?« erkundigte sich Riker.

»Zuerst nicht sehr viele, höchstens ein paar tausend. Aber es handelte sich überwiegend um junge, gebildete Männer und Frauen. Nach rund zehn Jahren lernte dieser Planet die negativen Seiten unkontrollierter Industrialisierung kennen — Umweltverschmutzung und dergleichen. Daraufhin hörten immer mehr Thiopaner auf das, was ihnen Evain und die anderen Verweiler zu sagen hatten. Es kam zu Demonstrationen, Streiks und regelrechten Aufständen. Die Regierung mußte sogar für zwei Jahre den Notstand erklären und das Kriegsrecht ausrufen. Sie ließ Fabriken von Truppen bewachen und mutmaßliche Verweiler verhaften.«

»Interessant«, bemerkte Picard. »Wurde auch Evain festgenommen?«

»Nicht sofort. Eine Zeitlang schien sich die Lage zu verbessern, doch dann wurde alles noch schlimmer. Besonders in Endraya, wo ohnehin ein recht niedriger Lebensstandard herrschte. Der Grund: ein außerordentlich trokkenes und heißes Klima. Vor etwa zwanzig Jahren mußten die Bewohner auf eine künstliche Bewässerung ihrer Äcker verzichten, weil eine Dürreperiode auf die andere folgte, und immer mehr von ihnen stellten sich auf die Seite der Verweiler oder sympathisierten mit ihnen. Stross fürchtete eine Gefahr für die Stabilität seiner Regierung und gab den Befehl, Evain zu verhaften.«

»Hat man ihn hingerichtet?«

»Nein, Sir. Aber er starb vierundzwanzig Monate später im Gefängnis – so heißt es jedenfalls. Ungefähr zur gleichen Zeit beschlossen die treuesten Verweiler, dem Beispiel ihrer Ahnen zu folgen und in die Sa'drit-Leere zu ziehen, wo der Ursprung ihrer Religion lag. Von dort aus führen sie nun den Kampf gegen Stross. Wir haben bereits festgestellt, daß sie in der Lage sind, recht wirkungsvoll zuzuschlagen, selbst in der Hauptstadt Bareesh.«

»Hmm.« Picard schürzte die Lippen. »Woher stammen die Waffen der Verweiler?«

»Diese Frage habe ich mir ebenfalls gestellt, Captain«, erwiderte Wesley. »Aber ich konnte keine Antwort darauf finden.«

»Vielen Dank, Mr. Crusher«, sagte Data. »Gute Arbeit.«

»Der junge Fähnrich hat ein Lob verdient.« Riker lächelte. »Passen Sie nur auf, Data. Wesley ist auf dem besten Wege, Sie zu übertrumpfen.«

Data sah ihn an. »Zu übertrumpfen, Sir? Ist ein Kartenspiel geplant?«

Der Erste Offizier und die übrigen Anwesenden lachten. »Schon gut, Data.«

»Ah«, machte der Androide nach einigen Sekunden. »Eine Redewendung.«

Zusammen mit Wes kehrte er auf die Brücke zurück.

Riker und Picard blieben im Bereitschaftsraum. »Offenbar geht es bei dem Konflikt auf Thiopa auch um eine gehörige Portion Symbolik«, sagte der Stellvertreter des Captains. »Wenn sich eine zweitausend Jahre alte religiöse Leidenschaft entfaltet ...«

»Mhm. Sind Sie religiös, Nummer Eins?«

»Wenn man so wie ich in Alaska aufgewachsen ist und ständig mit erhabener Natur konfrontiert wurde, so fragt man sich irgendwann, wie eine derartige Pracht entstehen konnte.« Rikers Stimme klang fast demütig, als er fortfuhr: »Stellen Sie sich vor, am Rande eines Gletschers zu stehen; rechts ragen hohe, schneebedeckte Berge gen Himmel, und links schwimmen Dutzende von Schwertwalen im eisigen Wasser des Ozeans. Meine Güte, so etwas kommt einer Vision gleich. Aber wenn Sie mich fragen, ob ich irgendeiner Kirche angehöre, so lautet die Antwort nein.«

Picard stützte das Kinn auf die Hände. »Als Junge habe ich in einem Kirchenchor gesungen.«

»Das wußte ich nicht, Sir.«

»Nun, es war eher eine musikalische und keine religiöse Erfahrung. Aber wir sangen in einer wundervollen, mindestens tausend Jahre alten Kathedrale. Ganze Generationen müssen an ihrem Bau gearbeitet haben, und die Architektur – überall Bögen und Spitzen. Wirklich eindrucksvoll.«

»Ich weiß, was Sie meinen. Ich habe solche Bauwerke bei einer Tour durch Europa gesehen.«

Picard schwieg einige Sekunden lang, hob dann den Kopf und sah Riker an. »Trotzdem habe ich dort keine heilige Präsenz gespürt, Nummer Eins. Ehrfurcht stellte sich erst ein, als ich die Erde verließ und das All sah. Damals begriff ich, daß keine von Menschen geschaffene Philosophie imstande ist, Göttlichkeit widerzuspiegeln.« Er zuckte mit den Schultern. »Das ist jedenfalls meine Meinung.«

»Der ich mich gerne anschließe, Captain. Nun, wir haben es ganz offensichtlich mit einer religiösen wie politischen Auseinandersetzung zu tun.«

»Ja. Eine höchst gefährliche Mischung — wie ein Pulverfaß, das durch einen einzigen Funken zur Explosion gebracht werden kann. Welche Wahrscheinlichkeit sehen Sie für eine friedliche Lösung des Konflikts auf Thiopa?«

»Keine besonders hohe, Sir.«

Das Interkom summte, und die Stimme des Androiden erklang. »Captain Picard?«

»Ja, Data?«

»Ich beame mich jetzt auf den Planeten, um mit Dr. Keat zu sprechen. Gibt es irgendwelche Angelegenheiten, über die Sie spezifische Informationen wünschen?«

»Ja. Finden Sie möglichst viel über das geplante Klimakontrollprogramm heraus. Außerdem müssen wir mehr über die Rolle der Wissenschaftler in der thiopanischen Gesellschaft erfahren. Es wäre sicher interessant festzustellen, welche Bedeutung ihnen in Hinsicht auf die Kontroverse zwischen Regierung und Verweilern zukommt. Erstatten Sie mir sofort nach Ihrer Rückkehr einen vollständigen Bericht.«

»Ja, Sir.«

Data trat auf die Transporterplattform. »Energie.« Der Androide löste sich in hellem Schimmern auf, und nach einer nicht meßbaren Zeitspanne rematerialisierte er im Empfangssaal des thiopanischen Wissenschaftsrates; das Gebäude gehörte zu den modernen Bauwerken des Regierungszentrums in Bareesh. Kael Keat kam gerade eine breite Treppe herunter, um den Besucher zu begrüßen. »Draußen steht ein Wagen für uns bereit, Commander Data.« Die junge Frau hatte das elegante Gewand des vergangenen Abends gegen khakifarbene Shorts und eine leichte Bluse eingetauscht.

Sie traten durch die Tür, und Data sah ein niedriges, schnittiges Fahrzeug mit transparentem Kanzeldach, das den Insassen einen ungehinderten Blick auf die Umgebung gewährte. Keat setzte sich an die Kontrollen, und der Androide nahm neben ihr auf dem Beifahrersitz Platz. Die

Türen glitten zu, und über ihnen schloß sich die blasenartige Kuppel. Die Wissenschaftlerin betätigte den Beschleunigungsregler, und daraufhin setzte sich der Wagen völlig lautlos in Bewegung. »Unser neuestes Modell«, sagte sie. »Mit sauberer Sonnenenergie betrieben. Die entsprechende Technologie erhielten wir von den Nuaranern, bevor wir die Beziehungen zu ihnen abbrachen. Mit solchen Fahrzeugen verschwenden wir keine fossilen Brennstoffe.«

»Können Sie dadurch den Schadstoffgehalt der Atmosphäre herabsetzen?«

»Ja. Aber nur um einige wenige Prozent, die kaum ins Gewicht fallen. Leider ist es mir bisher nicht gelungen, die Regierung von der Notwendigkeit zu überzeugen, völlig auf die Verwendung fossiler Brennstoffe zu verzichten. Was wir durch ein reformiertes Transportwesen einsparen, kommt sicher den Kraftwerken zugute. Unser Energiebedarf ist ziemlich hoch.«

»Gehe ich recht in der Annahme, daß Sie und die Regierung in Hinsicht auf Umweltfragen unterschiedliche Meinungen vertreten?«

Dr. Keat legte den Kopf in den Nacken und lachte. »Sind Sie auf Untertreibungen programmiert, Commander?«

Humor, dachte Data. *Hier ergibt sich eine neue Chance für mich, dieses Phänomen zu analysieren.* Er starrte die junge Frau ausdruckslos an und leitete einige Steuerungsimpulse in semiorganische Nervenbahnen. Gesichtsmuskeln reagierten, formten eine grimassenhaftes Lächeln. »Nein«, sagte der Androide und wurde sofort wieder ernst.

Kael Keat blinzelte verwirrt.

»War eine humorvolle Antwort auf Ihre Bemerkung unangemessen?« fragte Data.

»Oh, nein, keineswegs. Allerdings deutet Ihre Reaktion auf einen gewissen Mangel an ... Erfahrung hin. Womit ich Ihnen nicht zu nahe treten möchte.«

»Nicht zu nahe treten?« wiederholte Data. »Oh, ich verstehe. Es liegt Ihnen fern, mich zu beleidigen. Nun, es gibt viele Verhaltensaspekte von Humanoiden, die in meinem Programm kein datentechnisches Äquivalent haben und erst erlernt werden müssen. Die übrigen Besatzungsmitglieder der *Enterprise* sind häufig zu taktvoll, um mich auf Fehler in meinem Gebaren hinzuweisen. Sie geben mir nicht einmal dann Auskunft, wenn ich ausdrücklich darum bitte. Daher bin ich Ihnen für Ihre Offenheit sehr dankbar.«

»Ausgezeichnet, Data. Ich habe die Angewohnheit, immer ganz direkt zu sein. Und manchmal bringt mich das in Schwierigkeiten.«

»Wieso?«

»Nicht alle Leute wissen so etwas zu schätzen. Meine Neigung, kein Blatt vor den Mund zu nehmen, öffnete mir viele wichtige Türen — aber sie schlug auch einige zu. Nun, so bin ich eben. In Ihrem Programm fehlen gewisse Feinheiten, und ich habe keine Zeit für solche Dinge. Also sollten wir beide recht gut miteinander auskommen.«

»Ich teile diese Einschätzung, Dr. Keat.«

Sie verließen das Regierungszentrum und bogen mehrmals ab, bis sie eine zweispurige Straße erreichten, die an einigen Hügeln neben dem Eloki vorbeiführte. Von den hohen Fahrbahnen aus konnte man weit stromauf- und stromabwärts sehen. An beiden Ufern erstreckten sich Dutzende von Betonfassaden, und Data beobachtete sie interessiert. Diese Seite des zu einem schmalen Rinnsal geschrumpften Flusses diente offenbar als Wohngebiet, während auf der anderen große Fabriken und Industriebetriebe standen. Ihre Schornsteine bliesen mit kontinuierlicher Gleichgültigkeit Rauch und Ruß gen Himmel.

»Gehören Androiden zur Standard-Ausstattung von Raumschiffen der Föderation?« fragte Dr. Keat.

»Ganz im Gegenteil. Ich bin der einzige.«

»Tatsächlich? Woher kommen Sie? Hat Starfleet Sie konstruiert?«

»Nein, Doktor. Ich verdanke meine Existenz einer unabhängigen wissenschaftlichen Kolonie im Sonnensystem Omikron Theta. Die U.S.S. *Tripoli* fand mich.«

»Sie wurden *gefunden*? Wie meinen Sie das?«

»Nun, die Kolonie wurde zerstört. Niemand überlebte. Zu jenem Zeitpunkt war ich bereits fertiggestellt und getestet, aber noch nicht aktiviert. Die Kolonisten ließen mich im Freien zurück, in unmittelbarer Nähe eines Signalgebers.«

»Wann geschah das?« fragte die junge Frau.

»Vor siebenundzwanzig Jahren.«

Dr. Keat warf dem Androiden einen faszinierten Blick zu. »Wissen Sie, wer für Ihre Konstruktion verantwortlich ist?«

»Ich erfuhr es erst, als die *Enterprise* Omikron Theta anflog. Ein gewisser Dr. Noonien Soong hat mich entwikkelt...«

»Ich habe von ihm gehört.«

»Was mich angesichts Ihres Studiums in Außenwelt nicht überrascht. Dr. Soong galt als bester Kybernetiker auf der Erde. In aller Öffentlichkeit kündigte er die Konstruktion eines Positronengehirns an, konnte jedoch kein funktionsfähiges Exemplar herstellen. Er hielt diesen Mißerfolg für eine Katastrophe und glaubte seine Karriere ruiniert.«

»Sehr bedauerlich«, murmelte Keat.

»Dr. Soong verschwand kurz nach dem Ende des Positronen-Projekts, und niemand wußte, was aus ihm geworden war — bis wir sein Laboratorium auf Omikron Theta fanden. Er hatte sich unter falschem Namen in der Kolonie niedergelassen und seine Arbeit dort fortgesetzt.« Bescheiden fügte Data hinzu: »Ich bin das Ergebnis.«

»Offenbar hat Dr. Soong doch noch einen Erfolg erzielt. Wirklich schade, daß er nicht lange genug lebte, um den Lohn für seine Bemühungen in Empfang zu nehmen.« Etwas schärfer fügte die junge Thiopanerin hinzu: »Die meisten Wissenschaftler bekommen nicht annähernd soviel Respekt, wie ihnen gebührt. Und das werde ich ändern.«

Kael Keat lenkte den Wagen von der Hauptstraße und steuerte ihn über einen langen Kiesweg zwischen niedrigen Hügeln. Nach einer Weile hielt sie vor einem fünf Meter hohen Maschendrahtzaun, der oben spitze Metalldorne aufwies. Einige hundert Meter dahinter stand eine Ruine, kaum mehr als ein Schutthaufen, aus dem einige rostige Stahlträger emporragten. Data sah auf den ersten Blick die Anzeichen einer verheerenden Explosion.

»Hier wurde *ich* geschaffen, Commander«, sagte Dr. Keat.

»Ich verstehe nicht.«

»Das zerstörte Gebäude ist ein Denkmal, das wir unserer Dummheit setzten — die Überbleibsel des Fortschrittlichen Energie-Instituts. Es sollte uns von der Abhängigkeit in bezug auf fossile Brennstoffe befreien und der thiopanischen Industrie genug saubere Energie zur Verfügung stellen.«

»Es hat nicht geklappt«, stellte Data fest.

»Nein. Der wissenschaftliche Rat hat von Anfang an die technologische Entwicklung auf diesem Planeten geleitet. Als ich noch ein Kind war, glaubten alle, den Ratsmitgliedern konnten überhaupt keine Fehler unterlaufen. Nun, als ich mein Studium in Außenwelt begann, zeigten sich bereits die Folgen des unkontrollierten Fortschritts. Während der Jahre, die ich auf anderen Welten verbrachte, lernte ich völlig neue Verfahrensweisen kennen. Ich erfuhr, daß technische Innovationen nicht unbedingt zu Umweltbelastungen führen müssen. Nach meiner Rückkehr hierher wurde mir und einigen jungen Kollegen klar, daß wir geradewegs auf eine Katastrophe zusteuerten. Wir wiesen darauf hin. In aller Deutlichkeit.«

»Allem Anschein nach hat niemand auf Sie gehört.«

»Bis eines morgens das Fortschrittliche Energie-Institut in die Luft flog. Der Leiter des Wissenschaftsrates war ein kleiner Höhlenkriecher namens Buvo Osrai. Er sagte Stross immer nur das, was der Protektor hören wollte. Um die Wahrheit scherte er sich nicht. Niemand erklärte Stross die Folgen einer hemmungslosen Ausbeutung unserer Welt. Niemand warnte ihn vor den Nuaranern, die unsere natürlichen Ressourcen raubten. Osrai und die zehn anderen Mitglieder des Wissenschaftsrates befanden sich im FEI-Gebäude, als es zur Explosion kam. Sie starben zusammen mit hundert anderen Personen. Dreihundert weitere wurden schwer verletzt.« Keat betätigte eine Taste, woraufhin die Türen aufschwangen. Sie stiegen aus, und Data folgte der jungen Frau zum Zaun. »In der allgemeinen Panik erinnerte sich Stross an meine wiederholten Appelle. Er ernannte mich zu Osrais Nachfolgerin und meinte, ich könne einen ganz neuen Rat bilden. Darüber hinaus betonte er, daß er großen Wert auf wahrheitsgemäße Auskünfte legt.«

»Wie reagierten Sie darauf?« fragte Data.

»Ich war erschrocken und entsetzt — und dann ergriff ich die Chance meines Lebens. Ich wollte die Möglichkeit nutzen, ein ganz neues wissenschaftliches Establishment zu schaffen.«

»Ist es Ihnen gelungen?«

Dr. Keat lächelte schief. »Es wird noch eine Weile dauern, bis sich diese Frage beantworten läßt. Wir entdecken gerade erst die Sünden unserer Vorgänger. Aber wenigstens konnte ich Stross begreiflich machen, daß wir Thiopa mit der nuaranischen Technik ins Verderben führen. Himmel, wir hätten uns nie mit den Blutsaugern der Galaxis einlassen dürfen. Ich habe Stross aufgefordert, die verdammten Fremden von unserer Welt zu verjagen und sich mit der Bitte um Hilfe an die Föderation zu wenden. Deshalb sind Sie hier.«

»Gehört das Klimakontrollprogramm zu den von Ihnen initiierten Projekten?« erkundigte sich der Androide.

»Ja. Ich hielt den Zeitpunkt für gekommen, eine wirklich große Sache vorzuschlagen. Stross fand sofort Gefallen daran — und das genügt, um die Finanzierung sicherzustellen.«

Sie nahmen wieder im Wagen Platz und fuhren zur Zentrale des Wissenschaftsrates zurück.

Data blieb beim Thema der Wetterkontrolle. »Unsere Beobachtungen aus der Umlaufbahn lassen den Schluß zu, daß die thiopanische Ökologie von der industriellen Entwicklung stark in Mitleidenschaft gezogen wurde.«

»Ich bin *unmittelbar* mit den hiesigen Problemen konfrontiert und darf Ihnen versichern, daß Ihr Eindruck nicht täuscht, Commander.«

»Ich habe mich mit Berichten über ähnliche Projekte auf anderen Welten befaßt.«

»Tatsächlich? Ich würde mir die betreffenden Unterlagen gern ansehen. Leider stehen uns nicht alle im Bordcomputer Ihres Raumschiffes gespeicherten Daten zur Verfügung. Glauben Sie, der Captain gäbe uns die Erlaubnis, entsprechende Informationen abzurufen?«

»Ich leite Ihre Anfrage an ihn weiter. Aber vielleicht erwartet Sie eine Enttäuschung. Bisher sind alle Versuche einer globalen Wetterkontrolle gescheitert.«

»Oh, die Sache ist sehr kompliziert – daran kann kein Zweifel bestehen. Aber wir haben in diesem Zusammenhang einige neue Ideen. Ich vertrete folgenden Standpunkt: Alle bisherigen wissenschaftlichen Erfolge galten in der Vergangenheit als unmöglich. Irgend jemand war entschlossen – und verzweifelt – genug, um einen Versuch zu wagen. Wie Sie selbst sagten: Die Lage auf Thiopa ist ziemlich kritisch.«

»Wären Sie bereit, mich in die Theorie Ihres Projekts einzuweihen und mir die konkreten Vorbereitungen zu zeigen?«

»Ja. Mit gewissen Einschränkungen. Ein großer Teil ist geheim. Das verstehen Sie sicher.«

»Natürlich. Ich bin trotzdem auf Ihre Erklärungen gespannt.«

Kurze Zeit später parkte Dr. Keat vor dem Gebäude des wissenschaftlichen Rates und führte Data in ihr Büro. Dem Androiden fiel sofort die perfekte Ordnung in dem Zimmer auf: Alle Bücher, Aktenordner und Speicherkassetten lagen oder standen genau an den für sie bestimmten Plätzen. »Ich kann Unordnung nicht ausstehen«, sagte die junge Frau. »Manchmal treibe ich andere Leute zum Wahnsinn, wenn ich plötzlich in Laboratorien erscheine und aufzuräumen beginne. Einer meiner Kollegen liebt es, Dinge aufeinanderzustapeln und überall Notizzettel zu verteilen, die er mit erstaunlicher Sicherheit wiederfindet. Aber solche Arbeitsmethoden kommen für mich nicht in Frage.«

Zusammen mit Data trat sie an ein Computerterminal heran und versah einige als geheim klassifizierte Dateien mit einem Zugriffsschutz. »Zeige Commander Data die ursprüngliche Studie in Hinblick auf das Klimakontrollprogramm.«

Das System reagierte sofort, und der Androide starrte auf komplexe Gleichungen und Diagramme herab. Seine Lesegeschwindigkeit verblüffte Dr. Keat. »Kann Ihr Computer die Informationen nicht etwas schneller auf den Schirm bringen?«

»Nein, leider nicht.«

Einige Sekunden später drehte sich Data um. »Sie planen ein Netz aus vierhundert Satelliten?«

»Ja. Wir beabsichtigen, bestimmte elektromagnetische Strahlen einzusetzen, um sowohl das planetare Magnetfeld zu manipulieren als auch die Temperatur der Atmosphäre und Ozeane zu verändern.«

»Ich verstehe. Aber einmal ganz abgesehen vom Start und der Wartung so vieler Satelliten... Sie brauchen ziemlich viel Energie, um das Netz funktionsfähig zu halten. Und Sie benötigen ein außerordentlich komplexes und flexibles Steuerungsprogramm.«

»Ja, das stimmt, Commander«, bestätigte Dr. Keat. »Nun, ich kann Ihnen leider nicht verraten, wie wir diese Probleme gelöst haben. Zumindest noch nicht.«

Data neigte den Kopf zur Seite. »Wann?«

Ein hintergründiges Lächeln zuckte in den Mundwinkeln der thiopanischen Wissenschaftlerin. »Kommt ganz darauf an, ob und wie sich Thiopa und die Föderation verbünden.

Wir sind eher bereit, unsere Geheimnisse guten Freunden anzuvertrauen.«

»*Enterprise* an Commander Data.« Picards Stimme drang aus dem Lautsprecher des kleinen Insignienkommunikators, den der Androide an seinem Uniformpulli trug.

Er berührte das Gerät. »Hier Data, Sir.«

»Commander Riker beamt sich gleich mit Mr. Undrun auf den Planeten. Kehren Sie bitte ins Raumschiff zurück. Angesichts der jüngsten Ereignisse möchte ich vermeiden, daß sich zwei Offiziere gleichzeitig auf Thiopa befinden.«

»Ja, Sir. Bitte erlauben Sie mir, mich zu verabschieden.« Data stand auf und sah Dr. Keat an. »Danke dafür, daß Sie soviel Zeit für mich erübrigt haben. Der Besuch bei Ihnen war sehr interessant.«

»Wenn Sie oder der Captain mehr wissen möchten... Ich stehe Ihnen jederzeit zur Verfügung — auch wenn ich nicht alle Fragen beantworten kann, wofür ich Sie um Ihr Verständnis bitte. Und noch etwas: Für Informationen über die angestrebte Wetterkontrolle auf anderen Planeten wäre ich Ihnen sehr dankbar.«

Der Androide nickte und klopfte noch einmal auf seinen Kommunikator. »Transporterraum, hier ist Lieutenant Commander Data. Beamen Sie mich an Bord.«

Riker beobachtete, wie eine transferierte energetische Matrix feste Form gewann. Als Data von der Plattform heruntertrat, fragte der Erste Offizier: »Haben Sie etwas in Erfahrung gebracht?«

»Sogar eine ganze Menge, Commander«, erwiderte der Androide.

»Gut. Ich höre mir Ihren Bericht später an.« Data verließ den Transporterraum und machte sich auf den Weg zur Brücke. Kurze Zeit später trat Undrun ein. Der Botschafter trug noch immer dicke Kleidung, um sich vor der ›Kälte‹ in der *Enterprise* zu schützen. Riker spürte, wie sich seine Nackenhaare aufrichteten; Undruns Präsenz genügte, um seinen Blutdruck steigen zu lassen.

»Warum die Verzögerung, Commander Riker?« fragte der kleine Noxorianer scharf.

»Verzögerung? Ich habe auf Sie ge...« Der Erste Offizier unterbrach sich, schloß kurz die Augen und atmete tief durch. »Na schön.« Er bedeutete Undrun, auf die Plattform zu treten, nahm dann seinen eigenen Platz ein — möglichst weit von dem Botschafter entfernt. »Energie.«

»Wenn das sogenannte Lager noch immer in einem schlechten Zustand ist...« Das Summen des Transporters übertönte Undruns Stimme.

Ent- und Rematerialisierung hinderten den Noxorianer nicht daran, den begonnenen Satz zu beenden. »...werde ich mich weigern, die Versorgungsgüter zu liefern.«

Sie befanden sich wieder im Depot, auf halbem Wege zwischen der Luftschleuse und Chardrais Büro. Riker stemmte die Hände an die Hüften, sah auf seinen zwergenhaften Begleiter herab und versuchte vergeblich, möglichst ruhig zu sprechen. »Botschafter, geben Sie dem Aufseher wenigstens die Chance, uns etwas anderes zu zeigen als nur sein Arbeitszimmer.«

»Es ist wohl kaum meine Schuld, daß die Inspektion durch einen Bombenanschlag unterbrochen wurde«, schnaubte Undrun.

Mit langen Schritten gingen sie durch den Korridor. Chardrai wartete bereits auf sie. Neben der Tür stand der gleiche Wächter wie am Vortag. »Meine Herren...«, sagte Chardrai. »Wenn Sie bereit sind, führe ich Sie nun durch das Lager.«

»Besteht Gefahr?« erkundigte sich Undrun.

»Dieses Gebäude ist so sicher, wie es nur sein kann. Wenn Sie mir nun bitte folgen würden...« Der Aufseher führte seine beiden Besucher in den Gang, durch eine stählerne Tür und auf einen Laufsteg hoch über dem Boden des Lagers. Der Wächter folgte ihnen im Abstand von einigen Schritten. Die Passage bestand aus einzelnen Gitterplatten und einem hüfthohen Geländer; an einigen Stellen gab es Verbindungen zu schmalen Korridoren, Leitern, Rampen und Lastenaufzügen, die ein unentwirrbares Labyrinth im Innern des großen Gebäudes bildeten. Nur an wenigen Stellen sah Riker feste Zwischenwände und Unterteilungen im Bereich der einzelnen Stockwerke. Dadurch wirkte das Depot eher wie ein komplexes Gerüst.

»Dort unten bringen wir die Saat-Container unter«, sagte Chardrai und deutete in die Tiefe. »Wir...«

»*Enterprise* an Commander Riker«, erklang Picards Stimme.

»Bitte entschuldigen Sie, Aufseher«, sagte der Erste Offizier und berührte seinen Insignienkommunikator. »Hier Riker. Ich höre, Sir.«

»Wir haben eine noch unbekannte Anzahl nuaranischer Raumschiffe an der Peripherie unserer Sensorreichweite geortet.«

»Sind bereits Flugkoordinaten berechnet?«

»Ja. Offenbar begnügen sich die Nuaraner zunächst damit, einfach abzuwarten, Nummer Eins.«

»Ich beame mich wieder an Bord, Captain.«

»Das ist nicht nötig.«

»Wenn die *Enterprise* angegriffen wird, sollte ich auf der Brücke sein.«

»Glauben Sie, Mr. Worf und ich sind nicht in der Lage, ohne Sie mit einigen nuaranischen Abfangjägern fertig zu werden?«

»Ich stelle keineswegs Ihre Fähigkeit in Frage, die Sicherheit des Schiffes zu gewährleisten. Es ist nur...«

»Ohne das Überraschungsmoment stellen die Nuaraner keine Gefahr für uns dar, Nummer Eins. Ich wollte Sie nur in Kenntnis setzen. Für den Fall, daß wir die Schilde aktivieren müssen und Sie nicht zurückholen können.«

»Captain«, sagte Riker. »Die Taktik des Gegners besteht darin, schnell zuzuschlagen und sich dann noch schneller abzusetzen. Ein eventuelles Gefecht dauert bestimmt nur wenige Sekunden.«

»Lieutenant Worf teilt diese Einschätzung, und wir treffen alle notwendigen Maßnahmen.«

»Schützen Sie um Himmels willen die Frachtdrohnen!« platzte es aus Undrun heraus. Er beugte sich zu Rikers Brust vor, um sicherzustellen, daß ihn der Captain hörte.

»Worauf Sie sich verlassen können, Botschafter«, erwiderte Picard.

Riker blieb skeptisch. »Ich wäre jetzt viel lieber an Bord, Sir.«

»Sie haben eine Aufgabe wahrzunehmen, Commander Riker.«

»Na schön. Aber halten Sie mich auf dem laufenden.«

»Bestätigung. *Enterprise* Ende.«

Chardrai hatte während des Gesprächs zwischen dem Captain und seinem Ersten Offizier geschwiegen. Jetzt verschränkte er die Arme und räusperte sich.

»Wenn Sie soweit sind, Commander ...«

»Ja, in Ordnung, Aufseher«, entgegnete Riker. »Setzen wir den Rundgang fort.«

Chardrai geleitete Riker und Undrun über einen Steg zwischen zwei Plattformen. Der Boden erstreckte sich fast zwanzig Meter unter ihnen. Zwar herrschte in ihrer unmittelbaren Nähe kaum Aktivität, aber sie hörten brummende Motoren, rasselnde Ketten und das hydraulische Zischen schwerer Aufzüge – der Atem des Depots. Undrun vergaß seine natürliche Arroganz und konzentrierte sich ganz auf seine Schwindelgefühle. Er schloß die Hände krampfhaft fest ums Geländer.

»Wann wurde dieses Lager gebaut?« fragte Riker.

»Vor etwa dreißig Jahren«, erwiderte Chardrai. »Nur durch den Bombenanschlag sind Instandsetzungsarbeiten nötig geworden. Hier ist alles massiv und stabil.«

»Sind die Schäden bereits repariert worden?« warf Undrun ein.

Chardrai starrte ihn ungläubig an. »Es sind erst zwanzig Stunden vergangen.«

»Die Föderation hat viel Geld in die Versorgungsgüter investiert. Was ist, wenn weitere Bomben explodieren?

Welche Garantie habe ich dafür, daß die Samen, Lebensmittel und Medikamente hier sicher sind?«

»Wie ich schon sagte: Wir geben uns alle Mühe«, entgegnete der Aufseher. »Wenn uns die Föderation dabei helfen könnte, den verdammten Terroristen das Handwerk zu legen ...«

»Unmöglich«, sagte Riker. »Unsere Gesetze verbieten Einmischungen in die inneren Angelegenheiten anderer Welten.«

Chardrai brummte spöttisch. »Ja, darauf haben uns bereits die Nuaraner hingewiesen.«

»Die fremden Einheiten kommen jetzt mit hoher Geschwindigkeit näher, Captain«, meldete Commander Data. »Diesmal sind es fünf.«

Picard lehnte sich im Kommandosessel zurück. »Grußfrequenzen öffnen, Mr. Worf.«

»Grußfrequenzen geöffnet, Sir.«

»*Enterprise* an nuaranische Raumschiffe. Hier spricht Captain Jean-Luc Picard. Bitte stellen Sie eine Kommunikationsverbindung mit uns her, damit wir Feindseligkeiten vermeiden können.«

Worf runzelte die Stirn. »Captain, wir sollten die Schilde aktivieren und unsere Waffensysteme vorbereiten. Vielleicht planen die Nuaraner einen neuerlichen Angriff.«

»In Ordnung, Lieutenant. Schilde hoch, Waffen in Bereitschaft. Ich hoffe, wir brauchen sie nicht.« Picard versuchte erneut, einen Kontakt herzustellen.

»Keine Reaktion, Sir«, brummte Worf.

»Sie kommen weiterhin näher, Captain«, sagte Data. Er sah auf die Anzeigen seiner Konsole. »Und sie führen dauernd Ausweichmanöver durch.«

Wie beim erstenmal, dachte Picard. »*Enterprise* an nuaranische Schiffe. Ich wiederhole: Wir hegen keine feindlichen Absichten. Bitte antworten Sie.« Der Captain holte verärgert Luft. »Lieutenant Worf, gehen Sie auf Alarmstufe Gelb. Phaser mit Energie beschicken und Ziele erfassen.«

»Phaser auf alle fünf Ziele ausgerichtet, Sir. Ich erwarte Ihre Anweisungen.«

Picard spürte, wie seine Anspannung zunahm. »Entfernung, Mr. Data?«

»Dreißigtausend Kilometer... zwanzigtausend...«

»Optimale Gefechtsdistanz, Sir«, sagte Worf.

»Darüber bin ich mir klar, Lieutenant«, erwiderte Picard scharf.

Der große Wandschirm zeigte fünf helle Punkte, die innerhalb weniger Sekunden anschwollen und zu fünf pfeilförmigen Todesboten wurden, deren Formation sich ständig veränderte. Drei Jäger schwenkten zur Seite und rasten den vier Frachtdrohnen entgegen, während die beiden anderen kleinen Schiffe beschleunigten und genau auf die *Enterprise* zuhielten.

»Eröffnen Sie noch nicht das Feuer, Mr. Worf«, sagte Picard leise. Er blickte weiterhin in das große Projektionsfeld und beobachtete fünf nuaranische Angreifer, die wie kosmische Akrobaten durchs All tanzten.

Worfs Finger ruhten an den Phaserkontrollen, bereit dazu, die Bordkanonen der *Enterprise* auszulösen.

Die Jäger sausten heran, füllten den ganzen Bildschirm aus und wirkten wie exotische Raubvögel, die sich auf ein Opfer stürzen wollten. Und dann waren sie an dem Föderationsschiff vorbei, ohne eine Salve abgefeuert zu haben. Picard ließ den angehaltenen Atem entweichen.

Geordi schüttelte verwundert den Kopf. »Wollen sie Katz und Maus mit uns spielen?«

Data drehte den Kopf und musterte LaForge neugierig. »Katz und Maus? Bezieht sich dieser Vergleich auf die Größe? Ich habe noch nie davon gehört, daß Mäuse Katzen angreifen...«

»Ein Aphorismus«, erklärte Geordi. »Die Katze verschlingt die Maus erst, nachdem sie ein wenig mit ihr gespielt hat.«

»Offenbar geht es den Nuaranern darum, unsere Entschlossenheit zu testen«, warf Counselor Troi ein.

»Ja«, sagte LaForge. »Sie provozieren uns und hoffen vermutlich, daß wir irgendeinen Fehler machen.«

»Eine interessante Taktik«, bemerkte Data. »Und wie reagiert man auf so etwas?«

»Indem man zunächst einmal abwartet«, sagte Picard. »*Enterprise* an Landegruppe.«

»Hier Riker, Sir. Gibt es Schwierigkeiten?«

»Bestätigung. Nuaranische Raumschiffe haben unseren Orbitalquadranten angeflogen, aber sie griffen nicht an.«

»Nun, Sie wissen ja, wo wir sind, Sir. Mr. Undrun und ich setzen die Inspektion des Lagers fort. Sie können uns jederzeit an Bord beamen.«

»In Ordnung. Picard Ende. Mr. Data, was ist mit den Nuaranern?«

»Sie haben unsere Sensorreichweite verlassen, Captain.«

Worf knurrte dumpf. »Bestimmt kehren sie zurück.«

»Es gefiel den Nuaranern nicht sonderlich, daß Protektor Stross die Handelsbeziehungen zu ihnen beendete«, wandte sich Aufseher Chardrai an Riker und Undrun, als sie fünf große Winden bei einem komplizierten Ballett beobachteten — sie transportierten Container durch die zentrale Kammer des Depots. Die hydraulischen Ausleger verschwanden irgendwo unter der dunklen Decke; silberne Kabelstränge hingen wie seidene Spinnfäden herab.

»Was halten die Thiopaner von den Nuaranern?« fragte der Erste Offizier.

Chardrai zuckte mit den Schultern. »Die Fremden haben unseren Planeten ausgeplündert und nur Schutt hinterlassen«, sagte er schlicht. »Freunde verhalten sich anders. Nun, ich zeige Ihnen jetzt den Bereich, der die Versorgungsgüter aufnehmen soll.«

Riker und Undrun folgten dem Aufseher zum Ende des Laufstegs; dort hing eine Aufzugskabine in einem vergitterten Schacht. Der Wächter blieb ein wenig zurück, hob den Armband-Kommunikator vor die Lippen und murmelte etwas.

»Jeldavi!« rief Chardrai. »Was ist los?«

»Oh, nichts weiter. Ich habe nur etwas überprüft.« Der Wächter trat ebenfalls in den Lift. Doch bevor er die Tür schließen konnte, näherten sich zwei andere Uniformierte aus einem Nebengang.

»Nach unten?« fragte einer von ihnen.

»Ja«, sagte Jeldavi und hielt die Tür auf. Die beiden Männer gesellten sich Riker, Undrun und Chardrai hinzu. Einige Sekunden später setzte sich die Kabine mit einem Ruck in Bewegung.

Undrun blickte nach unten und erblaßte. Der Boden bestand aus Stahlstäben, die ein netzartiges Muster bildeten, und der Schacht unter ihnen wirkte wie ein tiefer Schlund.

Riker bemerkte das Unbehagen des kleinen Noxorianers, und es fiel ihm schwer, auf ein schadenfrohes Lächeln zu verzichten. »Sehen Sie einfach nicht hin.«

Plötzlich hielt der Lift zwischen zwei Etagen an. Riker, Undrun und Chardrai taumelten, aber die drei Wächter schienen vorbereitet zu sein. Mit einer Hand hielten sie sich an der Wand fest, und mit der anderen holten sie Spraydosen hervor. Der Erste Offizier bekam keine Gelegenheit mehr, irgend etwas zu unternehmen. Ein leises Zischen – und nebliger Dunst wehte ihm, Chardrai und Undrun ins Gesicht. Das Gas wirkte sofort, und die drei Männer verloren das Bewußtsein, sanken zu Boden.

Jeldavi, der Wächter aus dem Büro des Aufsehers, betätige eine Taste des Kontrollfelds, und daraufhin glitt die Liftkabine weiter nach unten, erreichte kurz darauf das Erdgeschoß, wo rosafarben glühende Lampen seltsame Schatten zwischen einem Gewirr aus Stützstreben schufen. Der Aufzug verharrte mit einem neuerlichen Ruck, und einer der Wächter stieß die Tür auf. Jeldavi sah den größeren seiner beiden Kollegen an. »Hol den Wagen, Rudji. Ligg, leg Riker Fesseln an.« Es dauerte nicht lange, bis Rudji mit einer großen Frachtbox zurückkehrte, die auf einer fahrbaren Pattform ruhte. Er half seinen Gefährten dabei, den inzwischen an Händen und Füßen gefesselten Riker in den Behälter zu legen. Rudji wollte gerade die Klappe schließen, als Jeldavi vortrat, sich noch einmal zu dem bewußtlosen Ersten Offizier herabbeugte und ein bestimmtes Objekt vom Uniformpulli löste.

»Was ist das?« fragte Ligg.

»Ein Kommunikator. Ich habe gesehen, wie er dieses Gerät benutzte, um mit dem Captain im Raumschiff zu sprechen.« Jeldavi holte aus und warf den Insignienkommunikator fort. Das kleine Instrument prallte von einer Wand ab, rutschte über den Boden und verschwand irgendwo in den Schatten.

»Alles klar. Sichert das Ding.«

Rudji und Ligg schoben stählerne Spangen auf die vier Kanten des Containers.

»Und jetzt – los geht's!« Die beiden Wächter stemmten sich gegen den Behälter, und daraufhin drehten sich die Räder der Plattform. Sie schoben den Wagen durch einen dunklen Korridor, wandten sich an einer Abzweigung nach rechts und gelangten kurz darauf zu einem breiten Schott, das bereits vorbereitet worden war. Jeldavi eilte an seinen Gefährten vorbei und öffnete es. Rudji und Ligg steuerten die Plattform mit dem Container in einen Wartungsschacht, der vom eigentlichen Depot fortführte. Jeldavi schloß das Schott wieder und gab den richtigen Code für die Verriegelung ein, bevor er den anderen vermeintlichen Wächtern folgte. Die drei Verweiler hinterließen keine Spuren, als sie zusammen mit ihrer Geisel flohen.

Schon nach wenigen Minuten bewahrheitete sich Worfs Prophezeiung. Die fünf nuaranischen Jäger rasten erneut heran, während die *Enterprise* ihre gegenwärtige Position hielt und sich auf Passivität beschränkte. Diesmal feuerten die Nuaraner mehrere Torpedos ab. Die meisten galten den Frachtdrohnen; nur einer zielte auf das große Föderationsschiff. Destruktive Energie waberte, aber die Schilde hielten stand.

Die Angreifer folgten ihrer bisherigen Taktik, beschleunigten und setzten sich mit hoher Geschwindigkeit ab. Einmal mehr übermittelte ihnen Picard eine Botschaft, mit der er auf die friedliche Mission der *Enterprise* hinwies und gleichzeitig eine deutliche Warnung aussprach. Der Captain zeichnete sich durch die Tugend der Besonnenheit aus, aber irgendwann war das Maß voll. Er gab den Nuaranern zu verstehen, daß er keine weiteren Angriffe dulden würde.

Erneut blieb eine Antwort aus. Und die fünf Jäger formierten sich wieder.

Der Captain verschränkte die Arme. Er wußte, daß die Gegner nicht aufgrund irgendwelcher Regeln handelten. Ihre Unberechenbarkeit stellte eine erhebliche Gefahr dar. Mehr als einmal hatten sie bewiesen, daß sie bereit waren, ohne irgendeine Provokation das Feuer zu eröffnen. Sie lehnten es ab, einen Kontakt zur *Enterprise* herzustellen. Und ganz offensichtlich wollten sie nicht auf zusätzliche offensive Maßnahmen verzichten. Eins der wichtigsten Prinzipien Jean-Luc Picards bestand darin, Gefechte zu vermeiden; er verabscheute es, Gewalt anzuwenden. Aber in diesem besonderen Fall ließen ihm die Umstände keine andere Wahl. Er mußte das Schiff, die Frachtdrohnen und seine Besatzung schützen. Hinzu kam die Mission auf Thiopa.

»Captain«, sagte Data. »Die nuaranischen Jäger befinden sich wieder innerhalb der Sensorreichweite.«

»Sie geben nicht auf«, murmelte Geordi.

Der Androide drehte sich halb um. »Gibt es bei dem sogenannten ›Katz-und-Maus-Spiel‹ eine Möglichkeit, die Chancen eines Kontrahenten zu erhöhen?«

»Ja«, antwortete Picard. »Gutes Timing. Es geht darum, die richtige Entscheidung zum richtigen Zeitpunkt zu treffen. Entfernung der Angreifer, Mr. Data?«

»Siebzigtausend Kilometer. Sie kommen schnell näher.«

Picard beugte sich vor, und Konzentration täuschte über seine Empfindungen hinweg. »Mr. LaForge, erhöhen Sie unsere Distanz zu den Frachtdrohnen um zehn Prozent.«

»Sir?«

»Erwecken Sie den Anschein, als trieben die Transporter langsam aus dem Deflektorfeld.«

»Aye, Sir.«

»Mr. Worf ...«, fuhr Picard fort. »Richten Sie die Phaser auf alle fünf Ziele. Geordi, treffen Sie Vorbereitungen dafür, auf mein Zeichen hin die Schilde im Bereich der Drohnen für genau eins Komma zwei fünf Sekunden zu senken. Anschließend muß die Abschirmung wieder stabil sein. Worf, synchronisieren Sie Ihre Phaser-Kontrollen mit Geordis Deflektoren. Ich möchte, daß gleichzeitig mit der Wiederherstellung des Schutzfeldes die Phaser ausgelöst werden. Verstanden?«

Beide Offiziere bestätigten und begannen sofort damit, ihre Konsolen zu programmieren.

»Mr. Data«, sagte der Captain, »geben Sie mir Bescheid, wenn die Entfernung zu den Nuaranern nur noch fünftausend Kilometer beträgt.«

»Aye, Sir.« Nach einigen Sekunden erklang erneut die Stimme des Androiden. »Sie nähern sich der kritischen Distanz. Vier, fünf, drei, zwei, eins ...«

»*Jetzt*, Geordi!« befahl Picard.

Die Sensoren der Gegner registrierten den plötzlichen Energieschwund in den Deflektoren. Nur ein Jäger sauste weiterhin der *Enterprise* entgegen. Die anderen vier änderten ihren Kurs und hielten auf die nun ungeschützten Frachtdrohnen zu – wie Haie, die leichte Beute witterten. Die Nuaraner brauchten eine gute Sekunde, um auf den vermeintlichen Vorteil zu reagieren, und unmittelbar darauf waren die Schilde des Föderationsschiffes wieder stabil. Picards List verwirrte sie – und dadurch gaben sie sich die sprichwörtliche Blöße. Worf zögerte nicht, die Phaser abzufeuern.

»Vier direkte Treffer«, meldete der Klingone. »Ein Jäger scheint manövrierunfähig zu sein.«

»Captain«, ließ sich Data vernehmen. »Die Mannschaft des Wracks wird an Bord der anderen Schiffe gebeamt und...«

Der Androide konnte den Satz nicht beenden. Der antriebslos im Raum treibende nuaranische Jäger platzte auseinander und verwandelte sich in einen Glutball. Die vier anderen Angreifer verließen den Gefechtsbereich.

»Ein Selbstzerstörungsmechanismus«, sagte Geordi LaForge. »Offenbar wollen uns die Nuaraner keine Trophäen hinterlassen.« Er warf einen kurzen Blick auf die Anzeigen seines Pults. »Die *Enterprise* und unsere Frachtdrohnen sind unbeschädigt, Captain.«

»Stellen Sie eine Verbindung zur Landegruppe her, Mr. Worf«, ordnete Picard an.

»Kom-Kanal geöffnet«, erwiderte der Klingone.

»*Enterprise* an Commander Riker.«

Picard runzelte die Stirn, als ihm niemand antwortete. »*Enterprise* an Commander Riker.« Er wartete eine Zeitlang, stand schließlich auf und drehte sich zu seinen Brükkenoffizieren um. »Geordi, überprüfen Sie die Instrumente der Einsatzkontrolle.«

LaForge trat an die entsprechende Konsole heran, berührte mehrere Sensorflächen, schluckte und wandte sich an den Captain. »Der Insignienkommunikator des Ersten Offiziers sendet keine Lebens-Signale mehr, Sir.«

»Was empfangen wir?«

»Gar nichts. Abgesehen von einem Lokalisierungsimpuls. Es fehlen selbst die Anzeigen, die sich im Todesfalle ergäben.«

»Kom-Kanal zu Undrun«, sagte der Captain. Und als Worf nickte: »Picard an Botschafter Undrun. Bitte melden Sie sich.« Seine Stimme klang kühl und ruhig. Schon vor vielen Jahren hatte er gelernt, daß der Kommandant eines Raumschiffes gerade in Krisensituationen auf keinen Fall unsicher und besorgt wirken durfte. »*Enterprise* an Undrun. Bitte melden Sie sich.« Er wartete vergeblich auf eine Antwort und sah Geordi an. »Was zeigen Undruns Lebensindikatoren?«

»Normale Telemetrie. Der Botschafter lebt.«

»Dann ist er wahrscheinlich bewußtlos. Mr. Worf, stellen Sie ein Sicherheitsteam zusammen und beamen Sie sich zu Undruns Koordinaten.« Picard aktivierte das Interkom. »Brücke an Dr. Pulaski.«

»Hier Pulaski, Captain.«

»Bitte begeben Sie sich unverzüglich in den Transporterraum. Begleiten Sie Lieutenant Worf und seine Landegruppe auf den Planeten. Er wird Ihnen die aktuelle Lage erklären.«

»Wie ernst sind die Verletzungen, Captain?«

»Das wissen wir noch nicht. Seien Sie aufs Schlimmste gefaßt, Doktor.«

»Das bin ich immer.«

KAPITEL 8

Worf griff nach dem kleinen Insignienkommunikator und kehrte zum Lastenaufzug zurück, wo sie Undrun und den thiopanischen Aufseher gefunden hatten, beide besinnungslos. Kate Pulaski untersuchte sie mit einem medizinischen Tricorder, paßte die Dosis des stimulierenden Mittels den individuellen Metabolismen ihrer Patienten an und verabreichte ihnen eine Injektion. Wenige Sekunden später kamen die Männer zu sich.

»Bleiben Sie still liegen, bis sich die volle Wirkung des Medikaments entfaltet«, sagte die Ärztin fest.

Worf stellte einen Kontakt zur *Enterprise* her. »Commander Riker ist nicht hier, Captain. Botschafter Undrun und der Aufseher im Lager waren bewußtlos, aber Dr. Pulaski meint, sie werden sich schnell erholen.«

»Erholen? Wovon? Wissen Sie bereits, was geschehen ist, Doktor?«

Pulaski berührte ihren Kommunikator. »Irgend jemand hat Undrun und den Thiopaner mit Betäubungsgas außer Gefecht gesetzt. Sie sind gerade erwacht.«

»Kann uns einer von ihnen Bericht erstatten?«

»Bitte haben Sie noch ein wenig Geduld. Geben Sie ihnen die Möglichkeit, wieder ganz zu sich zu finden.«

»Wie lautet der Name des Aufsehers?«

Der Thiopaner schüttelte den Kopf, um sich von seiner Benommenheit zu befreien. Mühsam stand er auf. »Ich heiße Chardrai«, sagte er und stützte sich an der Liftwand ab. »Und wer sind Sie?«

»Captain Picard von der *Enterprise*. Mr. Chardrai, gestatten Sie es mir, Sie an Bord zu beamen?«

Der Aufseher kniff argwöhnisch die Augen zusammen. »Zu welchem Zweck?«

»Damit Sie in unserer Krankenstation behandelt werden können. Außerdem möchte ich persönlich mit Ihnen sprechen, um zu hören, was im Lager geschehen ist. Es dauert sicher nicht lange.«

»Nun, warum nicht? Einverstanden.«

»Danke. Lieutenant Worf, hatten Sie und Ihre Leute Gelegenheit, sich dort unten umzusehen?«

»Ja, Sir. Wir haben keine Spuren entdeckt.«

»Na schön. Kehren Sie zusammen mit Dr. Pulaski und ihren Patienten zurück.«

Der Captain wartete, bis ihn die Bordärztin benachrichtigte, machte sich dann auf den Weg zur Krankenstation, um die einzigen Zeugen des Zwischenfalls zu befragen. Undrun und Chardrai saßen in Pulaskis Büro, und Counselor Troi leistete ihnen Gesellschaft. Die empathischen Fähigkeiten der Betazoidin waren gerade bei solchen Gelegenheiten sehr nützlich — sie lieferten dem Captain deutliche Hinweise darauf, ob er wahrheitsgemäße Antworten bekam.

Undrun schien nicht besonders aufmerksam gewesen zu sein und konnte sich kaum an etwas erinnern. Aufseher Chardrai hingegen gab einen detaillierten Bericht und schilderte alle Einzelheiten.

»Haben Sie die Wächter schon einmal gesehen?« erkundigte sich Picard.

»Zumindest einen von ihnen, Jeldavi. Seit Monaten ist er meinem Büro zugeteilt. Die anderen beiden...« Er zuckte kurz mit den Achseln. »Ich bin für das Lager verantwortlich, aber das bedeutet nicht, daß ich alle Angestellten kenne.«

»Ist es den Verweilern schon einmal gelungen, Ihren Mitarbeiterstab zu infiltrieren?«

»Nein. Aber eins steht fest: Wenn ich zurückkehre, findet eine gründliche Kontrolle statt.«

Picard brummte leise und verschränkte die Arme. »Offenbar haben Sie ein erhebliches Sicherheitsproblem, Mr.

Chardrai. Zwei Zwischenfälle in zwei Tagen – und mein Erster Offizier wurde entführt.«

»Wie Sie schon sagten, Captain: Ich habe meine Probleme – und Sie die Ihren. Wenn Sie mich jetzt wieder auf den Planeten transferieren würden...«

»Natürlich. Vielen Dank für Ihre Auskünfte.« Picards Stimme klang freundlich, aber er schien nicht ganz bei der Sache zu sein. Geistesabwesend winkte er in Richtung des Klingonen, der neben der Tür stand. »Lieutenant Worf, führen Sie Mr. Chardrai in den Transporterraum und sorgen Sie dafür, daß er ins Lager gebeamt wird.«

Als die beiden Männer das Zimmer verlassen hatten, wandte sich Jean-Luc Picard an Botschafter Undrun, der auf dem Bett saß und noch kleiner als sonst wirkte. »Können Sie den Ausführungen von Aufseher Chardrai wirklich nichts hinzufügen?«

Undrun hob den Kopf und zog den dicken Pullover bis zum Kinn hoch. »Es tut mir leid, Captain, aber ich erinnere mich nicht an die Details.« Etwas schärfer fügte er hinzu: »Ich glaube, ich bin gegen das Zeug allergisch, das mir Ihre Bordärztin ohne meine Erlaubnis injiziert hat.«

»Normalerweise fällt es Bewußtlosen eher schwer, derartige Genehmigungen zu geben, Botschafter«, erwiderte Dr. Pulaski spitz. »Und manchmal sterben Patienten, wenn man sie nicht rechtzeitig behandelt.«

»Nun, ich weiß nur, daß mir schwindelig ist.« Es fiel dem kleinen Noxorianer sichtlich schwer, sich aufzurichten. »Mit der Mission steht es nicht gerade zum besten, Captain. Ich erwarte von Ihnen, daß Sie Ihre Autorität nutzen, um die Thiopaner zur Kooperation zu bewegen. Die Versorgungsgüter müssen den Leuten zur Verfügung gestellt werden, die sie brauchen.«

In Picards Wangen zuckte es kurz. »Botschafter Undrun, offenbar wollen Sie nicht zur Kenntnis nehmen, daß mein Erster Offizier von einer Gruppe entführt wurde, die bereits bewiesen hat, daß sie zu allem entschlossen ist.«

»Darüber bin ich mir durchaus im klaren, Captain Picard«, erwiderte Undrun mit vibrierender Stimme. »Die jüngsten Ereignisse bedauere ich sehr, aber mir daran die Schuld zu geben ...«

»Es liegt mir fern, Ihnen irgendwelche Vorwürfe zu machen.« Picard rang mit seiner Selbstbeherrschung. »Auf Thiopa herrscht eine weitaus kompliziertere Lage, als wir bisher annahmen. Die Sicherheit der *Enterprise* und ihrer Besatzung ist in Frage gestellt, während Sie einzig und allein an die Lieferung der Versorgungsgüter denken ...«

Undrun sprang empört vom Bett herunter und straffte seine winzige Gestalt. »Bitte entschuldigen Sie, wenn ich versuche, meinen Pflichten gerecht zu werden, Sir. Ich werde jetzt mein Quartier aufsuchen, um mich zu erholen.« Er marschierte an einem verblüfften Picard vorbei und trat in den Korridor.

Der Zorn des Captains verrauchte, und er ließ die Schultern hängen. »Nun, offenbar bin ich nicht sehr taktvoll gewesen.« Seine Lippen deuteten ein ironisches Lächeln an.

»Undrun hat Sie provoziert«, sagte Dr. Pulaski. »Himmel, der Kerl ist wirklich unausstehlich.«

»Das mit Will Riker scheint ihm völlig gleich zu sein.«

»Er macht sich weitaus mehr Sorgen, als er zugibt, Captain«, warf Deanna Troi ein. »Er fühlt sich verantwortlich.«

Picard und Kate Pulaski starrten die Counselor groß an. »Wie bitte?« fragte der Captain. »Er fühlt sich *verantwortlich*?«

»Er verbirgt es gut«, meinte die Ärztin.

»Das bisherige Verhalten des Botschafters deutet eigentlich nicht darauf hin, daß er zu Selbstvorwürfen neigt«, stellte Picard fest.

»Ich habe seine Personalakte überprüft«, sagte Troi. »Undrun stammt aus einer wohlhabenden noxorianischen Familie und genoß alle Privilegien des Reichtums. Aber in seiner Heimat spielt soziales Engagement eine große Rolle. Je reicher die Familie ist, desto mehr muß sie für die Gemeinschaft leisten. Dieses Prinzip kommt fast einer militärischen Disziplin gleich, die maßgeblichen Einfluß auf den Charakter junger Noxorianer ausübt.«

Pulaski nickte langsam. »Na schön. Undrun beschloß also, in die Dienste des Föderationsministeriums für Hilfe und Unterstützung zu treten.«

»Dort machte er eine steile Karriere«, fuhr Troi fort. »Es ist schwierig, sein Alter zu bestimmen, denn alle Noxorianer sehen recht jung aus, aber eins steht fest: Für sein Alter hat er einen hohen Rang erreicht. Was den Schluß zuläßt, daß er seine Aufgaben sehr ernst nimmt und alles andere für zweitrangig hält. Captain, Ihr Hinweis, er denke in erster Linie an die Lieferung der Versorgungsgüter, entspricht den Tatsachen.«

»Undruns Engstirnigkeit ist offensichtlich«, kommentierte Picard.

Deanna lächelte. »Bürokraten stehen nicht gerade in dem Ruf, besonders kreativ zu sein. Die strenge Erziehung des Botschafters, das Bestreben, mit seiner Arbeit für das Ministerium erfolgreich zu sein, die Bereitschaft, alle bürokratischen Beschränkungen hinzunehmen... Daraus ergibt sich eine Haltung, die wir als starr und gefühllos erachten.«

»Er hält sich streng an die Vorschriften«, sagte Picard ruhig. »Ich habe viele Offiziere kennengelernt, die seine Einstellung teilen. Nun, auch auf die Gefahr hin, daß *ich* gefühllos wirke: Undruns Kindheitstraumata sind mir gleich. Mir kommt es in erster Linie darauf an, Will Riker zu finden und ihn zurückzuholen. Counselor, ich brauche Sie auf der Brücke.«

Hydrin Ootherai betrat das schlicht eingerichtete Büro des Souverän-Protektors in Begleitung einer pummeligen Frau — und blieb abrupt stehen, als er Ayli sah, die auf der gepolsterten Couch neben Lord Stross saß. Die Schattenleserin stützte sich auf eine breite Armlehne, zog die Beine an und offenbarte eine lässige Eleganz, die sie wesentlich jünger erscheinen ließ. Goldbraunes Haar umrahmte ihr Gesicht, und ein dünnes Lächeln verriet die Genugtuung über Ootherais Verwirrung.

»Was macht *sie* hier?«

»Ich habe sie zu uns gebeten«, sagte Stross. »Um auch ihre Meinung zu hören.«

»Fürchten Sie Kritik?« fragte Ayli herausfordernd.

»Natürlich nicht. Tresha?« Ootherai schnippte mit den Fingern, woraufhin seine junge Assistentin eine Staffelei und mehrere verhüllte Tafeln aufstellte. Als sie die Vorbereitungen beendet hatte, trat der Politikminister näher und schob stolz das Kinn vor. Eine seiner Lieblingsbeschäftigungen bestand darin, Vorträge zu halten.

»Sie finden großen Gefallen an Ihren Präsentationen, nicht wahr?« fragte Ayli. In ihren großen bernsteinfarbenen Augen funkelte es amüsiert.

»Symbole schaffen Realität. In dieser Hinsicht haben gerade *Sie* eine nicht unbeträchtliche Erfahrung.«

Stross beugte sich ungeduldig vor. »Fangen Sie an, Ootherai.«

»Gewiß, Lord. Es ist außerordentlich wichtig, das geplante Klimakontrollprogramm als ein Instrument darzustellen, mit dem wir Thiopa vor dem Verderben bewahren.«

»Was auch unseren Absichten entspricht«, sagte Stross fest. »Die Frage lautet: Gelingt es uns damit, die Bürger auf unsere Seite zu ziehen?«

Ootherai holte tief Luft. »Zweifellos. Das Projekt enthält alle notwendigen Elemente. Wir betonen noch einmal die gemeine Hinterhältigkeit der Nuaraner, bieten eine eigene Lösung für die von ihnen verursachte Krise an und machen die Öffentlichkeit mit einem kühnen Programm vertraut, das eine sichere Zukunft für uns alle gewährleisten soll. Das älteste Epos im Universum: die Guten gegen die Bösen. Und *Sie,* Souverän-Protektor Ruer Stross, sind der Held.«

Stross faltete die Hände auf dem Bauch und dachte nach. »Wie gehen wir vor?«

»Wir beginnen einen Propagandafeldzug an allen Fronten, wobei den verschiedenen Medien eine große Bedeutung zukommt. Unsere Botschaft muß jeden thiopanischen Haushalt erreichen. Außerdem verzichten wir nicht auf Umzüge und öffentliche Veranstaltungen. Ich schlage vor, von Anfang an Kinder zu beteiligen; wir können die ältere Generation für uns gewinnen, indem wir die jungen Leute überzeugen. Ein globaler Appell an die Vernunft unserer Mitbürger. Die positiven Aspekte unserer Philosophie sollten in jeder denkbaren Form verstärkt werden. Lassen Sie uns mit einem religiösen Kreuzzug gegen die Verweiler und ihre altmodischen, längst überholten Ansichten beginnen. Und im Zentrum dieser Kampagne ...«

Mit einer viel zu theatralischen Geste zog Ootherai das Tuch von der Staffelei und offenbarte eine eindrucksvolle Darstellung: Thiopa im Zentrum, umgeben von funkelnden Punkten, eine bunte, stilisierte Blume über dem Planeten, der nicht mehr von ockerfarbenen Dunstschleiern umgeben war, sondern in einem klaren Blaugrün glänzte.

Ayli betrachtete das Bild, und ein dünnes Lächeln umspielte ihre Lippen. »Ich habe eine Überraschung für Sie, Hydrin — es gefällt mir. Die Darstellung hat einen gewissen Reiz.«

Stross nickte. »Nicht übel, Ootherai.«

»Wenn ich etwas fragen darf ...«, fügte die Schattenleserin hinzu. »Verspricht das Klimakontrollprogramm wirklich einen Erfolg? Oder ist alles nur eine Farce?«

»Es wird funktionieren«, knurrte Stross. »Ich *weiß* es.«

Ootherai winkte. »Das ist zweitrangig. Es kommt nicht auf die Wirklichkeit an, sondern darauf, was die Bürger glauben. Wir müssen sie dazu bringen, Lord Stross ihre volle Unterstützung zu gewähren.«

»Soll das ein Witz sein?« Ayli musterte den Politikminister skeptisch. »Wenn das Projekt nicht zu dem angestrebten Ergebnis führt, verwandelt sich ganz Thiopa in eine leblose Wüste. Oder ist dieser unbedeutende Umstand Ihrem symbolischen Denken entgangen?«

Ootherai deutete mit dem Zeigefinger auf sie. »Offenbar haben Sie noch immer nicht begriffen, in welcher Situation wir uns befinden. Es muß uns unbedingt gelingen, die politische Lage auf Thiopa unter Kontrolle zu bringen, den Einfluß der verdammten Anarchisten mit einer neuen Popularität des Souverän-Protektors zurückzudrängen. Andernfalls haben wir überhaupt keine Möglichkeit, etwas gegen die Umweltverschmutzung zu unternehmen. Wir brauchen Macht, um energische Maßnahmen zu ergreifen und sie auch durchzusetzen.«

Das Interkom auf dem einfachen Schreibtisch summte. »Lord Stross, das Satelliten-Kommunikationsnetz meldet sich«, erklang die Stimme einer Frau.

Der Protektor beugte sich zur Seite und betätigte eine Taste. »Hier Stross. Um was geht's?«

Ootherai runzelte die Stirn. »Er sollte seinen Titel benutzen, wenn er mit Untergebenen spricht«, brummte er.

»Captain Picard von der *Enterprise* wünscht einen Kontakt mit Ihnen. Soll ich Sie mit ihm verbinden?«

»Lassen Sie mich mit ihm reden, Euer Exzellenz«, sagte der Politikminister. Stross nickte, und daraufhin trat Ootherai an einen in die Wand integrierten Kom-Monitor heran. »Ich nehme das Gespräch entgegen.« Nach einigen Sekunden erschien Jean-Luc Picards Gesicht auf dem Schirm. »Captain ...«

»Ich würde mich gern mit Protektor Stross unterhalten, Minister Ootherai.«

»Derzeit befindet sich der Souverän-Protektor in einer wichtigen Konferenz und darf nicht gestört werden. Wenn Sie bereit wären, mit mir vorliebzunehmen ...«

»Ich habe eine Mitteilung für ihn.«

»Und Ihrem Tonfall entnehme ich, daß sie sehr wichtig ist. Habe ich recht?«

»In der Tat«, bestätigte Picard. »Während einer Inspektion des für die Versorgungsgüter bestimmten Lagers wurde mein Erster Offizier von einigen Verweilern entführt. Ich bitte Sie darum, entsprechende Nachforschungen anzustellen und für Commander Rikers sichere Rückkehr an Bord der *Enterprise* zu sorgen.«

Ootherais Gesicht blieb völlig ausdruckslos. »Die Verschleppung Commander Rikers bedauere ich sehr. Aber ich fürchte, wir können Ihnen kaum helfen.«

»Minister Ootherai ...«, sagte Picard langsam. »Thiopa ist zwar nicht verpflichtet, die Gesetze der Föderation zu achten, aber Ihre Regierung hat eine gewisse Verantwortung wahrzunehmen, und daher ...«

»Bitte entschuldigen Sie, daß ich Sie unterbreche, Captain. Darf ich Sie darauf hinweisen, daß es für Ihren Ersten Offizier überhaupt nicht notwendig gewesen wäre, sich irgendwelchen Gefahren auszusetzen? Sie hätten die Versorgungsgüter unmittelbar nach Ihrer Ankunft liefern sollen — ohne darauf zu bestehen, Mitglieder Ihrer Crew auf den Planeten zu beamen.«

»Wir wußten nicht, daß Sie außerstande sind, die Sicherheit unserer Gesandten zu garantieren. Ich habe Ihnen die Inspektion des Lagers angekündigt, doch Sie versäumten es leider, uns auf die angespannte Lage bei Ihnen hinzuweisen.«

»Wir hielten eine derartige Warnung für unnötig. Leider hatten wir keine Ahnung davon, daß die Terroristen eine derartige Aktion planten — sonst wären Sie natürlich von uns informiert worden. Nun, hinterher ist man immer schlauer. Was Commander Riker allerdings wenig nützt.«

»Welche Hilfe können Sie uns anbieten?«

»Eigentlich gar keine.«

»Wie bitte?«

»Empfangen Sie unsere Signale nicht deutlich genug, Captain?« fragte Ootherai. »Um es noch einmal zu wiederholen: Wir haben praktisch keine Möglichkeit, Ihren Ersten Offizier zu lokalisieren. Oh, sicher, ich werde die Polizei anweisen, nach ihm zu suchen, und natürlich bekommt unser Geheimdienst den Auftrag, Informationen zu sammeln. Aber wir bemühen uns derzeit, die Ordnung auf Thiopa zu wahren. Wir müssen alle unsere Mittel einsetzen, um einen drohenden Bürgerkrieg zu verhindern. Ich würde Ihnen gern behilflich sein, doch leider sind mir die Hände gebunden.«

In Picards stahlgrauen Augen funkelte es kurz. Trotzdem klang seine Stimme wie beiläufig, als er erwiderte: »Ohne Ihre Kooperationsbereitschaft sehe ich keine Möglichkeit, die von Ihnen dringend benötigten Versorgungsgüter auf den Planeten zu beamen. Ich gebe Ihnen zwölf Stunden Zeit, um Ihren Standpunkt zu überdenken. Wenn Ihre Regierung nach Ablauf dieser Frist noch immer die Zusammenarbeit verweigert, wird die *Enterprise* den Orbit verlassen.«

»Ohne den entführten Ersten Offizier?«

»Er wäre nicht das erste Besatzungsmitglied, das ich verliere, Minister Ootherai. Ich schätze jeden Angehörigen meiner Crew, aber die Sicherheit des Raumschiffes und unsere Mission haben absoluten Vorrang.«

»Captain, ich kann kaum glauben, daß Sie...«

Picard gab dem Politikminister keine Gelegenheit, seinen Satz zu beenden. »Zwölf Stunden. Ich hoffe, Sie überlegen es sich noch einmal. Picard Ende.«

»Captain«, sagte Troi, »wenn wir mit den Versorgungsgütern zur Föderation zurückkehren, bestrafen wir unschuldige Personen auf Thiopa.«

»Mag sein, Counselor. Aber bisher deutet alles darauf hin, daß die angebliche Hungersnot nicht annähernd so schlimm ist, wie man behauptete. Es standen genügend Lebensmittel zur Verfügung, um für fast dreitausend ausgewählte Personen ein Bankett zu veranstalten.«

»Das vielleicht nur dazu diente, die Stimmung zu verbessern.«

»Oder es ist ein Zeichen für Mißwirtschaft. Möglicherweise geht der Mangel an Nahrungsmitteln auf Egoismus und eine falsche Distribution zurück. Wenn die Thiopaner ihre Probleme selbst verursacht haben, müssen sie allein eine Lösung finden.«

Data drehte sich in seinem Sessel um. »An der ökologischen Krise auf dem Planeten kann kein Zweifel bestehen, Sir.«

»Ich weiß, Commander. Sie dürfte auch der Grund dafür sein, daß zumindest in einigen Regionen Thiopas Hunger herrscht. Doch derzeit halte ich es für unwahrscheinlich, daß unsere Versorgungsgüter diejenigen Thiopaner erreichen, die sie besonders dringend brauchen. Offenbar handelt es sich bei den Betreffenden weitgehend um Sympathisanten der Verweiler.«

Wesley Crusher räusperte sich. »Was ist mit Commander Riker, Sir? Wir lassen ihn doch nicht nach zwölf Stunden im Stich, oder?«

»Vor Ablauf der Frist versuchen wir alles, um ihn zu finden und an Bord der *Enterprise* zurückzubringen«, erwiderte Picard. Seine Stimme klang jetzt etwas sanfter, brachte jedoch noch immer feste Entschlossenheit zum Ausdruck. »Ich bin ziemlich sicher, daß der gegenwärtige Status quo keine zwölf Stunden dauert. Nun, nutzen wir unsere eigenen Möglichkeiten, etwas zu unternehmen. Mr. Data, justieren Sie die Sensoren und beginnen Sie mit der Suche nach Will Riker.«

Nichts beruhigte Ruer Stross so sehr wie der Geruch von Sägemehl. Der besondere Duft gehörte zu seinen frühesten Kindheitserinnerungen und war noch angenehmer als Milch, Essen, Sonnenschein oder Sex. Sein Vater hatte als Tischler gearbeitet, und der Säugling namens Ruer schlief in einer Wiege neben der Werkbank. Noch heute dachte der Protektor voller Wehmut daran zurück. Im Gegensatz zu anderen Vätern, die ihre Arbeit hinter einem geheimnisvollen Schleier verbargen — um dadurch mehr Macht über ihre Kinder zu gewinnen? —, hatte W'rone Stross seinen Sohn schon früh in die Kunst eingeweiht, Holz zu bearbeiten. Ruer besann sich auf Reminiszenzen, die nach all den Jahren noch immer klar und deutlich in seinem Gedächtnis verweilten: W'rones große Hand, die seine eigene führte, ihr die notwendige Kraft gab, um mit dem Hobel umzugehen. Schon bald begriff Ruer, daß W'rone dem Holz nicht nur Gestalt gab, um Geld zu verdienen — das kreative Schaffen war sein Lebensinhalt. In jeder anderen Beziehung bot sich sein Vater als ein ruhiger, zurückhaltender und stiller Mann dar. Er liebte seine Frau auf eine zurückhaltende Art und Weise. Der Stolz auf den Sohn veranlaßte ihn nicht zum Prahlen. Er half den Nachbarn, ohne irgendwelche Gegenleistungen zu verlangen. Ruer entsann sich nicht daran, daß sein Vater jemals geschrien hatte, weder aus Zorn noch aus Freude; die Erinnerungsbilder zeigten ihm weder Tränen noch frohes Lachen. W'rone nutzte die Energie seiner Leidenschaft, um in der Werkstatt Holz in magische Gegenstände zu verwandeln, um sie mit einem Teil seiner Seele zu beleben.

Ganz gleich, wo sie gewohnt hatten, während Ruer aufwuchs: W'rone nutzte jede Gelegenheit, um eine kleine Werkstatt einzurichten — in einem Schuppen, im Keller, manchmal auch nur in einer Zimmerecke. Nie verzichtete er darauf, seine schöpferische Kraft zu entfalten. Es fiel dem kleinen Ruer schwer, dieses Bedürfnis seines Vaters zu verstehen, aber er stellte es nicht in Frage. Im Laufe der Zeit lernte er, das Empfinden seines Vaters zu teilen. Und jetzt, als mächtigster Mann auf ganz Thiopa, fand er nur dann Frieden, wenn er an seiner eigenen Werkbank stand.

»Halten Sie es für angebracht, auf diese Weise Zeit zu verschwenden?« fragte Ootherai und starrte auf den Rükken des Souverän-Protektors. Feines Sägemehl stob davon, als Stross den Hobel bewegte, und der Politikminister versuchte, nicht zu niesen.

Ayli stand ebenfalls an der Werkbank, sah Ruer interessiert bei der Arbeit zu und fragte sich, welche Form das Holzstück schließlich annehmen mochte.

»Von Verschwendung kann überhaupt keine Rede sein«, erwiderte Stross ruhig.

»Wir brauchen die Versorgungsgüter der Föderation«, betonte Ootherai. »Um gegen zukünftige Ernährungskrisen gewappnet zu sein. Und um die Endrayaner zu zwingen, sich von den Verweilern abzuwenden. Wenn wir die Lebensmittel nicht bekommen, verlieren wir ein wichtiges Werkzeug, um Druck auszuüben. Mit Werkzeugen kennen Sie sich doch aus, Lord Stross.«

»Ja, mein Freund. Man braucht das richtige, um eine bestimmte Arbeit zu erledigen. Wenn es nicht zur Verfügung steht, gibt es nur zwei Alternativen: Entweder man verschiebt die Arbeit auf einen späteren Zeitpunkt oder sucht Ersatz.«

»Wie meinen Sie das?« fragte Ayli.

»Von den Nuaranern haben wir folgendes gelernt: Es ist sehr wichtig, etwas zu haben, das andere Leute wollen. Die *Enterprise* hat Lebensmittel. Und Riker befindet sich bei den Verweilern. Wenn wir den Ersten Offizier befreien, wird uns Picard die Versorgungsgüter liefern.«

»Ich bin mir nicht sicher, ob es so einfach ist«, sagte Ootherai sarkastisch.

»Wer hat hier eigentlich die Macht?« erwiderte Stross, ohne aufzusehen. »Es gibt nicht viele Orte, wo die Verweiler Riker verstecken können. Stellen Sie eine Streitmacht zusammen und holen Sie ihn zurück.«

Ootherai schnaubte abfällig. »Wir sollen in die Sa'drit-Leere vorstoßen? Das ist doch absurd.«

»Es braucht nicht unbedingt eine große Aktion zu sein. Es genügt, den Verweilern eine Lektion zu erteilen. Immerhin stehen uns moderne Waffen zur Verfügung.«

»Ebenso wie unseren Gegnern.«

»Sie sind doch sonst so einfallsreich, Ootherai«, sagte Stross. »Finden Sie eine Möglichkeit.«

Captain Picard saß vor den breiten Aussichtsfenstern und wandte ihnen den Rücken zu. Data hatte auf der anderen Seite des Konferenztisches Platz genommen und beendete gerade seinen Bericht über den Besuch bei Dr. Kael Keat.

»Offenbar sind dabei nicht nur Fragen beantwortet worden«, sagte Picard. »Es haben sich auch viele neue ergeben.«

Der Androide nickte. »Wir können davon ausgehen, daß mir Dr. Keat nicht alles gesagt hat.«

»Wissen Sie jetzt genug über das geplante Klimakontrollprogramm, um es zu beurteilen?«

»Nein, Sir. Ich bekam nur Gelegenheit, mich mit den theoretischen Aspekten des Projekts zu befassen.«

»Und was halten Sie davon?«

»Nun, es wäre tatsächlich denkbar, daß sich die angestrebten Modifikationen des Wetters bewerkstelligen lassen.«

»Soweit es die Theorie betrifft. Und wie sieht's mit der Praxis aus?«

»Nicht annähernd so vielversprechend. Es sei denn, die Thiopaner können auf ein uns unbekanntes technologisches Potential zurückgreifen. Das ist möglich, wenn auch nicht wahrscheinlich.«

»Hm.« Picard überlegte kurz. »Wäre Dr. Keat bereit, Ihnen zusätzliche Informationen zu geben?«

»Ich scheine sie zu faszinieren.« Bei jemand anders hätte eine solche Bemerkung angeberisch geklungen, aber Data nannte nur Fakten.

»Kein Wunder, Data. Sie *sind* faszinierend. Wenn Sie Dr. Keat...«

Picard unterbrach sich, als das Interkom summte. Kurz darauf ertönte die unwillkommene Stimme Frid Undruns. »Ich verlange eine Erklärung, Captain.«

»Wofür, Botschafter?«

»Für Ihre jüngste Entscheidung, die ich nur als empörend bezeichnen kann. Ich bestehe auf einer sofortigen Unterredung mit Ihnen.«

»Wie Sie meinen. Kommen Sie ins Besprechungszimmer auf dem Brückendeck. Picard Ende.«

Data hob den Kopf. »Soll ich in den Kontrollraum zurückkehren?«

»Nein, nein«, widersprach der Captain ein wenig zu hastig. Seine Lippen deuteten ein schiefes, humorloses Lächeln an. »Es liegt mir nichts daran, mit Undrun allein zu sein. Vielleicht können Sie mir helfen, mit ihm fertig zu werden.«

Eine halbe Minute später öffnete sich die Tür, und der Noxorianer trat ein. Er blieb vor dem Tisch stehen. »Sie hatten kein Recht, den Thiopanern die Versorgungsgüter vorzuenthalten«, platzte es aus ihm heraus.

Picard holte tief Luft, aber Undrun ließ ihn gar nicht zu Wort kommen.

»Sie haben damit gedroht, die Umlaufbahn des Planeten zu verlassen, ohne die Frachtdrohnen zu entladen. Damit gehen Sie zu weit! Sie und Ihre Mannschaft legen mir Steine in den Weg, seit wir die Starbase verließen.«

»Sie stellen sich viel zu sehr in den Vordergrund, Botschafter«, erwiderte Picard eisig und versuchte, nicht die Beherrschung zu verlieren. *Vielleicht hat sich Riker irgendwo versteckt, um diesen zwergenhaften Tyrannen nicht länger ertragen zu müssen,* dachte er. »Die Hilfsmission betrifft nicht etwa Sie allein, sondern *uns*. Außerdem muß ich scharf widersprechen, wenn Sie behaupten, die Besatzung des Raumschiffes behindere Sie in der Wahrnehmung Ihrer Pflicht. Die Crew hat sich Ihnen gegenüber beispielhaft verhalten. Und was meine Entscheidung betrifft: Es ist mir völlig gleich, ob Sie darüber empört sind oder nicht; sie fällt einzig und allein in meinen Zuständigkeitsbereich.«

Undrun schlug mit der Faust auf den Tisch. »Meine Autorität hat Ihnen gegenüber Priorität.«

»Nicht dann, wenn die *Enterprise* und ihre Mannschaft bedroht werden. Ich bin immer mehr davon überzeugt, daß es falsch war, mit dieser Mission zu beginnen, und darauf werde ich auch in meinen Berichten an Starfleet und das Ministerium für Hilfe und Unterstützung hinweisen. Mehr habe ich Ihnen derzeit nicht zu sagen, Botschafter.« Picard stand auf, verließ den Raum, durchquerte wortlos die Brücke und ging zum rückwärtigen Turbolift.

Die Offiziere kannten ihren Captain gut genug, um keine Fragen an ihn zu richten.

Undrun ließ sich auf einen hochlehnigen Stuhl sinken und hielt seinen Blick von den Aussichtsfenstern fern. Data blieb sitzen und schwieg.

Der Noxorianer zögerte und suchte nach den richtigen Worten. »Offenbar sind Sie der einzige an Bord dieses Raumschiffes, der mich nicht für einen verdammten Plagegeist hält, Commander Data.«

»Nun, wenn ich wüßte, was ein ›verdammter Plagegeist‹ ist...«, begann der Androide.

Undrun blinzelte verwirrt und begriff dann, daß Data sich keineswegs über ihn lustig machte. Er erlaubte sich ein leises Lachen. »Ich meine, Sie lehnen mich nicht ab, nur weil ich versuche, meine Aufgabe so zu erfüllen, wie ich es gewohnt bin.«

»Es gehört nicht zu meinem kognitiven Programm, andere Personen zu beurteilen – es sei denn, man bittet mich ausdrücklich darum, eine entsprechende analytische Funktion wahrzunehmen.«

»Nun, das ist hiermit geschehen. Beurteilen Sie mich. Nennen Sie mir Ihre objektive Meinung.«

Data überlegte. »Ihr allgemeines Verhaltensmuster scheint von einem ganz bestimmten Faktor beeinflußt zu sein.«

»Und der wäre?«

»Sie lassen sich viel zu sehr von starren Richtlinien und kategorisiertem Denken leiten.«

Undrun zuckte hilflos mit den Schultern. »Auf eine andere Art und Weise kann ich nicht arbeiten. Ich brauche solche Richtlinien. Sie funktionieren wie ein Trichter. Ganz gleich, was ich hineinschütte – am anderen Ende kommt alles geordnet heraus.«

»Solchen Methoden ist eine gewisse Direktheit zu eigen«, erwiderte Data. »Aber ich habe die Erfahrung gemacht, daß Menschen – insbesondere die Besatzung dieses Raumschiffs – Probleme nicht immer direkt angehen.

Sie sind zu unbeschränkter Irrationalität und Unberechenbarkeit imstande. Derartige Strategien verblüffen mich, aber häufig führen sie zu den gewünschten Ergebnissen.« Ein Schatten von Melancholie fiel auf Datas blasse Züge. »Ich habe mich lange mit dem Phänomen beschäftigt – ohne fähig zu sein, die seltsame menschliche Kreativität zu verstehen oder nachzuvollziehen.«

»Bei Ihnen gibt es dafür einen guten Grund«, sagte Undrun, beugte sich vor und stützte das Kinn auf die Hände. »Ihre Fähigkeiten werden von einer Programmierung determiniert. Aber ich bin ein Humanoide aus Fleisch und Blut. Kreativität ist mir trotzdem fremd.«

»Das Leistungspotential biologischer Lebensformen kann ebenfalls von einer Art Programm eingeschränkt werden. Vielleicht gab es in Ihrer Vergangenheit irgend etwas...«

»Sie haben recht.«

»Für eine Erklärung wäre ich Ihnen sehr dankbar.«

»Darauf möchte ich lieber verzichten.« Undrun schüttelte kummervoll den Kopf. »Es schien alles so einfach zu sein. Wenn diese Mission fehlschlägt, ist mein Leben so gut wie beendet.«

In Datas gelben Augen glühte plötzliche Besorgnis. »Kann Ihnen Dr. Pulaski irgendwie helfen?«

»Wie?«

»Sie sagten eben, Ihr Leben sei in Gefahr.«

»Meine berufliche Laufbahn, Commander Data. Und sie *ist* mein Leben. In meiner Heimat sagt man: Wir sind das, was wir essen. Aber das ist nur die halbe Wahrheit. Wir werden von unserem Handeln bestimmt. Ich begreife einfach nicht, wie eine so einfache Mission zu einer derartigen Katastrophe führen konnte...«

»Wenn ich Ihnen widersprechen darf: Unsere Mission ist nicht so einfach, wie Sie zunächst glaubten. Wir wußten von den Gefahren, die uns durch Nuaraner und Ferengi drohen, und man informierte uns auch über eine gewisse soziale Destabilität auf Thiopa. Selbst wenn man die übrigen Dinge unberücksichtigt läßt, von denen wir erst nach unserer Ankunft erfuhren: Wie konnten Sie angesichts der bekannten Komplikationen zu der irrigen Annahme gelangen, es ergäben sich nicht die geringsten Schwierigkeiten?«

»Um ganz ehrlich zu sein: Ich habe überhaupt nicht genau darüber nachgedacht. Ich sah nur einige Frachtdrohnen, gefüllt mit Versorgungsgütern, die Thiopa regelrecht von der Föderation erflehte. Eigentlich sollte es nicht sehr schwer sein, irgendwelchen Leuten das zu bringen, was sie benötigen.«

»Unter normalen Umständen haben Sie damit völlig recht. Aber humanoide Wesen sind häufig sehr zurückhaltend, wenn sie von Dingen sprechen, die sie brauchen. Das ist ein weiterer Verhaltensaspekt organischer Wesen, der sich meinem Verständnis entzieht. Ganz gleich, ob Unehrlichkeit oder Furcht der Grund ist — ein solches Gebaren führt fast immer zu Komplikationen.«

»Furcht...«, murmelte Undrun. »Darf ich Ihnen von meiner Furcht erzählen?«

Data nickte bestätigend.

»Meine Vorgesetzten werden zu dem Schluß gelangen, daß ich bei dieser Mission versagte — sie rechneten ebenfalls nicht mit Problemen. Und bestimmt glauben sie dann, ich sei inkompetent. Ich habe Captain Picard verärgert und die Entführung Commander Rikers zugelassen...«

Data musterte den kleinen Mann aufmerksam. »Höchst interessant. Geben Sie sich einem Gefühl hin, das Menschen Selbstmitleid nennen?«

Undrun bedachte den Androiden mit einem durchdringenden Blick. »Ja, ich glaube schon.«

Jean-Luc Picard fand Gefallen daran, daß die Besatzung einen Asketen in ihm sah. Er brauchte sich nicht einmal sehr zu bemühen, einen derartigen Eindruck zu erwecken. Er gehörte keineswegs zu den Männern, die sich gern in den Vordergrund stellten. Ganz im Gegenteil: Er zeichnete sich durch natürliche Zurückhaltung aus, eine Charaktereigenschaft, die seine langjährige Tätigkeit als Kommandooffizier noch verstärkt hatte. Während der beiden Jahrzehnte als Captain des Forschungsschiffes *Stargazer* lernte er die Bedeutung von Kameradschaft kennen, doch seiner Ansicht nach mußte ein Captain darauf verzichten, direkte persönliche Beziehungen zu den Mitgliedern seiner Besatzung zu unterhalten.

Diesen Grundsatz achtete er auch an Bord der *Enterprise.* Er wahrte eine bestimmte Distanz sowohl zu den Offizieren als auch den übrigen Angehörigen der Crew, und dadurch genoß er mehr Respekt — ein Umstand, der es ihm erleichterte, Anweisungen zu geben.

Hinzu kam ein Erscheinungsbild, das seine Aura der Autorität verstärkte. Man konnte Picard nicht im üblichen Sinne als attraktiv bezeichnen, aber er hatte ein aristokratisches Gesicht mit vorspringendem Kinn. Ein grauweißer Haarkranz auf dem ansonsten völlig kahlen Schädel betonte klare, klug blickende Augen. Trotz seiner geringen Körpergröße gelang es ihm durch würdevolles Gebaren, dominierend zu wirken. Selbst wenn er ruhig sprach, klang er zuversichtlich und selbstbewußt. Und seine Stimme... Sie gab sofort zu erkennen, daß er daran gewöhnt war, Befehle zu erteilen.

Aber ganz abgesehen von diesen Merkmalen: Wer Picard gut kannte, wußte um seine typisch französische Neigung, die sprichwörtlichen Freuden von Wein, Weib und Gesang zu genießen. Die relative Enthaltsamkeit an Bord der *Stargazer* hatte diese Tendenz sogar noch ein wenig verstärkt. Dennoch beschränkte er den hedonistischen Aspekt seiner Persönlichkeit strikt auf den privaten Bereich, was bedeutete, daß er dem Gesellschaftsraum der *Enterprise* höchst selten einen Besuch abstattete. Er begab sich nur in die Bar, wenn dort eine besonders verlockende Party stattfand — oder er das dringende Bedürfnis nach einer Ablenkung verspürte.

Diesmal war letzteres der Fall. Nach der neuerlichen Begegnung mit Frid Undrun sehnte er sich nach angenehmerer Gesellschaft – und deshalb trat er an Guinans pastellfarben erleuchtete Theke heran. Sie begrüßte ihn mit einem freundlichen Nicken. »Captain...«

»Guinan...«

»Was kann ich Ihnen anbieten? Wie wär's mit einem Guinan Spezial? Sie sehen aus, als könnten Sie einen ordentlichen Schluck vertragen.«

»Nein, danke. Nur Mineralwasser mit einem Spritzer Zitronensaft...«

»Wie Sie meinen.« Einige Sekunden später stellte Guinan ein kelchförmiges Glas auf den Tresen.

»Danke.« Picard trank einen Schluck. Die Frau ihm gegenüber lächelte sanft und wartete geduldig. Sie verstand es, die eigenen Gefühle denen der Gäste anzupassen und die Stimmung der Besucher anschließend zu verbessern, indem sie ihre Emotionen auf subtile Art und Weise veränderte. Derzeit beschränkt sich Guinan darauf, den Captain zu mustern und sich über seinen psychischen Zustand klarzuwerden.

»Manchmal beobachte ich minutenlang die aufsteigenden Gasbläschen«, sagte Guinan nach einer Weile.

Picard starrte in sein Glas.»Mhm. Bietet einen angenehmen Anblick. Vielleicht ein Symbol für Heiterkeit. Davon könnte ich jetzt eine ordentliche Portion gebrauchen.«

»Haben Sie schon bessere Tage erlebt?«

»Sieht man es mir so deutlich an?«

»Nun, ich weiß nicht recht. Sie kommen nur selten hierher, Captain.«

Picard hob den Kopf und beugte sich etwas näher. »Was hielten Sie von einem Kommandanten, der ständig Synthehol in sich hineinkippt?« fragte er leise.

»Nichts«, erwiderte Guinan. »Aber Sie sollten ab und zu kommen, um einfach Hallo zu sagen. Ohne Sie wäre ich wohl kaum hier.«

Picard nippte erneut an seinem Glas. »Sie leisten ausgezeichnete Arbeit, Guinan.«

»Danke. Übrigens: Botschafter Undrun gab sich gestern

die Ehre.« Sie sah, wie Picard das Gesicht verzog, als habe er gerade in die Zitronenscheibe gebissen. »Ich nehme an, Sie finden ihn nicht sonderlich sympathisch.«

»Lassen Sie es mich so formulieren: Ich ziehe es vor, den Umgang mit ihm auf ein Minimum zu beschränken.«

»Aber ich vermute, es gibt noch andere Dinge, die Sie belasten.«

Picard runzelte die Stirn und gab sich verärgert. »Sie klingen fast wie Counselor Troi.«

Guinan lächelte. »Nun, unsere Aufgaben ähneln sich.«

»Aber Ihnen fehlen die empathischen Fähigkeiten einer Betazoidin.«

»Ich komme trotzdem zurecht«, sagte Guinan leichthin und griff nach dem leeren Glas. »Noch eins?«

Picard schüttelte den Kopf. »Ich sollte jetzt besser zur Brücke zurückkehren.«

Die Frau hinter dem Tresen seufzte. »Zum Glück sind die anderen Leute nicht so verschwiegen wie Sie. Andernfalls wäre meine Präsenz völlig nutzlos. Sie sind hierhergekommen, um sich zu entspannen, aber Sie wirken noch immer verkrampft.«

»Das bin ich auch. Aber etwas weniger als zuvor.«

»Eine gewisse Anspannung geben Sie nie auf, oder?«

»Nein. Aber ich komme trotzdem zurecht.« Er lächelte. »Danke für die Plauderei.«

Picard fühlte sich besser, als er den Gesellschaftsraum verließ, durch den Korridor wanderte und die Grüße der Besatzungsmitglieder erwiderte. *Guinan hat recht,* dachte er. *Ein Rest von Anspannung bleibt immer in mir. Zuviel, und man zerbricht innerlich. Zuwenig, und die erste Krise überfordert einen. Nur mit dem richtigen Maß ist man auf alles gefaßt.* Picard holte tief Luft und glaubte, auf die nächsten Stunden vorbereitet zu sein. Es ging darum, Entscheidungen zu treffen, die Thiopa und Commander Riker retten mochten — oder beide zum Tode verurteilten.

KAPITEL 9

Rikers Welt maß kaum einen Kubikmeter, und Dunkelheit herrschte in ihr — abgesehen von dem trüben Licht, das durch zwei schmale Atemschlitze filterte. In unregelmäßigen Abständen kam es zu überaus unangenehmen Erschütterungen. Nach seinem Erwachen stellte der Erste Offizier sofort fest, daß er wie ein gefangenes Tier in einer Kiste lag, die von einem Fahrzeug transportiert wurde. *Um bei dem Beispiel zu bleiben: Bringt man das Tier an einen sicheren Ort oder zum Schlachthof?* überlegte er. Mehrmals pochte er an die Wände des Containers und rief, aber niemand reagierte.

Die häufigen Stöße und das Brummen des Motors wiesen darauf hin, daß sie recht langsam fuhren. Aber da Riker nicht wußte, wie lange er bewußtlos gewesen war, konnte er unmöglich die zurückgelegte Strecke abschätzen. Sein Kommunikator fehlte — er hatte vergeblich danach gesucht. Also blieb ihm nichts anderes übrig, als sich in Geduld zu fassen und zu warten.

Etwa drei Stunden später hielt das Fahrzeug an. Riker hörte Stimmen in der Ferne und vermutete, daß sie sich in der Nähe eines Basars oder Einkaufszentrums befanden. Kurz darauf vernahm er mehrmaliges Klicken — metallene Haltespangen, die nun gelöst wurden. Er duckte sich und spannte die Muskeln, um aus seinem engen Kerker zu springen, sobald er sich öffnete. Die Klappe neigte sich einige Zentimeter weit zur Seite, und jemand schob den Lauf eines Blasters durch den Spalt. Riker griff versuchsweise danach, aber der Mann draußen hielt seine Waffe fest.

»Wenn Sie nicht sofort loslassen, drücke ich ab«, brummte jemand.

Riker ließ die Hand sinken. Einige Sekunden später schwang die Klappe ganz auf, und er kniff die Augen zusammen, als helles Tageslicht in die Kiste strömte. Der Erste Offizier atmete tief durch und kämpfte gegen den Hustenreiz an. Im Vergleich zur Stadt war diese Luft frisch und rein; wenigstens brannte sie nicht wie Säure in den Lungen. Nach einer Weile gewöhnten sich seine Augen an den fast grellen Schein, und er musterte den grauhaarigen Thiopaner, der noch immer mit seinem Strahler auf ihn zielte. »Wer, zum Teufel, sind Sie?«

»Ich heiße Durren.« Er warf schmutzige, lohfarbene Kleidung in die Kiste. »Ziehen Sie sich um.«

»Sitzt und paßt, wie?« Der Mann schien den Scherz nicht zu verstehen. »Ich nehme an, Sie gehören zu den Verweilern, stimmt's?«

Der Thiopaner ignorierte ihn und summte eine traurig klingende Melodie. Riker zuckte mit den Achseln, legte die Uniform ab und kam sich in seiner Unterwäsche wie ein Narr vor. Als er sich aufrichtete, stellt er fest, daß der Container auf der Ladefläche eines kleinen Transporters mit blasenförmiger Fahrerkabine ruhte. Der Wagen parkte tatsächlich am Rand eines Marktplatzes. Während er die ungewohnte Kleidung anzog — sie bestand aus Bastgamaschen und einem weiten Umhang, der an der Taille mit einer blauen Schärpe zusammengebunden wurde —, beobachtete Riker aufmerksam die Umgebung.

Auf dem Marktplatz und in den angrenzenden Bereichen hielten sich viele Personen auf, aber sie wirkten nicht wie Einkäufer und Händler, eher wie Flüchtlinge. Viele von ihnen schienen ihre ganze Habe bei sich zu führen, an den Rücken abgemagerter Packtiere festgezurrt oder auf den Ladeflächen uralter und halb verrosteter Wagen verstaut. Doch die meisten Thiopaner trugen ihre Sachen in Säcken. Einige Frauen drückten kleine Kinder an sich, und die größeren Söhne und Töchter hatten sich die Riemen von Rucksäcken über die Schultern geschlungen.

»Setzen Sie die Kapuze auf«, sagte Durren. Riker befolgte die Anweisung, aber der Thiopaner zog ihm den Stoff noch weiter in die Stirn, so daß er kaum als Außenweltler zu erkennen war.

»Wo sind wir?«

»Raus aus der Kiste.«

Riker überlegte, ob er mit einem eleganten Satz aus dem Container springen sollte, entschied sich dann aber dagegen. Das Betäubungsmittel, mit dem man ihn im Lager von Bareesh außer Gefecht gesetzt hatte, hinterließ heftige Kopfschmerzen, und seine Beine zitterten von der langen und äußerst unbequemen Fahrt. Außerdem fühlte er sich von Hunger geschwächt. Vorsichtig kletterte er aus dem Behälter und sah aus den Augenwinkeln, wie ihm der Lauf des Blasters folgte. Durren führte den Ersten Offizier zu zwei anderen Thiopanern, deren Bewaffnung aus Gewehren und Messern bestand.

Sie schienen jünger zu sein als der grauhaarige Thiopaner. Einer hatte ein glattes, faltenloses Gesicht, und in seinen Pupillen brannte ein seltsames Feuer. Er hielt sein Gewehr fast zärtlich in der Hand. Der andere war ein wenig älter, blinzelte immer wieder und blickte unstet.

»Laß ihn nicht aus den Augen, Trith«, wandte sich Durren an seinen nervösen Kollegen. »Erschieß ihn, wenn er zu fliehen versucht.«

»Sollten wir nicht seine Uniform verbrennen?« fragte Trith.

»Dazu wären Sie gar nicht in der Lage«, sagte Riker. »Sie ist feuerfest. Außerdem hänge ich daran.«

»Vergiß die verdammte Uniform«, erwiderte der junge Thiopaner. »Ich habe Hunger.«

»Du hast *dauernd* Hunger, Mikken«, stöhnte Durren.

»Wir fasten schon seit dem Morgengrauen. Laßt uns etwas essen, bevor wir die Sa'drit-Leere durchqueren.«

Durren nickte widerstrebend. »Na schön. Aber wir dürfen nicht zuviel Zeit verlieren.«

Der Grauhaarige gesellte sich wieder an Rikers Seite, als Mikken durch eine der schmalen Gassen ging und nach einem Stand suchte, der Lebensmittel anbot. Durren fuhr damit fort, eine wehmütige Melodie zu summen, und Trith folgte so dicht hinter ihnen, daß Riker ab und zu den Lauf des Blasters am Rücken spürte. Niemand von ihnen sprach ein Wort. Der Erste Offizier nutzte erneut die Gelegenheit, sich einen Eindruck von der Umgebung zu verschaffen, und schon nach kurzer Zeit stellte er fest, daß auf dem Markt praktisch nur Gebrauchsartikel zum Verkauf standen: einfache Kleidung in der Art, wie er sie selbst trug, Körbe, Säcke, Geschirre und Halfter für Tiere, verbeulte Töpfe, zerkratzte Teller, auch Werkzeuge und verschiedene Waffen. Mikken schnupperte immer wieder, nahm den Duft von brutzelndem Fleisch wahr und entdeckte schließlich eine kleine Bude, auf deren offenem Grill mehrere Spieße lagen. Fett und Fleischsaft tropften von ihnen herab, zischten in der Glut des Feuers.

Rikers Magen knurrte. »Wie gut behandeln Sie Ihre Gefangenen?«

Durren nickte dem Verkäufer zu. »Wir nehmen vier.«

Riker nahm den dicken Spieß dankbar entgegen. Er war so hungrig, daß er sich kaum darum kümmerte, woraus die einzelnen knusprigen braunen Stücke bestanden. Nach dem ersten Bissen wich der Rest des Zweifels zufriedenem Appetit. Diese thiopanische Spezialität schmeckte hervorragend. »Danke.«

Erneut vermied es Durren, sich direkt an ihn zu wenden. »Sie sind kein Gefangener.«

»Aber offenbar bin ich auch nicht frei.«

Der Grauhaarige ignorierte ihn. »Gehen wir.«

Als sie die Bude mit dem Grill verließen, richtete Riker seine Aufmerksamkeit auf den nächsten Stand und beobachtete eine Frau, die einen Säugling in den Armen hielt. Sie sprach mit einem dicken, arroganten Mann, der hinter einem hölzernen Tisch saß und verächtlich die Lippen verzog. Über ihm spannte sich eine fleckige Leinenplane.

»Siehst du denn nicht, daß mein Sohn *stirbt*?«

Riker blieb stehen, und seine Eskorte verharrte ebenfalls, drängte ihn nicht zur Eile. Niemand sonst schien dem verzweifelten Drama Beachtung zu schenken, das zwischen der Frau und dem unsympathischen Fettwanst stattfand. Zwei andere unterernährte Kinder standen neben ihrer Mutter, klammerten sich mit dünnen, klauenartigen Fingern an ihr fest. Ihre tief in den Höhlen liegenden Augen blickten furchtsam.

»Ja, das sehe ich«, erwiderte der Dicke betont gleichgültig. Er sprach wie jemand, der sich bewußt bemühte, kein Mitleid zu zeigen. »Dein Junge ist nicht der einzige.«

Riker trat etwas näher und starrte auf den Säugling herab. Er rührte sich nicht, bewegte nicht einmal die Lider. Die zerrissenen Überbleibsel einer Decke umhüllten ihn. Winzige Füße ragten darunter hervor, und bleiche, blutleere Haut spannte sich über gelblichen Knochen. Der Erste Offizier sah nicht das rundliche, pausbäckige Gesicht eines Babys, sondern hohle Wangen, greisenhaft faltige und runzelige Haut, unter der sich Kinn und Jochbeine viel zu deutlich abzeichneten. Der dünne Brustkasten erzitterte in unregelmäßigen Abständen, als sich die Lungen bemühten, den dürren, ausgezehrten Körper am Leben zu erhalten.

Himmel, dieses Kind hatte nie die Chance zu leben! fuhr es Riker durch den Sinn. Er schob sich noch etwas näher heran und lauschte.

»Aber du hast die Medizin, die er braucht. *Bitte ...*«

»Zu viele benötigen sie. Die Arzneien reichen nicht für alle. Wir können nur denen helfen, die noch leben.«

»Mein Sohn ist nicht tot. Hier, sieh selbst.« Die Frau streckte dem Dicken ihr Kind entgegen.

Der Mann am Tisch machte keine Anstalten, die Arme zu heben. Er schien sein Urteil bereits gefällt zu haben, hüllte sich in die kühle Unnahbarkeit. »Selbst wenn ich bereit wäre, dir zu helfen – könntest du bezahlen?«

Die Frau drückte ihr spindeldürres Kind wieder an die Brust und senkte den Kopf. »Ja, ja, ich kann bezahlen. Ganz gleich, was es kostet.«

»Du hast doch überhaupt nichts.«

»Ich habe meine Kinder.«

Entsetzen zitterte in Riker, als er ahnte, worauf die Frau hinauswollte.

»Ich überlasse sie dir, wenn du mein Baby rettest.«

»Was soll ich mit ihnen anfangen? Es gibt keinen Sklavenhandel mehr. Und außerdem sind sie zu jung, um zu arbeiten.«

»Nein, das stimmt nicht. Sie können schwere Dinge tragen und... Bitte! Gib mir die Medizin. Ich kaufe meine Kinder später zurück. Irgendwie. *Bitte!*«

»Vergiß das Baby. Sorg dafür, daß die beiden anderen überleben.«

»*Bitte!*« Das Wimmern der Frau zerriß Rikers Herz. Er wollte eingreifen, aber Trith und Mikken griffen nach seinen Armen und zogen ihn mit sich.

»Warum weigert er sich, der Frau zu helfen?«

Durren schüttelte den Kopf. »Es ist sinnlos, Medikamente an Säuglinge und Kleinkinder zu verschwenden. Wir müssen diejenigen retten, die uns jetzt helfen können.«

»Vielleicht wäre jener Junge bereit, sich Ihnen eines Tages anzuschließen.«

Mikken musterte den Ersten Offizier. »Das Baby stirbt heute oder in der nächsten Woche. Es wird nicht bis ›eines Tages‹ überleben.«

»Welche Zukunft haben Sie, wenn Sie außerstande sind, kleine Kinder vor dem Tod zu bewahren?«

Durren preßte kurz die Lippen zusammen. »Wenn wir diesen Planeten nicht vor dem Zerstörer Ruer Stross und seiner Philosophie des Verderbens schützen, gibt es für *niemanden* eine Zukunft auf Thiopa – für die Alten ebensowenig wie für die Jungen und Ungeborenen.«

»Verstehen Sie denn nicht?« entfuhr es Riker fassungslos. »Wir haben genug Medizin mitgebracht, um alle Kinder zu retten. Wir sind gekommen, um Ihnen zu helfen!«

»Die Versorgungsgüter sind für die Regierung bestimmt.« Mikken spuckte. »Und Stross wird sie unter seinen Anhängern verteilen. Wir bekommen nichts davon.«

»Es sei denn, wir leugnen alle unsere Prinzipien«, fügte Durren hinzu. »Würden Sie sich selbst verraten, um zu überleben?«

»Obgleich Sie wissen, daß die Leute, von denen Sie sich Hilfe erhoffen, ständig gelogen haben?« fragte Mikken. »Daß sie eine Katastrophe heraufbeschwören, von der sich die Welt nie wieder erholen wird?«

»Nein«, erwiderte Riker. »Niemand sollte zu so etwas gezwungen sein. Aber es muß doch eine Alternative geben.«

»Ja. Sie besteht darin, die Macht der Unterdrücker zu brechen.«

»Und wenn Ihnen das nicht gelingt?«

»Dann sterben wir im Kampf gegen den Tyrannen«, sagte Mikken entschlossen.

Sie gingen weiter, aßen die Fleischstücke der Spieße. Trith ließ einen Brocken zu Boden fallen, und Mikken bedachte ihn mit einem zornigen Blick. »He! Paß doch auf, du Idiot!«

»Reg dich ab«, brummte Durren.

Mikkens Wangen röteten sich. »Dieses Zeug ist viel zu teuer, um es zu vergeuden.«

»Es w-war ein Versehen«, stotterte Trith. »Und w-wag es nicht noch einmal, mich Idiot zu n-nennen.«

»Verlangst du von ihm, daß er das heruntergefallene Stück aufhebt und abwäscht?« knurrte Durren.

»Vielleicht.«

»So schlimm steht es noch nicht mit uns.«

»Noch nicht«, wiederholte Trith und achtete darauf, daß Riker zwischen ihm und seinem Gefährten blieb.

»Durren...«, begann der Erste Offizier. »Wo sind wir hier? Sie sagten vorhin, ich sei kein Gefangener, aber Trith ist offenbar nicht geneigt, mich gehen zu lassen. Ich glaube, Sie sind mir einige Auskünfte schuldig.«

»Siebenwege.«

»Dieser Ort heißt Siebenwege.«

»Ja.«

»Und wo befindet er sich?«

»Sie sind in der endrayanischen Sphäre«, antwortete Durren nach einer Weile.

»Die Wüstenregion.« Riker hob die Hand und deutete auf seine Umgebung. »Leid und Elend. In Bareesh ist die Lage nicht annähernd so schlecht.«

»Dachten Sie etwa, wir kämpfen nur aus Vergnügen gegen Stross?« warf Mikken spöttisch ein. »Die Endrayaner verhungern, weil der sogenannte Protektor die Verweiler und alle ihre Freunde umbringen will.«

»Ist diese Situation typisch für Siebenwege?« erkundigte sich Riker.

Durren schüttelte den Kopf. »Hier hat's nie viel geregnet. Aber bevor sich das Wetter änderte, gab es genug Niederschläge, um die Felder zu bewässern.«

»All die Leute... Woher stammen sie?«

Durren leckte seinen Spieß ab und warf ihn dann fort. »Von aufgegebenen Bauernhöfen und aus anderen Orten. Sie ließen trockenen, staubigen Boden zurück und hofften, hier besseres Land zu finden — oder wenigstens genug Lebensmittel, um ihre hungrigen Bäuche zu füllen.«

Riker nickte langsam und holte tief Luft. »Die Frachtdrohnen der *Enterprise* enthalten alle notwendigen Dinge, um das Leid dieser Thiopaner zu beenden. Wie wär's mit einem Waffenstillstand? Vielleicht genügt das, um die Regierung zu einer gerechten Verteilung der Hilfsgüter zu veranlassen.«

»Sie sind ein Träumer, Riker«, sagte Mikken, und in seinen Augen blitzte es.

»Was ist mit anderen Regionen?« fragte der Erste Offizier. »Gibt es weitere Provinzen, in denen es so zugeht wie hier?«

»Nein«, brummte Durren.

»Die Dürre betrifft doch nicht nur Endraya.«

»Aber nur hier halten sich Verweiler auf.«

»Fast überall sonst haben die Feiglinge vor Ruer Stross' Völkermord-Plänen kapituliert«, zischte Mikken.

»Völkermord? Soll das heißen, die Regierung bringt alle politischen Gegner um?«

»Es geht dabei nicht um einzelne Personen«, erklärte Durren. »Stross zerstört unsere Traditionen, unsere Identität. Er nennt diesen Vorgang ›Verschmelzung‹.«

»Davon habe ich schon gehört. Um was genau handelt es sich?«

»Der Souverän-Protektor will, daß alle Thiopaner mit einer Zunge sprechen und mit einem Kopf denken. Er beabsichtigt, alle Unterschiede zu eliminieren.« Durren zuckte mit den Schultern. »An manchen Orten spielt das keine Rolle. An manchen Orten glauben die Bewohner ohnehin an nichts mehr. Aber wir Verweiler halten an unseren Grundsätzen fest. Wir *wissen*, daß unser Weg der richtige ist. Einzig und allein unsere Traditionen sind in der Lage, die Weltmutter zu retten.«

»Sie waren in Bareesh«, sagte Mikken. »Sie haben versucht, das Gift zu atmen, das man dort als Luft bezeichnet. Die in den Testamenten beschriebenen Verhaltensregeln können dafür sorgen, daß Thiopa wieder sauber und rein wird.«

»Erzähl ihm v-vom Kreis«, warf Trith ein. Vorsichtig zog er den letzten Fleischbrocken von seinem Spieß.

»Kreis?« wiederholte Riker.

»Daran glauben wir«, sagte Durren. »An den Kreis des Lebens. Die Verborgene Hand zeigt uns den Pfad, und der Pfad wiederum beschreibt einen Kreis ohne Anfang und ohne Ende. Er setzt sich in alle Ewigkeit fort. Aber der Kreis ist unterbrochen, seit Stross die Macht ergriff, seit er versucht, seine neue Philosophie durchzusetzen.« Er vollführte eine umfassende Geste, bot die Umgebung als Beweis an. Dann nahm er Mikkens Spieß und ritzte zwei Darstellungen in den harten Boden. Die eine zeigte einen vollständigen Kreis, und in der zweiten neigte sich die Linie zur Seite und reichte ins Ungewisse. »Das ist das Ergebnis der bisherigen Regierungspolitik. Wenn wir jener Richtung folgen, verlieren wir den Kreis und können nie zu ihm zurückkehren. Dann verwandelt sich ganz Thiopa in eine leblose Wüste.«

»Beeilen wir uns«, schlug Mikken vor. »Je eher wir zurückkehren, desto schneller stellen wir fest, was Riker wert ist.«

»Was ich wert bin?«

»Wir bieten Ihrem Captain einen Austausch an — Sie gegen die Versorgungsgüter.«

Riker gab keine Antwort. Picard ging bestimmt nicht auf die Forderungen der Verweiler ein; er mußte sich an die Befehle Starfleets halten. Der Kommandant eines Raumschiffes konnte zwar mit Geiselnehmern sprechen, durfte jedoch keine Zugeständnisse machen. Natürlich blieb ihm ein gewisser Ermessensspielraum, wenn sich herausstellte, daß sich die Entführer in einer verzweifelten Lage befanden und aufgrund besonderer Umstände handelten. Es war dem Captain verboten, für die Freilassung verschleppter Personen materielle Dinge oder persönliches Wohlwollen anzubieten. Aber wenn man keine Bedingungen für die Rückkehr der Gefangenen stellte ... Dann stand es dem Kommandanten frei, eine Anhörung anzuberaumen und das Anliegen der Geiselnehmer vorurteilsfrei zu prüfen.

Der letzte Punkt stimmte Riker nachdenklich. Welcher Captain war in der Lage, allen Ärger aus sich zu verdrängen und den Entführern mit völliger Objektivität zu begegnen? Picard mochte dazu imstande sein — vorausgesetzt, es kam niemand zu Schaden. *Wenn die Verweiler wirklich einen guten Grund haben, gegen die Regierung zu kämpfen..* dachte Riker. *Jean-Luc Picard ist bestimmt bereit, Verständnis für sie aufzubringen.* Der Erste Offizier beschloß, Durren und die anderen zu ermutigen, ein eventuelles Angebot des Captains zu nutzen.

Derzeit beschränkte er sich darauf, weitere Informationen zu sammeln. Außerdem: Durren, Mikken und Trith waren vermutlich nicht die Anführer der Verweiler. Er mußte warten, bis er mit jemandem sprechen konnte, der genug Autorität hatte, um für alle Aufständischen zu entscheiden. »Wohin bringen Sie mich?«

»Das werden Sie bald erfahren«, knurrte Durren.

Entführer und Entführter näherten sich dem Rande des Ortes, der früher einmal eine wichtige Stadt gewesen zu sein schien. Riker stellte sich Hunderte von Händlern vor, die ihre Waren nicht nur auf dem eigentlichen Marktplatz anboten, sondern auch in den angrenzenden Straßen und Gassen. In seiner Phantasie hörte er lachende Stimmen, sah spielende Kinder, Männer und Frauen, die nicht ums nackte Überleben ringen mußten. Die Wirklichkeit stand in einem krassen Kontrast zu den Bildern seiner Imagination. Als sie das Zentrum der Ortschaft hinter sich ließen, sah der Erste Offizier immer mehr verlassene Gebäude, die Fenster mit Brettern vernagelt. Manche Häuser waren kaum mehr als Ruinen oder Schutthaufen. Mikken meinte, zu Beginn des Konflikts wegen Ruer Stross' Verschmelzungspolitik hätten Regierungsagenten immer wieder Bombenanschläge durchgeführt.

Derartige paramilitärische Überfälle blieben fast immer ohne Erfolg und erwiesen sich als recht teuer, da es den Schergen des Protektors fast nie gelang, Endraya lebend zu verlassen. Als die Dürre begann und der Landwirtschaft Endrayas erheblichen Schaden zufügte, erfuhr die Regierungspolitik den Verweilern gegenüber eine drastische Veränderung: Stross verweigerte der Provinz jegliche Unterstützung und hoffte offenbar, seine Gegner aushungern zu können.

Riker und die drei Thiopaner gingen an den letzten Häusern vorbei und erreichten kurz darauf eine Eisenbahnlinie, die an einer fast dreihundert Meter langen Ladeplattform entlangführte. Sie bestand nur aus einem Gleis, das sich zwei Meter über dem allgemeinen Bodenniveau erstreckte. Ein einzelner, aus verschiedenen ausgeschlachteten Teilen zusammengesetzter Waggon wartete dort auf die Verweiler. Er maß etwa sieben oder acht Meter, und Riker konnte keine Räder erkennen. Hier und dort blätterten Rostfladen ab, und der Passagierbereich verwirrte mit vielen unterschiedlichen Formen und Strukturen.

Aber das Ding funktionierte. Die Thiopaner und Riker kletterten eine kurze Leiter hoch, und Durren schaltete den Motor ein. Ein leises, gleichmäßiges Summen erklang, und der Waggon stieg einige Zentimeter in die Höhe, schwebte auf einem Magnetfeld und setzte sich langsam in Bewegung.

»Diesmal ist die Fahrt weitaus bequemer«, bemerkte Riker ironisch.

»Auch für uns«, pflichtete ihm Durren bei.

»Wer hat diese Schienenstrecke gebaut?«

»Die Regierung, vor etwa dreißig Jahren. Mit Hilfe der Nuaraner, um ganz genau zu sein.«

»Warum sollte ihr daran gelegen sein, mitten in der Wüste ein kostspieliges Transportsystem zu schaffen?«

»Es wurde benutzt, um Erze und Mineralien aus den Bergwerken zu den Verladestationen zu bringen«, sagte Durren kummervoll. »Damals kam es zu einem entscheidenden Wendepunkt. Stross ließ zu, daß die Fremden der Weltmutter das Herz aus dem Leib rissen. Zehn Jahre später blieben nur offene Wunden zurück.«

»Was geschah dann?«

»Die Nuaraner schlossen ihre Minen und verschwanden. Als wir Verweiler in die Sa'drit-Leere zurückkehrten, fanden wir die aufgegebene Strecke. Unsere Techniker besorgten Ersatzteile und nahmen die notwendigen Reparaturen vor.« Durren zuckte mit den Achseln. »Manchmal läßt die Regierung das Gleis bombardieren. Anschließend bringen wir es wieder in Ordnung.«

Riker beobachtete die Ödnis um sie herum, eine Landschaft aus Staub und Sand. »Das Leben hier scheint nie besonders leicht gewesen zu sein.«

»Da haben Sie vollkommen recht«, bestätigte Durren. »Diese Region war immer heißer und trockener als der

Rest von Thiopa. Aber die Endrayaner kamen zurecht, noch bevor Evain die alten Traditionen verkündete.«

»Wie?«

»Wie es ihnen gelang, hier zu überleben? Indem sie sich der Welt *anpaßten* und nicht versuchten, sie ihrem Willen zu unterwerfen.« Der Thiopaner deutete in Richtung der grauen Berge. »Sehen Sie...«

Tiefe Einschnitte zeigten sich in den Hängen, und sie wirkten tatsächlich wie längst ausgeblutete Wunden. »Das Erbe der Nuaraner?« vergewisserte sich Riker. Es war eine rhetorische Frage, die gar keine Antwort erforderte. Die Niedergeschlagenheit in Durrens Stimme und der Zorn in Mikkens Augen kamen einer unmißverständlichen Botschaft gleich.

»Eins verstehe ich noch immer nicht«, sagte Riker. Durren sah ihn an »Warum führt Stross Krieg gegen Endraya, wenn es hier nichts gibt, was für irgend jemanden von Interesse wäre?«

»Wir sind der Grund. Wir Verweiler lehnen die vom Protektor geplante Verschmelzung ab.«

»Halt an, Durren«, rief Trith plötzlich.

»Was ist denn?«

»Dort d-draußen...«

Das Gleis führte an einem nahezu ausgetrockneten Wasserloch vorbei, neben dem einige große Tiere lagen. Durren zog den Beschleunigungsregler zurück und reduzierte die Geschwindigkeit. »Sie sind tot, Trith.«

»N-nein. Ich habe gesehen, wie sie sich b-bewegten. Meine Augen s-sind besser als deine.«

Durren seufzte und betätigte die Bremse. Trith sprang zu Boden, lief über heißen Sand und näherte sich der Quelle. Seine Gefährten beobachteten ihn, blieben jedoch im Waggon.

»Warum sind wir nicht einfach weitergefahren?« Mikken stöhnte leise.

»Weil es ihm viel bedeutet.«

»Was hat er vor?« fragte Riker.

Mikken schnitt eine Grimasse. »Er will die Ealixe von ihren Schmerzen befreien.«

»Das Wasser«, murmelte Durren. »Stross und die Nuaraner sind viel zu verschwenderisch damit umgegangen und haben es vergiftet.«

»Wir erfuhren davon, als Thiopaner das Wasser tranken und starben«, fügte Mikken dumpf hinzu. »Es liegt am Giftmüll aus den Bergwerken. Geruchs- und geschmackslos. Die Tiere wittern keine Gefahr, stillen ihren Durst — und verenden. Aber manchmal dauerte es ein Weile, bis der Tod eintritt. Trith kann es nicht ertragen, daß Ealixe leiden, und deshalb erlöst er sie von ihren Qualen. Er liebt Tiere. Er liebt sie mehr als seine eigenen Gefährten.«

»Wer vergiftetes Wasser trinkt, stirbt keinen leichten Tod«, sagte Durren. »Die toxischen Substanzen verbrennen einen innerlich. Ich habe Männer und Frauen gesehen, die tagelang litten.«

Riker sah aus einem der unverglasten Fenster. Trith hatte inzwischen das Wasserloch erreicht und erschoß die Tiere. Immer wieder hob er seinen Strahler, doch Wind und der summende Motor übertönten das Fauchen des Blasters. Nach einer Weile kehrte der Verweiler zurück, wich einigen Dornbüschen aus und kletterte die kurze Leiter hoch. Durren schob den Beschleunigungsregler nach vorn, und daraufhin glitt der Waggon weiter.

Derzeit saß niemand im Sessel des Captains, und auch Will Rikers und Deanna Trois Plätze waren unbesetzt. Als ranghöchster Offizier auf der Brücke führte Commander Data das Kommando, aber da es nur Routinearbeiten zu erledigen galt, blieb der Androide am Operator-Pult in unmittelbarer Nähe des großen Wandschirms sitzen. Offenbar führte er mit Hilfe des Computers einige Berechnungen durch. Fähnrich Crusher drehte sich um und sah ihn an.

»Womit beschäftigen Sie sich, Data?«

»Mit einer Theorie, Wesley. Aber mir fehlen Informationen. Vielleicht bekomme ich sie von Dr. Keat, wenn ich sie noch einmal besuche.«

»Wann beamen Sie sich auf den Planeten?«

»Sobald der Captain eintrifft.«

Wesley richtete seinen Blick auf das Projektionsfeld und beobachtete Thiopa. »Ich begreife es einfach nicht.«

»Was meinst du?«

»Warum haben die Thiopaner zugelassen, daß Außenweltler ihre Heimat ausplünderten?«

»Kurzsichtigkeit.«

»Ja vielleicht. Im Geschichtsunterricht habe ich erfahren, daß wir Menschen die Erde an den Rand einer globalen ökologischen Katastrophe brachten. Es gelang uns aus eigener Kraft. Wir benötigten nicht die Hilfe von Fremden aus dem All.«

Data neigte den Kopf zur Seite. »Die historische Menschheit schaffte es immer wieder, sich erhebliche Probleme zu bescheren. In dieser Hinsicht stellte sie einen erstaunlichen Einfallsreichtum unter Beweis. Ich finde es bemerkenswert, daß deine Vorfahren lange genug überlebten, um die Raumfahrt zu entwickeln.«

»Glauben Sie, die Thiopaner finden eine Möglichkeit, die gegenwärtige Krise zu überwinden?«

»Ich weiß es nicht, Wesley.«

»Darum geht es bei Ihrer Theorie, nicht wahr?« vermutete der Junge.

»Ja.«

Die Tür des vorderen Turbolifts öffnete sich, und Picard betrat die Brücke. Data wandte sich ihm zu, als der Captain in seinem Sessel Platz nahm. »Wenn Sie gestatten, beame ich mich jetzt auf den Planeten, um noch einmal mit Dr. Keat zu sprechen.«

»Erlaubnis erteilt. Oh, da fällt mir ein: Sie kann die Klima-Daten aus dem Speicher unseres Bordcomputers abrufen. Versuchen Sie, die Wissenschaftlerin zu einer Gegenleistung zu bewegen.«

»Ja, Sir.« Der Androide verließ den Kontrollraum, und

eine junge Frau löste ihn an der Operator-Station ab. Sie war nur einige Jahre älter als Wesley, hatte honigfarbene Haut, polynesische Züge und rabenschwarzes Haar. Wesley begrüßte sie mit einem schüchternen Lächeln, und sein Blick klebte an ihr fest.

»Mr. Crusher«, sagte Picard scharf. »Behalten Sie die Anzeigen Ihrer Konsole im Auge.«

Wesley spürte, wie ihm das Blut ins Gesicht schoß. »Ja, Sir.« Nach einer Weile, als das rote Glühen aus seinen Wangen wich, drehte er sich um und sah Picard an. »Captain?«

»Hm?«

»Was Commander Riker betrifft... Die Zeit wird allmählich knapp.«

»Tatsächlich?«

»Die zwölfstündige Frist läuft bald ab...«

Picard stand auf und trat hinter Wesleys Sessel. »Bisher habe ich noch nicht den Befehl gegeben, die Umlaufbahn zu verlassen, oder?«

»Nein, Sir.«

»Nun, ich schlage vor, Sie konzentrieren sich auf Ihre Pflichten, Fähnrich.« Die Stimme des Captains klang streng, und sein Gesicht wirkte sehr ernst. Aber für einen Sekundenbruchteil legte er Wesley eine beruhigende Hand auf die Schulter.

»Essen und trinken Androiden?«

Kael Keat beugte sich zum Schreibtisch vor, und ihre goldgelben Sinneshaare vibrierten kurz, als sie Data musterte.

»Ich brauche keine Nahrung, um funktionsfähig zu bleiben. Aber meine Konstruktionsstruktur sieht die Möglichkeit vor, entsprechende Nährstoffe zu mir zu nehmen.«

»Um Sie in die Lage zu versetzen, das Verhaltensmuster der Menschen nachzuahmen?«

»Ja. Ich bin froh darüber, daß mich meine Konstrukteure mit einer solchen Fähigkeit ausstatteten. Immerhin haben vollbiologische Personen die Angewohnheit, während der Mahlzeiten besonders interessante Gespräche zu führen.«

»Aber Sie werden nie hungrig, oder?«

»Nein.«

»Können Sie einzelne Geschmacksrichtungen voneinander unterscheiden?« fragte die Thiopanerin.

»O ja. Und ich habe bestimmte Vorlieben.«

»Sie sind *wirklich* der faszinierendste ... Nun, ich wollte gerade ›Apparat‹ sagen, aber eine solche Bezeichnung ist völlig unangemessen. Ob organischer Natur oder nicht: An Ihrer Identität als Person kann kein Zweifel bestehen.«

Data lächelte zufrieden. »Danke, Dr. Keat.«

»Seien Sie nicht so förmlich. Nennen Sie mich Kael.«

»Gern, Kael. Gibt es sonst noch etwas, das Sie wissen möchten?«

»Soll das ein Witz sein?«

»Ein Witz? Nein. Wie meine Kollegen an Bord der *Enterprise* so oft bemerken: Ich könnte nicht einmal dann einen Witz erzählen, wenn mein Leben davon abhinge, wenn er sich mir auf einem goldenen Tablett präsentierte, wenn er mich in den sogenannten Allerwertesten träte und...«

»Ich habe verstanden, was Sie meinen«, warf Kael ein und lachte leise. »Um auf Ihre Frage zurückzukommen. Ja, ich würde gern noch mehr über Sie wissen. Wie baute man Sie? Welche internen Komponenten sind für Ihre Funktion besonders wichtig? Wie kommen Sie an Bord des Raumschiffes zurecht, in der Gesellschaft von vollorganischen Lebensformen...« Die junge Wissenschaftlerin unterbrach sich, als sie im Gesicht des Androiden einen Hauch Enttäuschung zu erkennen glaubte. Oder bildete sie sich das nur ein? »Oh, bitte entschuldigen Sie. Es klingt so, als seien Sie eine Art behavioristisches Experiment.«

»In gewisser Weise stimmt das auch. Bis zu einem bestimmten Ausmaß läßt sich meine Existenz mit einer permanenten Fallstudie vergleichen.«

»Empfinden Sie das als Belastung?«

»Nein. Sollte ich?«

»Mir ginge es entschieden gegen den Strich zu wissen, daß mein Verhalten ständig von jemandem beobachtet und bewertet wird.«

»Aber die Interaktionen mit Menschen und anderen Intelligenzen sind außerordentlich interessant«, erwiderte Data. »Aufgrund meines einzigartigen Ursprungs befinde ich mich immer im Zentrum der allgemeinen Aufmerksamkeit, aber ich werde auch selbst zu einem Beobachter. Ich lerne von den Leuten, die mehr über mich in Erfahrung bringen wollen – auch wenn sie sich dessen nicht bewußt sind. Ich glaube fest an die Möglichkeit, von *allen* Lebensformen zu lernen, denen wir begegnen.«

»Was für eine wundervolle Einstellung«, kommentierte Dr. Keat.

»Die Vielfalt der Verhaltensmuster vollorganischer Wesen überrascht mich immer wieder. Das gilt insbesondere für die Gattung Homo sapiens, zu der ich bisher die intensivsten Kontakte unterhielt.«

»Verstehen Sie die Personen, mit denen Sie zusammenarbeiten?«

»Nicht ganz. Komplexe Emotionen wie Liebe, Haß, Gier und Opferbereitschaft...«

»Sie lernen sowohl von den guten als auch den schlechten Eigenschaften?«

»Ja, natürlich. Mir ist inzwischen klar geworden, warum menschliche Künstler, Dichter und Schriftsteller so häufig von ausdrucksstarken Gefühlen Gebrauch machen, von den positiven ebenso wie von den negativen.«

»Daran herrscht hier auf Thiopa kein Mangel«, sagte Kael ironisch. »Haben Sie auch etwas von uns gelernt?«

»Von Ihnen.«

»Im Ernst? Was denn?«

»Sie widmen sich Wissenschaft und Wahrheit, und das gibt mir wichtige Aufschlüsse über die Phänomene Liebe und Hingabe.«

Kael blinzelte verlegen. »Nun, das sind sehr nette Worte. Und da wir gerade von Wissenschaft und Wahrheit sprechen: Sicher möchten Sie zusätzliche Informationen über Thiopa, nicht wahr?«

Data nickte. »Ich würde mich gern mit den meteorologischen Aufzeichnungen Ihrer Welt befassen.«

»Meinen Sie durchschnittliche Temperaturen, Niederschläge, Trockenperioden und dergleichen?«

»Ja.«

»An welchen Zeitraum denken Sie?«

»Es sollte so groß wie möglich sein.«

»Darf ich mich nach dem Grund für Ihr Interesse erkundigen?« fragte Dr. Keat.

»Ich benötige weitere Daten, um eine Theorie zu testen.«

»Was für eine Theorie?«

Der Glanz in den gelben Augen des Androiden verstärkte sich kurz. »Es ist noch zu früh, sie mit jemandem zu diskutieren, Kael.«

»Ich verstehe. Erzählen Sie mir davon, wenn Sie den richtigen Zeitpunkt für gekommen halten?«

»Selbstverständlich.«

Dr. Keat nickte. »Dann bin ich gerne bereit, Ihnen alle meteorologischen Unterlagen zur Verfügung zu stellen.«

»Sie wollen die Regierung stürzen?« Rikers Blick huschte zwischen Durren und Mikken hin und her. Er konnte kaum fassen, was er gerade gehört hatte.

»Nur auf diese Weise haben wir die Möglichkeit, in den Kreis zurückzukehren«, stieß Mikken hervor. Seine breite Hand schloß sich sanft um den Blaster. »Stross läßt uns keine andere Wahl. Vierzig Jahre lang hat er mit den verdammten Nuaranern zusammengearbeitet, und das Ergebnis kennen Sie.«

»Entspricht diese Haltung der offiziellen Verweiler-Politik, Durren?«

»Nein. Aber viele von uns teilen Mikkens Ansichten.«

»Was ist mit Ihnen?«

Durren kniff die Augen zusammen und beobachtete die hohen, kahlen Berge am Horizont. Er überlegte eine Zeitlang, bevor er antwortete: »Um ganz ehrlich zu sein, Riker – ich wünschte, wir könnten auf den Kampf verzichten.«

»Dazu ist es zu spät«, zischte Mikken. »Stross hat diesen Weg gewählt und zerrt ganz Thiopa mit sich. Die Verborgene Hand kann uns nicht mehr finden.«

»Glauben Sie im Ernst, einige Verweiler seien in der Lage, die Macht der planetaren Regierung zu brechen?« fragte Riker.

»Die alten T-traditionen«, erwiderte Trith leise. »Wir m-müssen uns wieder auf die alten Traditionen b-besinnen. Nur dann hat Thiopa noch eine Chance.«

Knapp einen Kilometer später endete das Geleis an einem alten Krater. Durren zog den Beschleunigungsregler zurück, und der Waggon hielt wenige Meter vor dem Ende der Schiene an. Eine junge Frau wartete dort mit fünf Tieren, die den Geschöpfen am Wasserloch ähnlich sahen. Triths Miene erhellte sich, als er beobachtete, wie sie an einigen Büschen am Fuße des nahen Felshanges knabberten.

»Mori!« rief er. Die Frau winkte, und Trith sprang in den grauen Sand, noch bevor der Waggon ganz zum Stillstand gekommen war. Er rannte sofort los, um die Tiere zu begrüßen, gab jedem von ihnen einen Klaps und schlang die Arme um die langen Hälse. Riker und die beiden anderen Verweiler folgten ihm.

»Spricht er mit ihnen?« fragte der Erste Offizier.

Mikken verzog das Gesicht. »Er hat ihnen Namen gegeben und schwört, daß er sie schon von weitem unterscheiden kann.«

»Ealixe erkennen sich gegenseitig«, sagte Durren.

»Angeblich durch ihren individuellen Körpergeruch. Für mich riechen sie alle gleich – und zwar ziemlich schlecht.«

Riker ging vorsichtig um die Tiere herum und sah sie sich aus der Nähe an. Sie zeigten wenig Interesse an ihm, schnüffelten nur, als sie seine Witterung aufnahmen. Es schien sich um eine seltsame Mischung zwischen Kamel, Lama und Nilpferd zu handeln: tonnenförmige Körper mit kleinen Höckern hinter dem Widerrist, breite Schädel mit erstaunlich kleinen Mäulern, die dauernd eine Art Mona-Lisa-Lächeln andeuteten, große Augen, lange Wimpern, Nüstern, die sich schlossen, wenn der Wind Staub aufwirbelte, breite, flache nach außen gestellte Füße, bestens für sandiges Gelände geeignet. Zwei Ealixen wuchsen Hörner aus den Brauenwülsten – männliche Exemplare, vermutete Riker. Die Geschöpfe schnaubten leise, wenn sie die Nüstern öffneten, um Luft zu holen.

Riker näherte sich Trith, der mit der flachen Hand über die Schnauze eines gehörnten Tiers strich. Ein zufriedenes Brummen erklang. »Das sind also Ealixe...«

»Die besten Freunde, die man hier draußen haben kann.« Trith stotterte jetzt nicht mehr, streichelte den Nakken des Wesens und rieb das dünne, rosarote Fell.

Decken lagen auf den Rücken der Ealixe, und Zügel baumelten von den Hälsen herab. An den Mäulern zeigten sich keine Riemen, und daraus schloß Riker, daß die Tiere ruhig und sanftmütig waren. Er berührte eins der Wesen und hörte, wie es zu schnurren begann. Der Bereich zwischen Schultern und Höcker schien mit ausreichend Fett gepolstert zu sein, um einen recht bequemen Platz zu bieten.

Riker sah der jungen Frau dabei zu, wie sie einem anderen Ealix ein zusätzliches Geschirr anlegte, die Schnüre an Hals und Schultern festzurrte. Ihm fiel ein zweites Exemplar auf, das einen ähnlichen Harnisch trug, und darin steckte eine etwa fünfzig Zentimeter lange, dunkelbraune Metallröhre. »Waffen?«

Mori nickte. »Boden-Luft-Energiekatapulte.«

»Worauf schießen Sie?«

»Auf Hoverjets der Regierung. Bevor wir diese Dinger hatten, konnten wir uns kaum gegen die Angriffe zur Wehr setzen.«

»Und jetzt?«

»Jetzt holen wir die meisten Hoverjets vom Himmel,

bevor sie uns erwischen«, erwiderte die junge Frau wie beiläufig. Sie klang so, als habe sie ihr ganzes Leben damit verbracht, feindliche Gleiter abzuschießen. *Vielleicht ist das tatsächlich der Fall,* dachte Riker.

»Sind Sie ein guter Schütze?«

Mori warf ihm einen kurzen Blick zu. »Ich gebe mir Mühe.« Sie vergewisserte sich, daß die Erg-Katapulte sicher in den Halteschlingen ruhten, trat dann an dem zweiten Ealix vorbei und blieb vor Riker stehen. »Können Sie reiten?«

»Ich habe viele verschiedene Tiere auf vielen verschiedenen Planeten geritten. Es scheint nicht weiter schwer zu sein, sich auf dem Rücken eines Ealix zu halten.«

»Das stimmt. Außerdem sitzt man weich.«

»Wohin sind wir unterwegs?«

Mori drehte sich um und deutete zu einem fernen Paß zwischen zwei hoch aufragenden Felswänden. »Zum Schützenden Canyon.«

»Ein sonderbarer Name.«

»Als unsere Vorfahren in die Sa'drit-Leere zogen, fanden sie dort Wasser und eßbare Früchte. Nach unseren Legenden haben sie dort die Testamente von der Weltmutter empfangen — jene Schriften, die uns schilderten, wie man die Verschmelzung mit Land und Himmel herbeiführt, *mit* der Natur lebt anstatt *gegen* sie.«

»Verschmelzung«, wiederholte Riker. »Diese Bezeichnung verwendet auch Stross für seinen Plan, eine kulturelle Einheit auf Thiopa zu schaffen.«

In Moris Augen funkelte es. »Er hat das Wort gestohlen und glaubte, uns damit täuschen zu können. *Seine* Verschmelzung hat eine ganz andere Bedeutung.«

Mikken schwang sich mühelos auf eines der beiden Ealixe mit den Erg-Katapulten. Riker war nicht überrascht: Der junge Verweiler mit dem glatten, faltenlosen Gesicht schien in Waffen vernarrt zu sein. Mori entschied sich für das zweite Tier, das einen zusätzlichen Harnisch trug, während Riker, Durren und Trith auf die Rücken der drei anderen kletterten. Zwar fehlten Steigbügel und Sattel, aber Riker fand schon nach kurzer Zeit heraus, daß er sich problemlos festhalten konnte. Der Buckel hinter ihm fungierte als natürliche Rückenlehne.

Mikken lächelte grimmig und hob den Arm. »Dort draußen, Riker, befindet sich das Zentrum der Sa'drit-Leere, das Herz der Verweiler. Von jenem Ort aus tragen wir die Revolution in alle anderen Regionen Thiopas, um unsere Welt vor Ruer Stross zu retten.«

Sie verließen den Pfad und ritten über die weite Ebene. Schieferfarbene Berge in der Ferne, ein graublauer Himmel, der sich über der Wüste wölbte – die Ödnis erinnerte Riker an eine leblose Mondlandschaft. Er bewunderte den Mut der Verweiler, die vor vielen Jahrhunderten hierher gezogen waren, um gemäß ihren religiösen Prinzipien zu leben. *Diese Leute sind so sehr von ihrer Sache überzeugt, daß sie es wagten, mich in Bareesh, der Hauptstadt des Feindes, zu entführen,* dachte er.

Unterwegs sah er die Spuren von Kämpfen zwischen Verweilern und Regierungssoldaten: ausgebrannte Wracks von Hoverjets, die hier und dort im Sand lagen – wie exotische Vögel, von Scharfschützen der Wüste erlegt. Die Reste der Gleiter und Schweber ließen keinen Schluß auf ihre Form zu; Rikers Blick fiel nur auf geborstene Metallkonglomerate und verbrannte Kunststoffetzen. Das Zerstörungspotential der Energiekatapulte? Oder die Wucht des Aufpralls?

Heißer Wind wehte, flüsterte und raunte, beklagte die Toten.

Kurz darauf bemerkte Riker einen schwarzen Fleck in der Landschaft: Überbleibsel eines Lagers, das einst Thiopanern als Heimstatt gedient hatte. Die zweidimensionale Struktur des Ortes war noch immer deutlich zu erkennen, doch die dritte Dimension – die Höhe – fehlte. Nur an einigen wenigen Stellen ragten noch rußgeschwärzte oder halbverkohlte Zeltstangen aus der Asche. Bestimmt dauerte es nicht mehr lange, bis sie den Böen zum Opfer fielen.

Die Karawane wurde etwas langsamer, als sie das Lager erreichten. »Was ist hier passiert?« wandte sich Riker an Mori, die neben ihm ritt.

»So etwas konnte jederzeit geschehen, bevor wir Gelegenheit bekamen, uns mit den Erg-Katapulten zu verteidigen.«

»Wann erhielten Sie die Waffen?«

»Vor sechs Monaten.«

»Und wer gab sie Ihnen?«

»Die Nuaraner.«

Riker schnappte verblüfft nach Luft. »Lieber Himmel, ich dachte, Sie könnten die Nuaraner nicht ausstehen!«

»Wir hassen sie.« Durrens Stimme erklang einige Meter hinter Riker. »Aber sie gaben uns die Waffen, die wir brauchen, um unser Land zu verteidigen.«

»Ihr Erzfeind überließ Ihnen seine Technologie?«

»Er verkaufte sie uns«, antwortete Durren. »Wir boten ihm zukünftige Schürfrechte in unseren Territorien und eventuell eroberten Gebieten.«

Riker nickte. »Die Nuaraner wollten auf Nummer Sicher gehen. Offenbar hoffen sie darauf, irgendwann hierher zurückzukehren. Nun, bisher nahm ich an, in Endraya gebe es keine Rohstoffvorkommen mehr, die den Abbau lohnen.«

»Das Gegenteil ist der Fall«, sagte Mikken, der auf dem ersten Ealix saß. »Unsere natürlichen Ressourcen sind noch lange nicht zur Neige gegangen. Die Stollen mußten nur immer tiefer in den Boden getrieben werden, noch dazu in Bereichen, die sich nur schlecht vor unseren Überraschungsangriffen schützen ließen. Die Regierung kam zu dem Schluß, es sei zu kostspielig und gefährlich, die Bergwerke zu erweitern. Und als Stross die Handelsbeziehungen mit den Nuaranern abbrach, wandten sie sich an uns.«

»Es wundert mich ein wenig, daß die Verweiler ein Abkommen mit der Personifizierung des Bösen treffen«, erwidert Riker.

»Die Nuaraner wissen nicht, was Ehre bedeutet«,

brummte Durren. »Wir benutzen ihre Waffen, ohne die Absicht zu haben, uns an die Übereinkunft zu halten.«

»Und wenn sie hierherkommen, um sich einfach zu nehmen, was sie wollen?« fragte Riker. »Vermutlich stellen sie eine weitaus größere Gefahr dar als die Hoverjets der Regierung.«

»Wir werden bestimmt mit ihnen fertig«, prahlte Mikken.

Erst jetzt stellte der Erste Offizier fest, daß Trith sich aus der Gruppe gelöst hatte und sein Ealix durch das zerstörte Lager lenkte. Er schien nach irgend etwas Ausschau zu halten, und gleichzeitig zu wissen, daß die Suche erfolglos bleiben mußte.

»Verdammter Narr«, fluchte Mikken. »Das macht er jedesmal, wenn wir hier vorbeikommen.«

Mori warf ihm einen warnenden Blick zu. »Ich kann ihn verstehen.«

Riker sah die junge Frau fragend an.

»Trith hat hier gelebt«, erklärte Mori. »Er verlor Frau und Kind, als die Hoverjets angriffen. Fast alle Bewohner des Lagers starben.«

»Wann geschah das?«

»Vor knapp einem Jahr«, sagte Mori. »Damals gab es noch einige Verweiler, die sich außerhalb des Schützenden Canyons niederließen, das Land bestellten und versuchten, ein normales Leben zu führen. Es waren die Tapferen...«

»Die Dummen«, höhnte Mikken. »In einem Kriegsgebiet kann man keine Landwirtschaft betreiben.«

»Niemand wußte, daß sich die Kämpfe auf jenen Bereich ausdehnen würden.«

»Lessandra hätte gar nicht erst zulassen dürfen, daß die Leute dort wohnten«, fuhr Mikken fort. »Wir haben sie gewarnt...«

»Wir setzen uns für das Recht ein, überall dort zu leben, wo es uns gefällt.« Rote Flecken entstanden auf Moris Wangen und Zorn vibrierte in ihrer Stimme. »Es steht uns nicht zu, irgend jemandem Vorschriften zu machen.«

»Träum nur weiter.« Mikken deutete auf die Asche der zerstörten Siedlung. »*Das* ist die Realität. Je eher wir uns mit ihr abfinden, desto schneller führen wir Thiopa in den Kreis zurück.«

Riker bemerkte, daß Durren nicht an dem Wortgefecht teilnahm und weiterhin eine traurige Melodie summte. Nach einer Weile dirigierte Trith sein Ealix zur Gruppe zurück und bildete den Abschluß. Hinter ihm wirbelte der Wind dunkle Ascheflocken auf. Schließlich schwiegen auch Mikken und Mori, und Riker dachte über die für ihn neuen Aspekte des thiopanischen Konflikts nach.

Die Verweiler verwendeten nuaranische Waffen — diese Erkenntnis kam einem Schock gleich. Wollten sich die Nuaraner auf diese Weise an Stross rächen, der sie von Thiopa verbannt hatte? Oder glaubten sie, Einfluß auf die Verweiler nehmen, sie korrumpieren zu können? Riker erinnerte sich an einen Namen: Lessandra. Sie schien eine wichtige Repräsentantin jener Bewegung zu sein, die sich auf die alten Traditionen besann. Wie rechtfertigte sie es, Hilfe von Außenweltlern anzunehmen, die all das verkörperten, dem sie den Kampf angesagt hatte?

Wenn man pragmatische Maßstäbe anlegte, ergab das Verhalten der Verweiler durchaus Sinn. Eigentlich blieb ihnen gar keine andere Wahl: Sie brauchten moderne Waffen, wenn sie Stross daran hindern wollten, Endraya zu unterwerfen. Aber wenn die Verweiler zu viele Kompromisse eingingen, beschworen sie eine erhebliche Gefahr für sich herauf: Vielleicht vergaßen sie irgendwann ihre Grundsätze, die zur Auseinandersetzung mit der Regierung geführt hatten. Und dann ging es bei dem Kampf nicht mehr um Philosophien oder Traditionen, sondern nur noch um Macht.

Nur selten erreichte man ein angestrebtes politisches Ziel, ohne auf dem Weg dorthin irgendeinen Kompromiß einzugehen. Das wußte Riker. Aber wenn ›der Sache‹ besonders starre Prinzipien zugrunde lagen, so litt die Toleranz. Allem Anschein nach basierte das Verhalten der Verweiler auf einer Doktrin, die keine Verstöße gegen ihre Regeln duldete. Der Erste Offizier dachte an seine Eskorte. *Wenn Durren und seine Gefährten die verschiedenen Ansichten innerhalb der Bewegung repräsentieren...* überlegte er. *Vielleicht kann Stross auf einen militärischen Sieg über seine Gegner verzichten. Vielleicht bringen sich die Verweiler irgendwann selbst eine Niederlage bei.*

Durren summte plötzlich nicht mehr, drehte sich um, beobachtete den Himmel und runzelte besorgt die Stirn. Trith hatte offenbar nicht nur schärfere Augen, sondern auch ein besseres Gehör. Er neigte den Kopf nach rechts und links, deutete dann in Richtung der von Dunstschwaden verschleierten Sonne.

»Dort drüben.«

Einige Sekunden später hörte auch Riker etwas — ein dumpfes Surren, das von einigen dunklen Flecken am Himmel stammte. Er begriff sofort, was sich anbahnte. Mori trieb ihr Ealix an, und die anderen folgten ihr über einen steilen Hang. Als sie den Schatten des Hügels erreichten, stiegen die Thiopaner ab und gingen hinter mehreren Felsen in Deckung. Riker gesellte sich ihnen hinzu. Mori und Mikken griffen nach den Erg-Katapulten, stützten die Rohre auf der Schulter ab und blickten durch den Zielsucher.

»Wissen sie, daß wir hier sind?« fragte der Erste Offizier.

»Ja, wahrscheinlich«, erwiderte Durren. »Vielleicht suchen sie nach Ihnen.«

»Freut mich, daß man Interesse an mir hat«, brummte Riker.

»*Wir* wollen Sie lebend. Den Angreifern geht es möglicherweise darum, Sie ins Jenseits zu schicken.«

»Damit sie Captain Picard mitteilen können, die hinterhältigen und heimtückischen Verweiler hätten mich umgebracht?«

Durren nickte. »In einem solchen Fall behauptet Stross sicher, alles versucht zu haben, um Sie zu befreien. Aber leider kamen seine Leute zu spät, um Sie vor den Fanatikern in der Wüste zu retten.«

Inzwischen waren die Hoverjets nahe genug heran, um sie besser zu erkennen. Es handelte sich um vier projektilförmige Gleiter, die weiß glänzten und in einer offenen Formation flogen. Sie schwebten einige Dutzend Meter über dem Boden, und ihre vertikalen Triebwerke wirbelten Staub und Sand auf, während die Piloten nach den Verweilern und ihrer Geisel suchten.

»Die Entfernung ist noch immer recht groß«, stellte Riker fest. »Können Sie die Ziele trotzdem treffen?«

»Ja«, antwortete Mikken selbstbewußt.

»*Vielleicht*«, schränkte Mori ein. »Wenn wir das Feuer eröffnen und die Hoverjets verfehlen, haben die Kanoniere Gelegenheit, uns anzuvisieren...«

»Und dann kommt es nur noch darauf an, wer schneller schießt«, warf Riker ein.

Mori nickte. »Ja. Wir sollten warten, bis sich die Distanz zwischen den einzelnen Gleitern verringert. Wenn einer von ihnen explodiert, könnte die Druckwelle auch einen zweiten zerstören.«

»Die übliche Taktik«, murmelte Riker. »Sie lautet: ›Man habe Geduld und verliere nicht die Nerven‹.«

»Was die Geduld betrifft, werden wir wohl kaum auf eine harte Probe gestellt«, sagte Durren. »Die Piloten haben uns entdeckt.«

Die vier Hoverjets flogen nun in einer dichteren Formation und näherten sich dem Hügel. Riker musterte Mori und Mikken; sie starrten noch immer durch die Visiere ihrer schußbereiten Waffen.

Der Erste Offizier wünschte sich einen Phaser; noch nie zuvor hatte er sich so hilflos gefühlt. Nervös befeuchtete er sich die Lippen, spähte über einen Felsen hinweg und sah, daß die vier Gleiter ihre Geschwindigkeit reduziert hatten. *Was soll das bedeuten, verdammt?* fuhr es ihm durch den Sinn. *Wenn sie ihre Waffen zuerst einsetzen, können sie den ganzen Hügel in die Luft jagen, und dann bleibt uns nicht die geringste Chance. In diesem besonderen Fall bin ich dafür, sofort zu schießen und erst später Fragen zu stellen.*

Mori schien Rikers Gedanken zu lesen, zielte auf einen Hoverjet und drückte ab. Eine rote Kugel aus geballter Energie raste aus der Mündung des Erg-Katapults und heulte über die Wüste. Die Piloten sahen sie kommen und versuchten, dem Entladungsblitz auszuweichen. Sie ließen ihre Maschinen zur Seite kippen, drehten ab und beschleunigten. Mikken feuerte unmittelbar nach Mori; er wußte, daß der Gegner jetzt in die Defensive gedrängt war und nicht angreifen würde, bis der erste Energieball entweder einen Schweber traf oder das Ziel verfehlte. Riker beobachtete, wie das rote Schimmern den ersten Hoverjet erfaßte. Funken stoben, und dann platzte der Gleiter mit einem donnernden Krachen auseinander. Die anderen drei entgingen der Druckwelle, und zwei von ihnen erwiderten das Feuer, noch bevor die zerstörte Maschine abgestürzt und auf den Boden geprallt war. Strahlen zuckten heran, und es regnete glühende Felssplitter. Riker und seine thiopanischen Begleiter duckten sich. Der Hügel bot ausreichend Schutz, aber wenn die Schweber von der anderen Seite angriffen... Genau das geschah. Zwei Maschinen sausten von links heran, und die dritte kam von rechts.

Mori und Mikken hockten Rücken an Rücken und lösten ihre Erg-Katapulte gleichzeitig aus. Zwei weitere Hoverjets explodierten. Der dritte Jäger sah sich plötzlich in die Rolle des Opfers gedrängt und beschloß, kein Risiko einzugehen. Noch einmal fauchten die Bordkanonen, und unmittelbar darauf änderte der Pilot so abrupt den Kurs, daß er fast die Kontrolle über den Gleiter verlor. Er gab vollen Schub, flog mit Höchstgeschwindigkeit in Richtung Sonne zurück.

Die Verweiler jubelten. Riker wischte sich Schweiß von der Stirn und seufzte erleichtert. Er war noch immer nicht frei, aber er hatte den Kampf mit heiler Haut überstanden. *Ich bin lieber eine lebende Geisel als ein befreiter Leichnam,* dachte er.

KAPITEL 10

Die Luftverschmutzung führte zu seltsamen Phänomenen: Oft machte sie das Atmen zur Qual, aber sie ermöglichte auch spektakuläre Sonnenuntergänge. So wie an diesem Abend. Souverän-Protektor Stross legte seinen Hobel beiseite, sah aus dem Fenster und beobachtete einen Himmel, der in Flammen zu stehen schien. Dicht über dem Horizont glühten die Wolken in einem dunklen Rot, und es folgten goldgelbe und smaragdgrüne Tönungen, die im Zenit zu einem dunklen Kobaltblau wurden.

Die Tür der Werkstatt öffnete sich, die Ootherai trat mit klackenden Schuhen ein. Die Politikminister zupfte an seinem Bart, wirkte erschöpft und blasser als sonst. »Lord Stross?«

»Ja?« Ruer drehte sich nicht um.

»Die endrayanische Mission... Das Geschwader hat seinen Auftrag, äh, nicht durchführen können.«

Daraufhin wandte sich Stross vom Fenster ab. »Mit anderen Worten: Die Sache ist fehlgeschlagen. Halten Sie mich nicht mit Ausflüchten auf, Hydrin. Wie hoch sind unsere Verluste?«

Ootherai schluckte und zeigte eine für ihn völlig untypische Nervosität. »Wir haben, äh, drei Hoverjets verloren.«

Stross riß die Augen auf. »Drei von vier?«

»Ja, Lord.«

»Verdammte Nuaraner«, zischte der Protektor. In seinen Wangen mahlten die Muskeln. »Ich bin sicher, die Gruppe in der Wüste hat Riker entführt. Was sollte sie sonst dazu bewegen, von hier aus zur Sa'drit-Leere zu reisen?«

»Da pflichte ich Ihnen bei.«

»Die Leute waren doch in jener Richtung unterwegs?«

»Ja, Lord.«

»Nun, dann wissen wir wenigstens, wo sie sich befinden. Es wird Zeit, Lessandra und ihren Terroristen zu zeigen, daß sie nirgends sicher sind. Wann haben wir zum letztenmal den Schützenden Canyon angegriffen?«

»Vor fünf Monaten. Damals stellten wir fest, daß die Verweiler über nuaranische Energiekatapulte verfügen. Wir verloren zehn Hoverjets.«

»Ich erinnere mich. Diesmal erringen wir den Sieg. Geben Sie unseren besten Piloten Bescheid. Planen Sie einen Angriff, der morgen früh bei Sonnenaufgang stattfinden soll.«

»Eine Aktion gegen die Bastion im Canyon?«

»Habe ich mich nicht klar genug ausgedrückt?«

»Unsere Chancen sind heute nicht besser als damals«, wandte Ootherai ein.

Bevor der Protektor antworten konnte, ertönte ein leises Summen. Ruer trat an das Wand-Interkom heran und betätigte eine Taste. »Hier Stross.«

»Captain Picard von der *Enterprise* möchte mit Ihnen sprechen, Lord«, verkündete die Stimme einer Frau. »Soll ich ihm sagen, daß Sie in einer Konferenz sind?«

»Nein, ich rede mit ihm. Stellen Sie eine visuelle Verbindung zu diesem Terminal her.«

»Ja, Lord.«

Einige Sekunden später erschien Picards Gesicht auf dem kleinen Monitor. »Danke dafür, daß Sie Zeit für mich erübrigen, Protektor Stross«, sagte der Captain ernst. »Ich habe gehofft, nach meinem Gespräch mit Minister Ootherai von Ihnen zu hören.«

Stross nickte und lächelte dünn. »Hmm. Vermutlich spielen Sie auf Ihre Drohungen an.«

»Es liegt mir fern, Ihnen zu drohen«, erwiderte Picard ruhig. »Ich wollte Ihre Regierung nur darauf hinweisen, welche Konsequenzen sich aus mangelnder Kooperationsbereitschaft Ihrerseits ergeben könnten.«

»Es tut mir leid, daß Ootherai falsche Vorstellungen in Ihnen weckte. Eine meiner Angewohnheiten besteht darin, kein Blatt vor den Mund zu nehmen, Captain. Und ich vermute, auch Sie schätzen Offenheit.«

»In der Tat, Protektor Stross.«

»Nun gut. Wir benötigen Ihre Versorgungsgüter, und die Föderation braucht Thiopa. Die Entführung Ihres Ersten Offiziers bedauere ich sehr. Ich darf Ihnen versichern, daß wir nichts unversucht lassen, um ihn aus der Gewalt der Terroristen zu befreien.«

»Das ist ein Schritt in die richtige Richtung. Haben Sie bereits etwas in Erfahrung gebracht?«

»Wären Sie bereit, die von Ihnen gesetzte Frist bis morgen früh zu verlängern? Ich glaube, bis dahin ändert sich die Situation.«

»Na schön. Ich warte bis morgen früh. Aber dann müssen gewisse Entscheidungen getroffen werden.«

»Ich verstehe, Captain. Und ich bin Ihnen dankbar für Ihre Geduld.«

»Ihnen dürfte auch klar sein, daß sie Grenzen hat.«

Stross nickte. »Ja. Bis morgen, Captain. Stross Ende.«

Das Abbild des Protektors verblaßte, und kurz darauf zeigte der große Wandschirm wieder den Planeten Thiopa. Picard lehnte sich im Kommandosessel zurück.

»Ich traue ihm nicht, Sir«, brummte Worf.

Picard drehte sich zu ihm um. »Wie meinen Sie das, Lieutenant?«

»Der plötzliche Gesinnungswandel, Sir. So etwas stimmt mich mißtrauisch.«

»Mir geht es ebenso. Counselor?«

Deanna Troi zögerte nicht und gab sofort Antwort. »Ich glaube, Stross verbirgt etwas. Derzeit halte ich ihn nicht für vertrauenswürdig.«

»Hmm.« Picard schwieg und dachte nach. »Trotzdem sollten wir bis morgen früh warten, um zu hören, was uns der Protektor zu sagen hat.« Er stand auf. »Wenn Sie mich brauchen — ich bin im Bereitschaftsraum. Mr. Data, Sie haben das Kommando.«

Während der letzten Etappe des Ritts zum Schützenden Canyon kam es zu keinen Zwischenfällen, und schließlich erreichte Rikers Gruppe die beiden hohen Felsformationen, die wie steinerne Wächter am Zugang der Schlucht standen. Jenseits davon erstreckte sich das Sanktuarium der Verweiler. Hintereinander stapften die Ealixe über den schmalen Pfad, bis sie zum eigentlichen Canyon gelangten. Dort stiegen Duren und seine Begleiter ab und überließen die Tiere der Obhut Triths, der sie zu einer Herde führte, die neben einigen Büschen graste. Mikken und Mori übernahmen die Spitze, und der Erste Offizier folgte ihnen über den steilen Weg.

Die strenge Erhabenheit des Canyons beeindruckte Riker zutiefst. Schon auf anderen Planeten hatte er Bauwerke gesehen, die sich an hohe Klippen schmiegten, doch die Steinerne Stadt war einzigartig. Ihre Häuser standen auf einem breiten Sims, hinter dem die Felswand fast einen halben Kilometer weit in die Höhe ragte. *Einst hat sich jenes gewaltige Massiv im Innern des Berges befunden, doch die elementaren Kräfte der Natur haben es durch fließendes Wasser und beständigen Wind freigelegt, ihm die heutige Form gegeben,* dachte der Erste Offizier. Die Verweiler glaubten, die Weltmutter habe ihre Verborgene Hand ausgestreckt, um ihnen diesen Ort zu zeigen. Die majestätische Pracht des Schützenden Canyons hätte auch Riker fast in einen Gläubigen verwandelt.

Kurze Zeit später passierten sie die ersten Gebäude der Steinernen Stadt, und man stellte Riker Lessandra vor. Die alte Frau humpelte durch ihren Garten, stützte sich auf einen Gehstock, der aus schwarzem Holz bestand und komplexe Schnitzmuster aufwies. In ihrem weißen Haar trug Lessandra einen Reif, dessen verziertes Silber längst stumpf geworden war; vermutlich fanden die Verweiler kaum Gelegenheit, ihre wenigen Schmuckstücke angemessen zu pflegen.

Der matte Glanz bildete einen auffallenden Kontrast zum allgemeinen Erscheinungsbild Lessandras und jener zerklüfteten Welt, die Ruer Stross' Gegner als ihre Heimat erachteten. Die alte Frau musterte Riker aufmerksam, und der Erste Offizier versuchte ebenfalls, einen Eindruck von ihr zu gewinnen. Ein Bein, das am Knie endete; ein Auge halb geschlossen; faltige Haut; fehlende Zähne — Lessandra hatte sicher kein einfaches Leben hinter sich.

»Sie sind also Riker.«

»Und Sie sind Lessandra. Das Oberhaupt der Verweiler, nehme ich an?«

Die alte Frau lachte humorlos. »In gewisser Weise, ja.«

»Dann haben wir einige wichtige Dinge zu besprechen.«

»Ach, tatsächlich? Nun, ich schlage vor, wir unterhalten uns beim Abendessen. Ich habe Speisen vorbereiten lassen.« Lessandra wandte sich an Mori. »Sie so nett und hol Silbeerenwein.« Sie zögerte kurz und starrte einen Mann und eine Frau an, die neben ihr standen. Das Gesicht der Frau war zerfurcht, aber sie schien wesentlich jünger zu sein als Lessandra. Den Mann schätzte Riker auf etwa vierzig; sein grauer Bart fiel ihm auf.

»Wir möchten, daß du uns an der Unterredung teilnehmen läßt«, sagte die Frau.

Lessandra schürzte verärgert die Lippen. »Und wenn ich mich weigere, Glin?«

»Dann sagen Jaminaw und ich den anderen, daß du Geheimnisse vor uns hast. Was sicher zu Unruhe führt, selbst bei denen, die dich bisher unterstützt haben.«

Lessandra fluchte leise. »Na schön, kommt mit.«

Sie führte die kleine Gruppe in ihr Haus. Riker beobachtete das Gebäude im dunkler werdenden Zwielicht und stellte fest, daß es aus einzelnen, handbearbeiteten Sandsteinziegeln bestand. Sie fügten sich fast fugenlos zusammen; man hätte nicht einmal ein Blatt Papier in die winzigen Zwischenräume schieben können. Im Innern hingen Tapisserien mit komplexen geometrischen Mustern an den Wänden, und ihre kräftigen Farben boten den Augen eine willkommene Abwechslung nach dem eintönigen Grau der Wüste und den ockerfarbenen Tönen des Canyons.

Hier und dort standen aus dem Fels gemeißelte Kerzenhalter. Kleine Flammen umzüngelten lange Dochte, zitterten und flackerten immer wieder. Die Einrichtung bestand nur aus einigen niedrigen Fässern, die als Tische dienten. Große Kissen und dicke Teppiche bedeckten den Boden, und darauf nahmen Riker und seine Begleiter Platz. Mori trat aus einem Nebenzimmer, brachte Becher und einen tönernen Krug. Ein sechzehn oder siebzehn Jahre altes Mädchen eilte mit zwei großen Tellern herein, auf denen goldbraun gebratenes und appetitanregend duftendes Geflügel lag. Es stellte die Mahlzeit auf den improvisierten Tischen ab, lief wieder nach draußen und kehrte nach einigen Sekunden mit einem schlichten Salat aus Blättern und zerhackten Wurzeln zurück. Mori füllte die Becher und setzte sich.

Riker war dankbar für das warme Essen, denn nach dem Sonnenuntergang sank die Temperatur rasch – typisch für die meisten Wüsten. »Schmeckt gut.«

»Sehen Sie?« kommentierte Lessandra selbstgefällig. »Wir verhungern nicht.«

»Allerdings bekommen wir jetzt zum erstenmal seit drei Wochen Fleisch«, warf Glin ein.

Lessandra warf ihr einen bitterbösen Blick zu.

»Ich möchte eins klarstellen«, sagte Riker. »Ich bin nicht Ihr Gegner. Die *Enterprise* kam hierher, um allen Thiopanern zu helfen. Wir haben genug Nahrungsmittel, Medizin und andere Dinge mitgebracht, um die gegenwärtige Krise auf Ihrer Welt zu beenden.«

»Was ist mit Waffen?« fragte die alte Frau.

»Nein. Für Sie ebensowenig wie für Stross. Wir bieten nur humanitäre Hilfe an.«

»*Wir* brauchen die Versorgungsgüter besonders dringend. Ich werde dem Captain des Raumschiffes einen Vorschlag machen. Wenn er uns die Lebensmittel und Arzneien liefert, lasse ich Sie frei.«

»Darauf wird er sich nicht einlassen. Wir dürfen nur mit der rechtmäßigen Regierung Thiopas verhandeln.«

Zwischendurch:

Die Enterprise hat den Auftrag, die Krise auf Thiopa zu beenden. Das Raumschiff soll nur humanitäre Hilfe gewähren: Arzneimittel und Nahrung – und selbst darum entsteht Streit.

Schätzen wir uns also glücklich, in besseren Zeiten zu leben – wir sind nicht auf Hilfe aus dem Weltraum angewiesen. In unserer Welt sind wir Selbstversorger. Auch wenn uns der kleine Hunger zwischendurch plagt, können wir uns im Handumdrehen etwas Heißes, Würziges zubereiten – die...

Zwischendurch:

Die kleine, warme Mahlzeit in der Eßterrine. Nur Deckel auf, Heißwasser drauf, umrühren, kurz ziehen lassen und genießen.

Die 5 Minuten Terrine gibt's in vielen leckeren Sorten – guten Appetit!

Maggi
5 Minuten Terrine

»Ich versichere Ihnen: Es dauert nicht mehr lange, bis Stross abdanken muß und in Bareesh das Banner der Verweiler weht.«

Riker seufzte lautlos. »Damit Sie sich keinen Illusionen hingeben, Lessandra... Captain Picard ist sicher nicht zu Zugeständnissen bereit, um meine Freilassung zu erwirken.«

»Er wird Sie wohl kaum dem Tod ausliefern. Wer sich solche Mühe gibt, den armen Opfern einer Hungersnot zu helfen, hat ein viel zu weiches Herz, um einen Gefährten im Stich zu lassen.«

»Kein Besatzungsmitglied ist unersetzlich.«

»Wollen Sie den Helden spielen?«

Riker kaute auf einem ziemlich zähen Stück Fleisch und dachte voller Wehmut an die synthetischen Speisen, die an Bord der *Enterprise* serviert wurden. Die moderne Technik der molekularen Verkettung und Protein-Strukturierung gewährleistete eine erstklassige Qualität der Mahlzeiten. Trotzdem: Der Verweiler-Koch schien sein Handwerk zu verstehen. Das Fleisch hatte die Konsistenz von Gummi, aber am Geschmack gab es nichts auszusetzen.

»Nicht unbedingt«, antwortete der Erste Offizier. »Aber darauf kommt es auch gar nicht an. Ich habe nur Fakten genannt.«

»Behaupten Sie im Ernst, daß der Captain nicht versuchen wird, Ihnen zu helfen?«

»Er muß sich an die Vorschriften Starfleets halten. Und sie verbieten ihm, ein Abkommen mit Terroristen zu treffen.«

»Wir sind keine Terroristen!« entfuhr es Lessandra empört.

»Nun, es mag gute Gründe für Ihren Kampf gegen die Regierung geben, aber wenn Sie jemanden entführen und als Geisel nehmen, werden Sie zu Terroristen. Lassen Sie mich frei, ohne irgendwelche Bedingungen zu stellen. Dann verspreche ich Ihnen, daß Picard Ihr Anliegen vorurteilsfrei prüft.«

Die alte Frau brummte spöttisch. »Und anschließend stürzen Sie Stross für uns, nicht wahr?«

»Wir können vermitteln.«

»Zu welchem Zweck?«

»Um eine Übereinkunft zwischen Ihnen und der Regierung zu ermöglichen.«

Jaminaw hob aufgeregt die Hand. »Das ist interessant!«

Riker runzelte die Stirn und musterte Lessandra, die sein Schicksal in den Händen hielt. »Was verlangen Sie? Und antworten Sie bitte nicht: ›Wir wollen die Macht des Protektors brechen.‹«

»Genau *darum* geht es uns, Riker.«

»Nennen Sie mir irgend etwas Realistisches — dann kann Ihnen die Föderation vielleicht helfen.«

»Warum sollte Stross auf die Föderation hören?« fragte Lessandra.

»Weil er ihre Unterstützung braucht — die Nuaraner stellen nach wie vor eine Gefahr dar. Entweder akzeptiert er die Hilfe der Föderation, oder er muß nuaranischem Druck nachgeben. Ganz zu schweigen von den Ferengi. An seiner Stelle fiele mir die Entscheidung leicht.«

Glin kaute nachdenklich auf einer Wurzel. »Sie wollen also auf folgendes hinaus: Um Hilfe zu bekommen, könnte Stross gezwungen sein, die Meinung der Föderation in Hinsicht auf uns zu berücksichtigen.«

»Bitte verstehen Sie mich nicht falsch«, sagte Riker. »Wir dürfen nur im Rahmen der sogenannten Ersten Direktive handeln, die uns Einmischungen in die inneren Angelegenheiten eines Planeten verbietet. Wir können keinen Einfluß auf die Entwicklung einer bestimmten Kultur ausüben, nur weil wir glauben, sie beschreite nicht den richtigen Weg. Aber wenn man uns bittet, einen Streit zu schlichten, haben wir die Möglichkeit, als Vermittler aufzutreten, so daß beide Seiten zu ihrem Recht gelangen.«

»Sag ihm, was wir wollen«, drängte Mori. Die junge Verweilerin wartete eine Zeitlang, und als Lessandra nicht reagierte, fuhr sie fort: »Wir wollen das Recht, nach unseren alten Traditionen zu leben. Wir möchten eine Chance, andere Thiopaner davon zu überzeugen, daß unsere Philosophie richtig sein *könnte*. Aber wenn sie es ablehnen, unsere Ansichten zu teilen, werden wir sie nicht zwingen, sich uns anzuschließen. Auch wir achten das Prinzip des gegenseitigen Respekts.«

Riker sah die Anwesenden der Reihe nach an. In Lessandras Augen blitzte es mißbilligend, aber Glin und Jaminaw nickten. »Hat Mori recht?« fragte er.

»Im großen und ganzen«, bestätigte Glin. Ihre grauen Sinneshaare zuckten.

»Ealix-Dung!« platzte es aus Lessandra heraus. »Ihr zögert nicht, all das zu verraten, wofür unsere Ahnen eintraten und was uns Evain vor seinem Tod lehrte. Glaubt ihr wirklich, daß Stross und seine Verbrecherbande von heute auf morgen lernen, die Weltmutter zu lieben, das Gebot ihrer Verborgenen Hand zu achten und in Verschmelzung mit dem Land zu leben? Wer so etwas für möglich hält, ist ein vollkommen verblödeter Narr.«

»Lessandra...«, sagte Riker geduldig. »Manchmal sind Regierungen zu erstaunlichen Kehrtwendungen fähig, wenn sie sich bedroht sehen. Und hier steht noch weitaus mehr auf dem Spiel. Die ökologische Katastrophe bedroht nicht nur die Macht des Protektors, sondern das ganze thiopanische Volk.«

Die alte Frau schüttelte langsam den Kopf, verschränkte die Arme und schob trotzig das Kinn vor. Ihre Sinneshaare vibrierten erregt. »Stross führt uns geradewegs in die Hölle, und die Hälfte der Strecke haben wir schon zurückgelegt. Der Rest des Pfades ins Verderben ist ein steiler Hang, und wer dort abrutscht, ist endgültig verloren. Der Protektor und seine Regierung müssen vom Antlitz dieser Welt getilgt werden – nur dann haben wir noch eine Zukunft. Ich bin bereit, jedes Mittel zu nutzen, um Thiopa von Ruer Stross zu befreien. Dabei schließe ich nicht einmal Handelsbeziehungen mit den Nuaranern aus. Wir stellen eine Armee zusammen, die groß und stark genug ist, die Sa'drit-Leere zu durchqueren und Bareesh anzugreifen. Ja, wir haben uns lange genug in der Wüste versteckt. Es wird Zeit, Thiopa zurückzuerobern und die alten Traditionen zum Gesetz zu erheben, bevor Stross das zerstört, was von der Weltmutter übriggeblieben ist. Entweder erringen wir den Sieg — oder wir weinen.«

Kühle Nachtluft strich Riker über die Wangen, und sein Atem kondensierte zu grauen, dunstigen Wolken. Ein sichelförmiger Mond schwebte hoch am Himmel, als der Erste Offizier zusammen mit Mori am Rande der Steinernen Stadt entlangwanderte. Hier und dort flackerten Fakkeln im Canyon: Wächter, die zwischen den Späherposten am Zugang der Schlucht patrouillierten.

»Lessandra haßt Stross«, sagte Riker.

»Und zwar von ganzem Herzen«, erwiderte Mori. Sie schlang sich den Kragenschal um den Hals und wärmte die Hände unter den Achseln.

»Nicht nur aus politischen Gründen, nehme ich an. Es scheint etwas Persönliches zu sein.«

»Ja.«

»Erzählen Sie mir davon.«

»Ihr Bein. Stross ist dafür verantwortlich.«

»Wie meinen Sie das?«

»Vor zwanzig Jahren war Lessandra Evains Stellvertreterin. Damals gewannen wir immer mehr Anhänger. Stross wollte unsere Bewegung kontrollieren und Evain aus dem Verkehr ziehen. Daraufhin versteckte sich mein Vater und ging in den Untergrund.«

»Ihr Vater?«

»Evain war — beziehungsweise ist — mein Vater.« Mori sah, wie Riker überrascht die Bauen hob. »Stross ließ Lessandra mitteilen, die Regierung sei zu Verhandlungen bereit. Man einigte sich auf einen neutralen Treffpunkt. Offenbar hoffte der Protektor, dort meinem Vater zu begegnen.«

»Machte sich Evain auf den Weg?«

Mori schüttelte den Kopf und strich sich übers zerzauste Haar. »Er wollte den vereinbarten Gesprächstermin wahrnehmen, aber Lessandra ließ ihn nicht gehen. Wie sich herausstellte, waren ihre Befürchtungen gerechtfertigt. Sie wurde verhaftet und nach Kahdeen gebracht, auf die berühmt-berüchtigte Kerkerinsel.«

»Und was geschah dann?« fragte Riker.

»Man schlug Lessandra, folterte sie«, hauchte Mori. Ihre Stimme zitterte. »Zwei Wochen lang. Ohne ihre Verletzungen zu behandeln.«

»Stross wollte sicher wissen, wo sich Ihr Vater verbarg.«

Mori nickte. »Aber Lessandra schwieg. Sie mußte zusehen, wie man einige ihrer Gefährten umbrachte, aber sie weigerte sich trotzdem, Auskunft zu geben. Die Beauftragten der Protektors brachen ihr beide Beine, fuhren sie in die Wüste und ließen sie dort allein zurück. Als die Verweiler sie fanden, war ein Bein so sehr infiziert, daß es amputiert werden mußte.«

»Und Ihr Vater?«

»Er schickte mich zu Freunden und blieb einige Monate lang auf der Flucht. Aber schließlich fand ihn die Polizei. Man stellte ihn vor Gericht, und natürlich wurde er für schuldig befunden.«

Riker musterte die junge Frau voller Mitgefühl. Seine Stimme klang sanft, als er fragte: »Hat man ihn...«

»Hingerichtet? Nein. Stross wollte vermeiden, der Verweiler-Bewegung einen Märtyrer zu geben.« Mori holte tief Luft. »Die Regierung ließ Evain zu lebenslanger Haft im Kahdeen-Gefängnis verurteilen und behauptete zwei Jahre später, er sei an einer Krankheit gestorben. Aber einige ehemalige Gefangene teilten uns mit, sie hätten ihn nach seinem angeblichen Tod gesehen. Wahrscheinlich verlegt man ihn ständig, so daß ihn niemand identifizieren kann.« Sie senkte den Kopf. »Ich weiß, daß er noch lebt. Ich *weiß* es.«

»Und jetzt glauben Sie nicht mehr an die Verlautbarungen der Regierung.«

»Warum sollte ich? Sie hat bewiesen, wie wenig sie von der Wahrheit hält.«

»Ja, ich verstehe Ihren Standpunkt«, sagte Riker und atmete die kühle Luft in tiefen Zügen. »Und ich verstehe auch, warum Lessandra Stross so sehr haßt.«

»Ich finde es seltsam, daß Stross meinem Vater die Angriffe auf endrayanische Bergwerke zur Last legte. Sie begannen erst, als er sich bereits im Untergrund befand. Evain haßte Gewalt – das kommt in seinen Schriften deutlich zum Ausdruck. Lessandra hat die entsprechenden Aktionen befohlen. Es ist mir ein Rätsel, wieso man Evain dafür verantwortlich machte.«

»Glaubt sonst noch jemand, daß Ihr Vater nach wie vor lebt?« erkundigte sich Riker.

Mori zuckte niedergeschlagen mit den Schultern. »Nur sehr wenige. Und niemand gibt es zu. Vielleicht wollen sie keine falschen Hoffnungen in mir wecken. Vielleicht befürchten sie auch, ich könnte irgend etwas Verrücktes unternehmen, um Evain zu befreien. Was Lessandra betrifft ... Ich schätze, sie ist ebenfalls davon überzeugt, daß die Regierung damals log. Doch sie geht davon aus, mein Vater sei irgendwann im Verlauf der letzten zwanzig Jahre gestorben. Nur Durren räumt ein, daß er noch am Leben sein könnte.«

»Es fehlen konkrete Anhaltspunkte«, stellte Riker fest.

»Ja. Ich wünsche mir nichts sehnlicher, als endlich Gewißheit zu erlangen.« Mori schüttelte traurig den Kopf. »Ich hoffte zunächst, mit Ihrer Hilfe etwas herauszufinden, aber offenbar ist diese Sache für Lessandra nicht wichtig genug, um bei den Verhandlungen mit Ihrem Captain erwähnt zu werden.«

»Es wird gar nicht erst zu Verhandlungen kommen. Entweder läßt man mich frei, oder Sie müssen sich damit abfinden, einen Dauergast zu haben.«

Mori schob ihre Hände in die Taschen des Umhangs. »Wird Zeit, daß wir schlafen gehen. Ich bin angewiesen, Sie zu bewachen.«

Riker deutete in die vom Mondschein erhellte Wüste — graue Ödnis, die sich bis zum fernen Horizont erstreckte. »Wohin sollte ich fliehen?«

»Dort draußen würden Sie innerhalb weniger Stunden sterben«, sagte die junge Frau. »Vergessen Sie das nicht.«

»Sie haben mich überzeugt.«

»Trotzdem muß ich Sie fesseln. Kommen Sie.« Mori führte Riker zu einem kleinen Haus.

»Warum nennen Sie sich eigentlich ›Verweiler‹?«

»Wir glauben, daß wir uns nur zeitweise an diesem Ort aufhalten. Die Weltmutter stellt uns ihre Schätze zur Verfügung, aber wir leihen sie nur aus, geben sie anschließend zurück. Das Land gehört nicht uns — wir gehören dem Land.«

»Sie nutzen die Natur. Und schützen sie gleichzeitig.«

»Genau. Die Weltmutter ernährt uns, während wir hier verweilen. Und wenn wir das Land zurückgeben, muß es sich im gleichen oder einem noch besseren Zustand befinden als vorher.«

»Die Haltung der Regierung unterscheidet sich ein wenig von der Ihren, nicht wahr?«

»Ja.«

»Nun«, murmelte Riker, »eigentlich unterscheidet sich Ihr Glauben kaum von den Grundsätzen der Föderation.«

Dunkelheit umhüllte die meisten Gebäude, an denen sie vorbeikamen, doch hinter einigen Fenstern brannten Kerzen. Die Einrichtung der Zimmer erinnerte an Lessandras Heim, bestand größtenteils aus Decken und Kissen, einigen schlichten Holzgegenständen und flachen Steinen, die als Tische oder Sitzplätze dienten. Riker sah nur Erwachsene oder Jugendliche; in der Verweiler-Gemeinschaft schien es keine Kinder zu geben. Er wandte sich mit einer entsprechenden Frage an Mori.

»Einige von uns wollten ihre kleinen Söhne und Töchter hierher mitnehmen, aber Lessandra und die Mitglieder ihres Rates hielten das für zu gefährlich. Wir müssen praktisch ständig mit Angriffen rechnen.«

»Wo befinden sich die Kinder?«

»Bei Familien in den Dörfern. Oder auf Bauernhöfen.«

»Dort scheint das Leben nicht viel einfacher zu sein«, sagte Riker und dachte an Siebenwege.

»In dieser Sphäre gibt es kein einfaches Leben – solange wir Ruer Stross' Verschmelzungspläne ablehnen.«

Mori standen zwei Zimmer im Erdgeschoß eines Sandsteingebäudes zur Verfügung, das wesentlich kleiner war als Lessandras Haus. Riker hob den Kopf und beobachtete das gewaltige Massiv, das sich weit oben mit der Finsternis vereinte, und ein sonderbares Unbehagen regte sich in ihm. Er fürchtete nicht etwa, daß die hohe Felswand einstürzen konnte, aber ihre Wölbung vermittelte ihm das Gefühl, im Bauch eines riesigen Ungetüms zu stehen. *Urängste?* dachte er.

Mori strich die Decke in der Türöffnung beiseite, blieb abrupt stehen und schnappte nach Luft.

»Stimmt was nicht?«

»Eine Höhlenspinne«, brachte die junge Frau heiser hervor und schauderte.

Riker rollte ungläubig mit den Augen. »Sie schießen Hoverjets ab, ohne auch nur mit der Wimper zu zucken – aber eine kleine Spinne jagt Ihnen solchen Schrecken ein?«

Mori wich langsam zurück, als fürchte sie, ein entsetzliches Monstrum zu wecken. »Höhlenspinnen sind nicht klein.«

»Wie groß können sie werden?«

Die Verweilerin winkte verärgert. »Sie sind doch so mutig. Sehen Sie selbst nach.«

Riker schob sich an ihr vorbei, sah ins Zimmer – und erstarrte. »Nun, das *ist* ein ordentlicher Brocken.«

Womit er keineswegs übertrieb. Die Beine der Spinne waren etwa so lang wie der Arm eines Mannes; brauner Pelz umhüllte den melonengroßen Körper. Das Geschöpf hielt sich an einem unter der Decke gesponnenen Netz fest, und drei Augenstiele neigten sich hin und her. »Äh, kommen diese Biester häufig zu Besuch?«

»Ab und zu. Sie halten die Häuser für Höhlen, weil es kühl und dunkel in ihnen ist. Sie verabscheuen Licht. Für gewöhnlich genügt eine brennende Kerze, um sie fernzuhalten.«

»Sie haben eine Kerze aufgestellt«, sagte Riker und deutete in eine Ecke der Kammer.

»Ja. Aber leider steht sie nicht neben der Tür.«

»Hm. Wie verhält man sich, wenn man eine Höhlenspinne zu Gast hat? Zieht man einfach in den nächsten Ort?«

Mori lachte leise und überwand ihre Furcht. »Man verjagt sie mit Licht.«

»Haben Sie das schon einmal probiert?«

»Oh, sicher. Und es hat geklappt. Möchten Sie es selbst mal versuchen?«

Riker trat zur Seite. »Nein, nein... Ich verlasse mich ganz auf Ihre Erfahrung.«

Er hielt die Decke beiseite, und Mori ging ins Zimmer, duckte sich und wahrte einen möglichst großen Abstand zu der Spinne. Mit einigen hastigen Schritten erreichte sie die Kerze in der Ecke, griff nach dem steinernen Halter und hielt ihn in ausgestreckten Händen. »An Ihrer Stelle würde ich ein wenig zurücktreten.« Als sie sich mit der Kerze dem haarigen Geschöpf unter der Decke näherte, zuckte die Spinne nervös. Nach einigen Sekunden ließ sie sich an einem dicken Seidenfaden herab, schwang einige Male von einer Seite zur anderen und entschied sich für einen Fluchtweg, der direkt an Riker vorbeiführte. Das Wesen sprang, landete auf federnden Beinen, lief los und verschwand in der Dunkelheit.

»Sie können jetzt hereinkommen!« rief Mori.

Riker blieb skeptisch. »Woher wollen Sie wissen, daß nicht irgendwo ein zweites Exemplar lauert?«

»Höhlenspinnen sind Einzelgänger und verteidigen ihr Territorium. Wenn sich hier zwei von ihnen begegnet wären, hätten sie erbittert gekämpft. Meistens bleibt dabei ein Kontrahent auf der Strecke, manchmal sogar beide. Da hier nirgends ein Breihaufen herumliegt, sind wir jetzt bestimmt allein.«

»Das, äh, beruhigt mich sehr.« Dennoch zögerte Riker, bevor er eintrat. Mori rückte die Kissen und Decken zurecht, bereitete zwei Schlafstellen vor. Er sah ihr dabei zu und beobachtete, wie sie in eine Ledertasche griff und einen kleinen Holzkasten hervorholte. Vorsichtig öffnete sie ihn und entnahm dem Behälter eine von Künstlerhand hergestellte Keramikpuppe. Sie mochte etwa fünfzehn Zentimeter groß sein und trug ein buntes Gewand; dünne Pinselstriche verliehen dem Gesicht zarte thiopanische Züge. Mori setzte die Puppe auf eine nahe Steinplatte und schien Rikers Präsenz völlig vergessen zu haben.

»Sie ist sehr hübsch«, sagte er.

Die junge Frau sah überrascht auf. »Oh... Danke.« Dann zuckte sie verlegen mit den Achseln. »Ich weiß überhaupt nicht, warum ich sie behalten habe.«

»Wahrscheinlich hat sie irgendeine Bedeutung für Sie.«

»Vielleicht.«

»Sie scheint recht alt zu sein.«

»Ja.« Mori nahm die Puppe und reichte sie Riker.

Er hielt sie behutsam in der Hand. »Seit wann befindet sie sich in Ihrem Besitz?«

»Seit ich mich erinnern kann. Mein Vater schenkte sie mir. Angeblich bringt sie Glück. Als wir noch in der Stadt wohnten, hatte ich eine ganze Sammlung.«

»Und nur diese ist übriggeblieben?«

Mori nickte. »Die meisten von uns mußten einen großen Teil ihrer Besitztümer zurücklassen.« Sie klang nicht sehr glücklich, und ein Schatten von Melancholie fiel auf ihre Züge, als sie an ihre Kindheit dachte. »Nur diese eine Puppe habe ich behalten. Ich konnte mich einfach nicht von ihr trennen.«

»Ich weiß, wie das ist. Als ich meinen Dienst bei Starfleet begann, nahm ich einige persönliche Gegenstände mit, die mich an meine Heimat erinnerten.«

Moris Miene erhellte sich wieder. »Was für Dinge?«

Riker lächelte unsicher. »Ach, ich möchte Sie nicht langweilen.«

»Es interessiert mich.«

»Nun, ich wurde in einer Region geboren, die Alaska heißt. Es ist einer der wenigen Orte auf der Erde, wo die natürliche Landschaft erhalten blieb.«

»Beschreiben Sie mir Alaska«, bat Mori.

Riker ließ sich auf ein dickes Kissen sinken. »Dort ist es immer kalt, und die Weite ... Stellen Sie sich hohe, schneebedeckte Berge vor, breite Täler, Eisberge, Gletscher. Und praktisch überall herrscht erhabene Stille.«

»Jene persönlichen Dinge ... Stammen sie aus Alaska?«

»Ja. Die größten Tiere der Erde leben in den Ozeanen, und man nennt sie Wale. Es gibt viele verschiedene Arten. Manche von ihnen wurden gejagt und sind inzwischen ausgestorben, aber einige Spezies schützte man rechtzeitig. Im Laufe der Jahrhunderte vermehrten sie sich, und heute besteht keine Gefahr mehr für sie. Als Junge stand ich auf den Klippen und beobachtete stundenlang, wie sie vor der Küste schwammen.« Rikers Gedanken glitten wehmütig in die Vergangenheit, und für einige Sekunden wurde er wieder zu dem Knaben, der auf einen hohen Felsen kletterte und übers Meer blickte. »Eine Art gefiel mir besonders. *Orcinus orca.* Der Schwertwal. Ein wundervolles Tier. Damals sammelte ich kleine Statuen und Bildnisse, die Schwertwale darstellten, und mehrere von ihnen waren ziemlich alt.«

»Hängen Sie noch immer daran?«

»Ja.« Riker gab der jungen Verweilerin die Puppe zurück. Mori setzte sie wieder auf die Steinplatte und betrachtete sie so, als hoffe sie, die winzige Gestalt aus Keramik könne ihr die von Zeit und Umständen gestohlene Unschuld zurückgeben.

»Dies ist die älteste Puppe, die ich je hatte. Evain sagte mir, meine Mutter habe als Kind mit ihr gespielt. Sie starb kurz nach meiner Geburt.«

»Das tut mir leid.«

»Schon gut. Ich habe sie nie kennengelernt. Wenn ich sie vermisse ... Nun, dann vermisse ich nicht *sie*, sondern eine Mutter, die keine echte Identität hat.«

»Wer hat sich damals um Sie gekümmert?« fragte Riker.

»Die Freunde meines Vaters. Glin, Durren ... An Zuwendung mangelte es mir nie. In gewisser Weise wuchs ich in der Gesellschaft von vielen Vätern und Müttern auf. Aber manchmal ...« Mori seufzte. »Manchmal wünschte ich mir, richtige Eltern zu haben, so wie alle anderen Kinder.« Mit der Fingerspitze strich sie über eine bemalte Puppenwange. »Sie hat viel durchgemacht. Gelegentlich denke ich daran, sie zu verschenken, sie einfach irgendwo liegenzulassen – oder sie zu zerbrechen.«

»Behalten Sie die Puppe«, sagte Riker sanft.

Der Mondschein war hell genug, um Schatten zu werfen. Zwei Gestalten saßen auf einem windigen Felsvorsprung, hoch über der Steinernen Stadt, und gedankenverloren beobachteten sie das Wechselspiel zwischen Licht und Dunkelheit. Jaminaw umarmte Glin, und es ging ihm nicht nur darum, ihr Wärme zu spenden. Liebevoll berührte er die Sinneshaare der Thiopanerin an seiner Seite, und nach einer Weile flüsterte er: »Wie sollen wir uns jetzt verhalten?«

Glin drehte den Kopf und sah ihn an. »Vielleicht bekommen wir nie wieder die Chance, eine vernünftige Übereinkunft mit der Regierung zu treffen.«

»Vernunft genügt nicht, um Lessandra zu überzeugen.«

Glin schnitt eine finstere Miene. »Lessandra hat nur eine Stimme ...«

»Aber sie repräsentiert die größte Gruppe in der Gemeinschaft. Nehmen wir einmal an, die Verborgene Hand wiese uns auf einen möglichen Kompromiß hin ... Wenn wir dann nicht alle einer Meinung sind, könnte es bei uns zu heftigen internen Auseinandersetzungen kommen, und das wäre das Ende der Verweiler.«

»Lessandra beschreitet einen Weg, der früher oder später nicht nur unsere Bewegung zerstört, sondern uns alle umbringt.«

Jaminaw seufzte. »Warum begreift sie nicht, daß wir inzwischen in einer Welt leben, in der es keine absoluten Werte mehr gibt? Lessandra und ihre Anhänger wollen zu den alten Zeiten zurückkehren, aber sie gehören längst der Vergangenheit an. Dies ist die Gegenwart. Wir können nie wieder so unschuldig sein wie unsere Ahnen.«

»Hältst du solche Überlegungen in deinem Tagebuch fest?«

»Ja, natürlich. Du weißt doch, daß ich dort alles niederschreibe. Vielleicht veröffentliche ich eines Tages die Geschichte der Verweiler.«

Glin setzte sich auf und stemmte die Hände an die Hüften. Ihre Augen schienen zu glühen, als sie Jaminaw ansah. »Was hat es mit dem ›vielleicht‹ und ›eines Tages‹ auf sich?«

Ihr plötzlicher Ärger verblüffte den Thiopaner. »Wie meinst du das?«

»Stell dich nicht dumm.«

»Ich habe wirklich keine Ahnung...«

»Du *redest* dauernd. Du *handelst* nicht.«

Jaminaw verzog das Gesicht und breitete die Arme aus. »Wie viele Verleger siehst du hier?«

»Du *willst* mich nicht verstehen, oder? Du sollst das Buch nicht *hier* und *jetzt* herausbringen — so etwas wäre wohl kaum möglich. Setz dir endlich ein klares Ziel und arbeite darauf hin.«

»Es erwarten einen nur Enttäuschungen, wenn man Unmögliches anstrebt«, erwiderte Jaminaw. »Vergißt du die Lehren der Weltmutter? Es kommt nicht aufs Ziel an, sondern auf die Reise.«

»Ich bin mir nicht mehr sicher, ob ich daran glauben kann«, sagte Glin. »Wenn man während der Reise nicht weiß, wohin man unterwegs ist, wird *nie* ein Ziel erreicht. So etwas hat überhaupt keinen Sinn.«

»Worauf willst du hinaus?«

»Auf folgendes: Wer eine Zukunft haben will, muß bereits in der Gegenwart etwas für sie tun.«

Jaminaw seufzte. »Wie sollen wir uns jetzt verhalten?« wiederholte er, und sein Tonfall wies deutlich auf die Bereitschaft hin, jeden Vorschlag Glins zu akzeptieren.

KAPITEL 11

»Was soll ich jetzt *machen*, Wesley?« brachte die hübsche Vierzehnjährige mit dem langen schwarzen Haar zwischen zusammengepreßten Zähnen hervor. Fähnrich Crusher, der sie um mindestens vierzig Zentimeter überragte, stand einen Meter hinter ihr. Neben ihnen warteten kindliche Starfleet-Offiziere, ausgerüstet mit Phasern, Tricordern und Miniaturuniformen. Zusammen mit Wes und dem Mädchen waren es insgesamt neun, und ihr Alter reichte von sieben bis zu Wesleys sechzehn Jahren. Acht Menschen und ein Vulkanier.

»Weeesssliiieeeh«, zischte die junge Kommandantin verzweifelt.

»Du bist der Captain, Gina«, erwiderte er leise und versuchte Picards Trick nachzuahmen, seine Stimme gleichzeitig streng und beruhigend klingen zu lassen. »Du mußt selbst eine Entscheidung treffen. Nur zu.«

Gina richtete ihren Blick wieder auf die hundeartigen Tiere weiter vorn. Sie standen auf dem moosbewachsenen Pfad, der durch den Wald führte, und durch das hohe Blätterdach filterte Sonnenlicht auf sie herab. Sie wirkten fast niedlich. Ihre Höhe betrug kaum dreißig Zentimeter, und sie hatten muskulöse Körper, kurze Beine, große dreieckige Augen und kurze Schnauzen. Hübsche, liebenswerte Wesen – wenn nicht die langen Reißzähne gewesen wären. *Und* zornig glühende Pupillen. *Und* Hörner, an denen frisches Blut klebte. Hinzu kam ein drohendes, hungriges Knurren, das keinen Zweifel an den Absichten der Tiere ließ.

Die kleine Vulkanierin klopfte Gina auf die Schulter. »Wäre es logisch, ihnen Futter anzubieten?«

Gina blinzelte und versuchte, sich zu einer Entscheidung

durchzuringen. »Futter, Futter, Futter... Haben wir irgendwelche Lebensmittel dabei? Und was fressen solche Wesen? Möglicherweise geraten sie in Raserei, wenn wir ihnen etwas Eßbares geben. Und wenn sie mehr wollen, obgleich unsere Vorräte erschöpft sind? Wann bringt mein Chefingenieur endlich den verdammten Transporter in Ordnung?« Das Mädchen ballte die Faust und schlug auf seinen Insignienkommunikator. »*Enterprise? Enterprise?* Meldet euch, oder ihr seid alle gefeuert!«

»Unser Kommunikationssystem ist schon seit zwei Tagen ausgefallen, Captain«, sagte Wesley.

Gina drehte langsam den Kopf und starrte ihn an. »Wir füttern die Hunde mit Crusher.«

Die Vulkanierin T'Jai biß sich auf die Lippe und streckte den Arm aus. »Captain!«

Gina sah wieder nach vorn und bemerkte drei pelzige, mit langen Fangzähnen ausgestattete Schemen, die auf sie zurasten und nach ihrer Kehle schnappten. Das Mädchen geriet in Panik, hob die Hände schützend vors Gesicht, trat einen Schritt zurück und stolperte. Gina versuchte, sich an Wesley festzuhalten, verlor endgültig das Gleichgewicht und stürzte mit dem jungen Fähnrich zu Boden. Nur einen Sekundenbruchteil später löse sich die Umgebung auf. Wald und Hunde existierten nicht mehr, und die Kinder fanden sich auf dem harten Stahl des Holodecks wieder.

»Wenigstens bin ich weich gefallen«, kicherte Gina, rollte sich von Wesley herunter und stand auf. Irgend etwas berührte sie am Fußknöchel, und als sie herabsah, fiel ihr Blick auf eins der kleinen Tiere. Sie gab einen entsetzten Schrei von sich, und der Hund zuckte zusammen, rannte übers Deck. Einige Meter entfernt wirbelte er um die eigene Achse, preßte die Schnauze an den Boden, wedelte mit dem Schwanz, bellte zweimal und verschwand, als der Computer die holographische Simulation beendete.

Kurz darauf öffnete sich das Schott, und ein schmunzelnder Unterweiser trat ein, gefolgt von Commander

Data und Botschafter Undrun. »Das reicht für heute«, sagte der Mann. »Hat es dir Spaß gemacht, Captain zu sein, Gina?«

Das Mädchen strich einige dunkle Haarsträhnen aus dem Gesicht. »Es war nicht fair, Lieutenant Berga.«

»Warum nicht, Captain?«

»Wesley überließ alles mir. Er gab mir keinen Rat, als wir den gräßlichen Tieren begegneten.«

»Das durfte ich auch gar nicht«, wandte Wes ein. »Ich habe bei der Gestaltung des Programms mitgewirkt.«

»Um so besser. Dann hättest du mir *ganz genau* sagen können, worauf es ankam.«

»Aber dann wäre die Simulation sinnlos gewesen«, entgegnete Wesley. Er schien sich nicht ganz wohl in seiner Haut zu fühlen.

»Fähnrich Crusher hat recht«, bestätigte Berga.

»Na schön – worum ging es dabei?« fragte Gina.

»Vielleicht sollte ich Commander Data bitten, darauf Antwort zu geben«, sagte Berga. »Immerhin ist er ein erfahrener Offizier und hat an vielen planetaren Missionen teilgenommen.«

Die Kinder sahen den Androiden neugierig an. »In eurem Fall diente die holographische Pseudo-Wirklichkeit dazu, die Beobachtungsgabe und das Beurteilungsvermögen zu trainieren. Ihr sollt lernen, ›warme Füße‹ zu bewahren – ich glaube, so lautet der richtige Ausdruck.« Data wirkte ein wenig verlegen, als die Kinder lachten.

Wesley räusperte sich. »Es müßte eigentlich heißen: ›Ihr sollt lernen, keine kalten Füße zu bekommen und einen kühlen Kopf zu bewahren.‹«

Data lächelte. »Oh, natürlich. Um nur ein Beispiel zu nennen, Gina: Du hast kostbare Zeit verschwendet, indem du ein ungeeignetes Mitglied deiner Gruppe batest, sein als geheim klassifiziertes Wissen mit dir zu teilen.«

»Sie meinen Wesley, nicht wahr?« vergewisserte sich Gina.

»Genau. Außerdem hast du nicht daran gedacht, daß

der wissenschaftliche Offizier Kolker den Planeten schon einmal besuchte und das Verhaltensmuster der hundeartigen Wesen kannte.«

»Mist«, stöhnte Gina, drehte sich um und sah ihren wissenschaftlichen Offizier — einen kräftig gebauten Dreizehnjährigen — vorwurfsvoll an. »Warum hast du mir nichts gesagt? Man kann vom Captain doch nicht erwarten, ständig Fragen zu stellen.«

»Ich habe ganz vergessen, daß ich Bescheid wußte«, erwiderte der Junge kleinlaut.

Lieutenant Berga klatschte in die Hände. »Nun, das genügt für heute. Morgen nehmen wir eine genaue Analyse der heutigen Übung vor. Ihr könnt jetzt gehen.« Die Kinder verließen das Holodeck.

»Was hatte es mit den Tieren auf sich, Lieutenant Berga?« fragte Wesley. »Waren sie echt? Ich meine, gibt es solche Geschöpfe?«

Der Unterweiser lächelte. »Nein, sie sind allein das Produkt meiner Phantasie.« Er war zufrieden mit den Ergebnissen und lachte leise. »Übrigens, Wesley: Als mein Assistent hast du gute Arbeit geleistet.«

»Danke, Sir.«

»Aber morgen bist du wieder ein ganz gewöhnlicher Schüler, wie die anderen.«

Wes schnitt ein übertrieben kummervolles Gesicht. »Genau das habe ich befürchtet. Nicht einmal den Hausaufgaben bin ich entkommen.«

»Wesley...« Botschafter Undrun hatte alles beobachtet und trat näher. »Man hat dich auch dem Brückendienst zugeteilt, nicht wahr?«

»Ja, Sir.«

»Reguläres Besatzungsmitglied, Schüler, Assistent des Unterweisers — alles auf einmal?«

»Warum nicht? Viele Kinder und Jugendliche an Bord der *Enterprise* interessieren sich für eine berufliche Laufbahn bei Starfleet. Sie gehen zur Schule — und gleichzeitig sammeln sie praktische Erfahrungen.«

Undrun schüttelte verwundert den Kopf. »Soviel Freiheit und Flexibilität... Auf Noxor lernte ich als Junge ein völlig anderes Ausbildungssystem kennen. Du kannst von Glück sagen.«

»Wie geht es in noxorianischen Schulen zu?« fragte Wesley.

»Unsere Lehrer waren sehr streng«, antwortete Undrun. »Wir mußten viel auswendig lernen. Es kam einzig und allein darauf an, gewisse Fakten zu kennen und die Prüfungsresultate anderer Schülergenerationen zu wiederholen.« Der kleine Mann seufzte traurig. »Schon nach kurzer Zeit machten wir folgende Erfahrung: Um gut zurechtzukommen und die Gunst der Unterweiser zu gewinnen, mußte man sich genauso verhalten, wie sie es verlangten.«

Wesley musterte den Botschafter voller Mitgefühl. »Und wenn man aus der Reihe tanzte?«

»Dann wurden wir bestraft«, sagte Undrun, schürzte die Lippen und gab sich unangenehmen Erinnerungen hin.

Berga schauderte, als er sich vorstellte, den Unterricht an Bord der *Enterprise* von ähnlichen Prinzipien bestimmen zu lassen. »Disziplin ist erforderlich, ja. Aber das gilt auch für kreative Herausforderungen.«

»Nur bei den Selbstverteidigungswettkämpfen gestattete man uns Individualität.« Undrun spürte die ungläubigen Blicke seiner Zuhörer auf sich ruhen. Noxorianer waren in erster Linie aufgrund ihres Intellekts bekannt; was die Muskelkraft betraf, konnten sie kaum mit anderen Humanoiden mithalten. Berga, Data und Wesley schienen die Vorstellung für amüsant zu halten, daß sich Leute wie der zwergenhafte Botschafter in Nahkampftechnik übten. Undrun schob stolz das Kinn vor und holte tief Luft. »Lassen Sie sich nicht von unserer Statur täuschen, meine Herren. Die noxorianischen Verteidigungsmethoden sind selbst dann recht wirksam, wenn man sie gegen wesentlich größere und kräftigere Kontrahenten einsetzt.«

»Nun...«, begann Berga und versuchte, sich seine Skepsis nicht anmerken zu lassen. »Sie können jederzeit unsere Klassen besuchen, solange Sie an Bord sind.«

»Dieses Angebot nehme ich gern wahr. Sobald ich Gelegenheit dazu finde. Äh, ich danke Ihnen allen.« Undrun nickte auch Data zu. »Die holographische Simulation war außerordentlich interessant, und...«

Er unterbrach sich, als ein Interkom summte. »Hier Picard. Commander Data, bitte kommen Sie ins Konferenzzimmer auf dem Brückendeck.«

Der Androide berührte das Abzeichen an seinem Uniformpulli. »Hier Data, Sir.«

»Ich habe jetzt ein wenig Zeit und würde gern von Ihrer zweiten Begegnung mit Dr. Keat erfahren. Erklären Sie mir auch Ihre Theorie. Vorausgesetzt natürlich, Sie haben sie inzwischen verifiziert.«

»Das ist tatsächlich der Fall, Sir. Ich bin schon unterwegs.«

»Captain Picard, hier ist Botschafter Undrun. Da es um Thiopa geht, habe ich ein Recht darauf, ebenfalls an der Besprechung teilzunehmen.« Die Stimme des Noxorianers klang nicht mehr ganz so energisch, als er hinzufügte: »Wenn Sie erlauben, Sir.«

Picard zögerte kurz — die plötzliche Zurückhaltung des Botschafters erstaunte ihn. »Selbstverständlich. Mr. Data, bringen Sie Mr. Undrun mit. Ich warte auf Sie. Picard Ende.«

Der Captain beugte sich vor und faltete die Hände auf dem Tisch. »Dr. Keat war also sofort bereit, Ihnen die meteorologischen Aufzeichnungen zu zeigen?«

»Ja, Sir.«

»Wonach haben Sie gesucht?«

»Nach bestimmten Mustern.«

»Ich verstehe nicht ganz...«, sagte Undrun.

»Ich hielt nach Anhaltspunkten Ausschau, die Schlußfolgerungen in bezug auf den tatsächlichen Zustand der globalen thiopanischen Ökologie zulassen«, erwiderte

Data. »Um herauszufinden, ob in erster Linie natürliche Einwirkungsfaktoren zu der gegenwärtigen Krise führten — oder ob rücksichtslose Nutzung von Bodenschätzen und die allgemeine Umweltverschmutzung dafür verantwortlich sind.«

Picard musterte den Androiden. »Vermutlich haben Sie entsprechende Muster gefunden.«

»Ja, Captain. Und sie geben kaum Anlaß, optimistisch zu sein. Derzeit beginnt auf Thiopa die kritische Phase einer zyklischen Dürre — auf vielen Welten gibt es solche Zyklen. In manchen Fällen kommt es dadurch zu verheerenden Auswirkungen auf Flora und Fauna, aber wenn genug vitale Ressourcen zur Verfügung stehen — zum Beispiel Wasser —, bleiben keine permanenten Folgen für Lebensformen und Topographie zurück.«

»Topographie«, wiederholte Picard. »Meinen Sie das Schrumpfen von Wäldern, die Ausdehnung von Wüsten und dergleichen?«

Data nickte. »Genau. Auf Thiopa gingen vierzig Jahre forcierter industrieller Entwicklung mit völliger Gleichgültigkeit der Umwelt gegenüber einher.«

In Picards Mundwinkeln zuckte es kurz. *Wenn er sich nur nicht immer so kompliziert ausdrücken würde,* dachte der Captain. »Mit anderen Worten ...«

»Nun, Sir, wenn sich Regenperioden verändern oder die Niederschlagsmenge stark abnimmt, so muß das Ergebnis nicht notwendigerweise fatal sein — vorausgesetzt, eventuell vorhandene Staubecken und subplanetare Wasserspeicher sind gut gefüllt. Aber die Thiopaner haben den größten Teil ihrer entsprechenden Reserven verbraucht und außerdem zugelassen, daß giftige Substanzen ins Grundwasser gerieten.«

Undrun winkte ab. »Die Entsalzung des Meerwassers sollte ihnen nicht weiter schwerfallen ...«

»Das ist noch nicht alles, Botschafter«, sagte der Androide ernst. »Ich habe alle Daten korreliert, die das thiopanische Wetter, die Umweltverschmutzung und eine Fortsetzung des Industrialisierungsprozesses betreffen. Hinzu kommen einige andere negative Faktoren. Auf dieser Grundlage erstellte der Computer ein prognostisches Modell, das die Lage auf dem Planeten in fünfzig Jahren beschreibt.«

Picard ließ den angehaltenen Atem entweichen. »Na schön. Zeigen Sie es uns.«

»Computer«, sagte Data. »Projiziere die betreffenden Karten und Diagramme.«

Die graphischen Darstellungen erschienen über dem Tisch, und der Androide fuhr fort: »Im Augenblick führt der Klimatrend zu einer Austrocknung der fruchtbaren Böden in den nördlichen Zonen, während es in den öden Regionen häufiger regnet als sonst.«

»Läßt sich dadurch nicht Landwirtschaft in den Wüsten betreiben?« warf Picard ein.

»Nein, Sir. Fast überall führen die erhöhten Niederschläge zu Überschwemmungen und beschleunigen somit die Erosion. Außerdem enthält der dortige Boden nicht genug Nährstoffe, um ihn für einen intensiven Anbau zu nutzen. Aufgrund der von den Industrieanlagen freigesetzten Schadstoffe ist der Regen sehr sauer, bedroht daher das pflanzliche Leben. Toxische Substanzen sammeln sich in Flüssen und Seen, eliminieren dort die ans Wasser gebundene Flora und Fauna. Für das Transportwesen und die Energieproduktion werden fossile Brennstoffe verwendet, und die Abgase erhöhen den Kohlendioxidgehalt der Atmosphäre um fünfzig Prozent. Daraus resultiert ein Treibhauseffekt, der die mittlere Temperatur des Planeten um vier Grad Celsius anhebt. Die letzte Eiszeit auf Thiopa fand vor zwanzigtausend Jahren statt, und in diesem Zeitraum blieben die durchschnittlichen Temperaturen nahezu konstant. Eine Zunahme um nur vier Grad erscheint Ihnen vielleicht gering, aber daraus ergeben sich katastrophale Konsequenzen. Die Polkappen schmelzen, und der Wasserspiegel der Ozeane steigt um etwa zweieinhalb Meter, wodurch Küstenbereiche und Inseln überflutet werden.

Zwischen den Meeren und der Atmosphäre herrscht eine direkte Wechselwirkung, was bedeutet, daß mit weitaus heftigeren und häufigeren Stürmen zu rechnen ist.«

»Flutwellen spülen also weit ins Binnenland und erreichen auch höher gelegene Orte«, brummte Picard.

»Ja, Sir. Des weiteren gibt es einige interessante Paradoxa. Durch höhere Lufttemperaturen verdunstet mehr Wasser, was verstärkte Niederschläge zur Folge hat. Aber die wichtigsten Landmassen Thiopas befinden sich nicht in Klimazonen, in denen sie von dem zusätzlichen Regen profitieren können. Besonders dicht bevölkerte Regionen werden immer heißer, und die dortigen Flüsse und Seen trocknen aus. Das bisher noch bestehende ökologische Gleichgewicht wird so empfindlich gestört, daß für viele Biotope nicht mehr die geringste Hoffnung besteht.«

Picard runzelte besorgt die Stirn. »Das ist eine lange Liste ökologischer Schrecken.«

»Ich habe noch nicht alle Einzelheiten genannt, Sir.«

»Mir genügen Ihre bisherigen Schilderungen. Um das Fazit zu ziehen: Welche Lage bietet sich in fünfzig Jahren dar?«

»Wenn die gegenwärtigen Trends anhalten und man nicht sofort entschlossene Gegenmaßnahmen ergreift, verwandelt sich praktisch der ganze Planet in eine unbewohnbare Wüste. Millionen Thiopaner werden sterben, und von einer Zivilisation kann dann keine Rede mehr sein.«

»Besitzen die Thiopaner das technische Potential, um den Kataklysmus auf ihrer Welt zu verhindern?« fragte Picard dumpf.

»Nein, Sir. Aber uns steht die dazu notwendige Technologie zur Verfügung. Ich habe eine umfassende Analyse vorgenommen und dabei nicht nur die von Botschafter Undrun vorgeschlagene Entsalzung von Meerwasser berücksichtigt, sondern auch Emissionskontrollen zum Schutz der Umwelt, Alternativen für die Verwendung von fossilen Brennstoffen, topographische Veränderungen der Landmassen, um die Niederschläge zu kontrollieren, Erneuerungen der Süßwasserreserven, erweiterten Ackerbau, der den Boden schont... Soll ich Ihnen weitere Details nennen?«

»Nein, ich glaube, wir haben eine recht klare Vorstellung gewonnen, Data«, sagte Picard. Seine Gedanken galten weiterhin den enormen und überaus komplexen Problemen, mit denen Thiopa fertig werden mußte. »Glauben Sie, Dr. Keat ist sich der drohenden Katastrophe bewußt?«

»Nein, Sir. Sie leitet den wissenschaftlichen Rat, und wenn sie wirklich wüßte, was die Zukunft für ihr Volk bereithält, hätte sie sicher längst Protektor Stross darauf hingewiesen und ihn dazu gedrängt, sofort etwas zu unternehmen.«

»Ja, das sollte man eigentlich annehmen. Wenn Unheil in diesem Ausmaß droht, spielen politische Kontroversen keine Rolle mehr.«

Undrun rutschte so unruhig hin und her, als werde der Stuhl unter ihm heiß. »Damit haben wir genau das richtige Druckmittel!« platzte es aus ihm heraus.

»Was soll das heißen?« fragte Picard.

»Wenn wir die Thiopaner über diese Sache informieren, müssen sie unsere Hilfe annehmen!«

»Die Bewohner des Planeten *müssen* überhaupt nichts, Mr. Undrun.«

»Welche Wahl bleibt ihnen denn, Captain? Wenn sie nicht auf die Stimme der Vernunft hören, verurteilen sie sich selbst und ihre Welt zu einem dunklen Zeitalter. Wir können ihnen dabei helfen, die Krise zu bewältigen.«

Picard seufzte, und seine ruhige Gelassenheit stand in einem auffallenden Gegensatz zu Undruns Aufregung. »Wir halten unsere Schlußfolgerungen für stichhaltig, aber vielleicht sind die Thiopaner anderer Meinung. Während der vergangenen Jahre hat sich die Situation immer mehr zugespitzt, und trotzdem unternahm man nichts gegen die schlimmer werdende ökologische Krise. Was darauf hindeutet, daß auf Thiopa eine ausgeprägte Tendenz zur Selbsttäuschung existiert.«

»Dann müssen wir den Thiopanern eben die Augen öffnen und sie dazu bringen, die Fakten zu akzeptieren.«

»Captain«, sagte Data, »es ist mir auch gelungen festzustellen, welche Region am stärksten von der Dürre betroffen ist. Ich habe Dr. Keats Karten digitalisiert und sie dem Bordcomputer eingegeben.«

Picard stand auf. »Wir sehen sie uns auf dem Wandschirm im Kontrollraum an. Mr. Worf und Counselor Troi sollen ebenfalls Gelegenheit erhalten, sich einen Eindruck zu verschaffen.« Undrun und Data folgten ihm auf die Brücke. Worf stand wie üblich an seiner Oberdeck-Konsole, und Deanna Troi saß zusammen mit Dr. Pulaski neben dem Kommandosessel. Picard begrüßte die Bordärztin mit einem knappen Nicken. »Gut, daß sie ebenfalls hier sind, Doktor. Vielleicht brauchen wir Ihren medizinischen Rat. Mr. Data?«

»Computer«, sagte der Androide. »Projiziere die thiopanische Karte auf den Wandschirm.«

Kurz darauf betrachteten die Anwesenden eine in einzelne Sektoren aufgeteilte graphische Darstellung des Planeten.

»In der endrayanischen Sphäre führte die Dürre zu besonders schlimmen Auswirkungen. Von allen dicht besiedelten Regionen Thiopas hat Endraya selbst unter normalen Wetterbedingungen die geringsten Niederschläge, und deshalb mußten Felder und Äcker künstlich bewässert werden.«

»Was jetzt nicht mehr möglich ist«, sagte Picard.

Wesley wandte sich von seinem Pult ab. »Captain?«

»Möchten Sie etwas hinzufügen, Mr. Crusher?«

»Die endrayanische Sphäre — dort befindet sich der Schützende Canyon, das Sanktuarium der Verweiler.«

Picard wußte, worauf der junge Fähnrich hinauswollte. »Wahrscheinlich hält man Commander Riker dort gefangen.«

»Wir könnten ein Rettungsteam schicken«, schlug Worf vor.

»Wir wissen nicht, was uns im Canyon erwartet«, erwiderte Picard ruhig. »Vielleicht brächten wir sowohl Riker als auch die Mitglieder der Landegruppe in Lebensgefahr.«

Worf gab nicht so einfach auf. »Wir könnten Kundschafter hinunterbeamen, um die Lage einzuschätzen und eventuell Vorbereitungen für Rikers Befreiung zu treffen.«

»Das klingt schon besser, Lieutenant. Mr. Data, bitte geben Sie Mr. Worf eine detaillierte Karte des Schützenden Canyons.«

»Ich habe die entsprechenden Informationen bereits aufgezeichnet, Sir«, entgegnete der Androide und reichte dem Klingonen eine kleine Speicherscheibe. »Dazu gehören auch Orbitalbilder mit hoher Auflösung. Die kleinsten erkennbaren Objekte durchmessen zehn Zentimeter.«

»Befassen Sie sich eingehend mit dem Gelände, Mr. Worf«, sagte Picard. »Und legen Sie mir anschließend einen Einsatzplan vor. Halten Sie sich bereit, eine Scout-Gruppe auf den Planeten zu begleiten.«

Frid Undrun ging an der Brückenwand entlang und blieb neben der Tür stehen, die ins Bereitschaftszimmer des Captains führte. Niemand schenkte ihm Beachtung, als er die thiopanischen Karten auf dem Wandschirm betrachtete und sich bestimmte Koordinaten merkte. Einige Sekunden später trat er in die Kabine des Turbolifts und verließ den Kontrollraum.

Eine Zeitlang starrte er stumm auf das geschlossene Schott.

»Bitte nennen Sie Ihr Ziel«, erklang die Sprachprozessorstimme des Computers.

»Äh, Ziel? Oh. Zum Gesellschaftsraum, bitte.«

In der Bar hielten sich nur wenige Personen auf. Undrun schritt zu der Ecke, wo er schon einmal Platz genommen hatte, überlegte es sich dann anders und blickte durch die breiten Panoramafenster. Sterne leuchteten in der unendlichen Weite des Alls, schienen ihn zu rufen. Diesmal ignorierte er ihre Stimmen nicht, trat näher, setzte sich und sah in den Weltraum.

»Freut mich, daß Sie Ihre Meinung geändert haben«, erklang Guinans ruhige Stimme hinter dem Botschafter. »Der Kosmos ist faszinierend, nicht wahr?«

Undrun drehte sich nicht um. »Ja. Er wirkt fast hypnotisch — als könne man die Zukunft erkennen, wenn man nur aufmerksam genug Ausschau hält.«

»Nun, was die Zukunft betrifft, muß ich passen. Aber man kann durchaus einen Blick in die Vergangenheit werfen.«

»Hm?« Undrun starrte weiterhin in die Schwärze, konnte oder wollte sich nicht von dem Fenster abwenden.

»Sternenlicht. Die Sonnen sind Hunderte und Tausende von Lichtjahren entfernt. Ihr Glanz braucht entsprechend viel Zeit, um uns hier zu erreichen. Also sehen wir in die Vergangenheit.«

»Was nicht weiter schwer ist«, murmelte Undrun. »Doch die Zukunft...« Er brach ab.

»Kann ich Ihnen etwas anbieten, Botschafter?«

»Ja. Der Kinjinn-Wein hat mir gut geschmeckt.«

Guinan brachte ihm ein Glas, musterte den kleinen Noxorianer kurz und lächelte. »Ich glaube, Sie möchten jetzt mit den Sternen allein sein«, sagte sie und kehrte zur Theke zurück.

Sie hat vollkommen recht, dachte Undrun. *Woher weiß sie das?* Und was wußte sie sonst noch über ihn? War er so durchschaubar für die Besatzungsmitglieder dieses Raumschiffs? Brauchten sie ihn nur anzusehen, um festzustellen, wie sehr er Wesley Crusher um die vielen Möglichkeiten beneidete, die er in der *Enterprise* hatte? Die Unterweiser setzten ihm keine Grenzen, stimulierten seine Neugier sogar. Sie gaben ihm und den anderen Kindern und Jugendlichen an Bord das kostbarste aller Geschenke: die Chance zu versagen, aus den eigenen Fehlern zu lernen, ohne Strafe befürchten zu müssen.

Ahnte irgend jemand, wie sehr er Captain Picard und William Riker bewunderte, weil sie genau wußten, wann es die Vorschriften zu achten galt — und wann es Zeit wurde, sie großzügig auszulegen? Spürten Guinan und die anderen, wie sehr ihn die Entführung des Ersten Offiziers bestürzte, daß er sich dafür verantwortlich fühlte?

Frid Undrun, Gesandter des Föderationsministeriums für Hilfe und Unterstützung, jüngster H & U-Botschafter, gewann immer mehr den Eindruck, daß sich eine ganz persönliche Katastrophe anbahnte. Entsetzen vibrierte in ihm, als er daran dachte, daß die thiopanische Mission zeigen mochte, wie unfähig und inkompetent er war. Oh, ab und zu stellte er sich vor, mutig und tapfer zu sein, Heldentaten zu vollbringen und anschließend verdientermaßen bejubelt zu werden. Aber solche Visionen mußten Träume bleiben...

Warum? fragte sich Undrun. *Verdammt, du kennst den Grund. Es liegt an deiner Kindheit. Die Lehrer in der Schule haben dir die Kreativität aus dem Leib geprügelt und einen Weg gezeigt, der zum Erfolg führt — zumindest zu einer gewissen Art von Erfolg. »Sie lassen sich viel zu sehr von starren Richtlinien und kategorisiertem Denken leiten.« So lauteten Datas Worte. Himmel, eine Maschine hat mehr Selbstbewußtsein als ich! Bei dieser Mission hat dich eine Überraschung nach der anderen erwartet, und man kann sie nicht einfach in Schablonen pressen, um damit fertig zu werden. Zum erstenmal mußt du dich jetzt der Erkenntnis stellen, daß manchmal Improvisationen nötig sind. Wenn man nur nach den Vorschriften handelt, ist man nicht anpassungsfähig genug. Ein böses Erwachen für dich, was?*

Wahrscheinlich wußten Picard und seine Offiziere gar nicht, wie sehr Undrun den Thiopanern helfen wollte, ihre Probleme zu lösen und die ökologische Krise auf ihrer Welt zu überwinden. Er wünschte sich nichts sehnlicher, als die Versorgungsgüter zu liefern, damit kein Bewohner des Planeten hungern, damit niemand von ihnen an irgendeiner banalen Krankheit sterben mußte. Unter der Schale aus Mittelmäßigkeit und überheblicher Arroganz verbarg sich ein edler Kern: Undrun war wirklich bestrebt, dort zu helfen, wo man seine Hilfe benötigte. Aus diesem Anliegen ergab sich eine bedeutungsvolle Frage: *Habe ich den Mut, über meinen eigenen Schatten zu springen, die Vorschriften zu vergessen und alles Notwendige in die Wege zu leiten?*

»Haben Sie und die Sterne alle gesuchten Antworten gefunden?« Guinan stand wieder hinter ihm — obwohl Undrun nicht gehört hatte, wie sie an ihn herangetreten war. *Sie wählt immer genau den richtigen Zeitpunkt, um mit ihren Gästen zu sprechen.*

Der kleine Noxorianer erhob sich. »Ja. Ja, ich glaube schon.« Er zögerte kurz und verdrängte den letzten Rest von Zweifel. »Ich bin sogar sicher. Danke, Guinan.«

Sie neigte kurz den Kopf, und Undrun verließ den Gesellschaftsraum mit zielstrebigen Schritten.

Die Energie eines Transporterfeldes funkelte in Dr. Kael Keats Büro, und unmittelbar darauf materialisierte Lieutenant Commander Data. Die Wissenschaftlerin saß an ihrem Schreibtisch und trug einen beigefarbenen Laborkittel über Shorts und einer weiten Bluse. Neugierig sah sie auf.

»Ich habe nicht damit gerechnet, Sie so bald wiederzusehen, Data.«

»Mir ergeht es ähnlich. Ursprünglich wollte ich noch etwas länger an Bord der *Enterprise* bleiben.«

»Was führt Sie hierher? Geht es dabei um die Theorie, die Sie überprüfen wollten?«

»Ja. Ich habe Ihnen ja versprochen, sie nach einer sorgfältigen Analyse mit Ihnen zu erörtern. Es überrascht mich ein wenig, daß Sie so spät am Abend noch in Ihrem Büro arbeiten.«

»So spät in der *Nacht*, Data. Um diese Uhrzeit kann man nicht mehr von ›Abend‹ sprechen.« Kael schmunzelte. »Nun, ich brauche nicht viel Schlaf, und es gefällt mir, hier völlig ungestört zu sein. Wenn alles ruhig und still ist, kann ich am besten nachdenken. Nehmen Sie Platz und schießen Sie los.« Rasch hob sie die Arme. »Ich meine, erzählen Sie mir von Ihrer Theorie.«

Der Androide wiederholte den Vortrag, den er bereits im Besprechungszimmer der *Enterprise* gehalten hatte, erweiterte ihn mit statistischen Daten, um die Prognose noch deutlicher und plausibler zu gestalten. Kael hörte ihm aufmerksam zu und gab durch nichts zu erkennen, was sie davon hielt. Sie zeigte sich in keiner Weise von Datas apokalyptischen Schilderungen beeindruckt. Schließlich beendete er seinen Bericht, neigte den Kopf zur Seite und musterte die junge Frau verwirrt.

Kael wölbte die Brauen, wodurch sich dünne Falten in ihrer Stirn bildeten. »Sie scheinen verblüfft zu sein.«

»Das bin ich auch.«

»Und der Grund?«

»Ihre Reaktion«, sagte Data.

»Was haben Sie erwartet?«

»Besorgnis, Furcht. Vielleicht sogar einen regelrechten Schock.«

»Warum?«

»Weil meine Ausführungen nicht gerade eine rosige Zukunft für Thiopa verheißen.«

»Ja, das ist mir klar.«

»Frage: Handelt es sich um eine für Thiopaner typische Reaktion, schlechte Nachrichten so gleichgültig hinzunehmen? Immerhin habe ich Sie auf den drohenden Zusammenbruch Ihrer Zivilisation hingewiesen.«

Dr. Keat schüttelte den Kopf. »Nein. Es sind keine neuen Informationen.«

»Sie wußten schon vorher Bescheid?« »Ja.«

Diesmal hob Data erstaunt die Brauen. Er musterte die junge Frau und gab keinen Ton von sich.

»Offenbar können auch Androiden so überrascht sein, daß es ihnen die Sprache verschlägt«, sagte Kael.

»In der Tat«, bestätigte Data nach einer Weile. »Ich verstehe nicht.«

»*Was* verstehen Sie nicht?«

Data bemühte sich, einen Sinn in etwas zu erkennen, das ihm völlig sinnlos erschien. »Sie sind Wissenschaftlerin und kennen die derzeitigen Probleme Ihrer Heimat. Sie haben mit einer Neuordnung des hiesigen wissenschaftlichen Establishments begonnen, so daß es empirische Wahrheit suchen kann und politischen Manipulationen gegenüber weniger anfällig ist.«

»Das stimmt.«

»Ich habe Ihnen die kritische Natur der klimatischen und ökologischen Veränderungen auf diesem Planeten erklärt und hinzugefügt, ohne sofortige Gegenmaßnahmen lasse sich die Katastrophe nicht verhindern. Woraufhin Sie mir antworteten, diese Angaben enthielten keine neuen Informationen für Sie.«

»Auch das ist richtig.«

»Sie bestätigten, schon vorher von den Konsequenzen der gegenwärtigen Krise gewußt zu haben.«

»Ja.«

»Aber Ihre Regierung unternimmt nichts, um die fatale Entwicklung aufzuhalten. Folgendes verstehe ich nicht: Wie konnte sie das sicher sehr umfangreiche wissenschaftliche Material ignorieren, das Sie ihr vorlegten?«

»Ganz einfach.«

»Ich höre.«

»Ich habe Stross nichts gesagt.«

Die elektronischen Archive des Androiden boten Platz für mehrere tausend Gigabyte Daten. Er beherrschte Dutzende von Sprachen, und sein Computerpotential stand dem der leistungsfähigsten Rechen- und Elaborationsanlagen der Föderation in nichts nach. Trotzdem war er zum zweitenmal innerhalb kurzer Zeit sprachlos.

Kael Keat lächelte amüsiert. »Ich scheine Sie heute ziemlich zu verwirren, nicht wahr?«

»Allerdings.« Data zögerte. »Was das von Ihnen geplante Klimakontrollprogramm betrifft ... Wahrscheinlich erübrigt sich ein Hinweis darauf, daß ein derartiges Satellitennetz die technologischen Möglichkeiten Thiopas weit übersteigt. Nicht einmal die hochentwickeltsten Welten der Föderation haben das dazu erforderliche technische Niveau erreicht.«

Dr. Keat nickte. »Auch das war Ihnen klar?«

»Ja.«

Das Glühen in Datas gelben Augen verstärkte sich ein wenig. Seine Verwunderung wich Neugier. »Aber warum sind Sie dann mit einem entsprechenden Vorschlag an Protektor Stross herangetreten? Haben Sie von Anfang an gewußt, daß Sie nicht in der Lage sind, das globale Wetter Thiopas zu kontrollieren und Ihren Wünschen gemäß zu verändern, oder stellte sich das während Ihrer Forschungsarbeiten heraus?«

»Ich möchte zuerst Ihre zweite Frage beantworten. Ja, ich wußte gleich zu Anfang, daß mein Projekt scheitern muß. Aus welchem Grund habe ich Stross und seine Regierung vom Gegenteil überzeugt?«

»Keine Ahnung — deshalb frage ich ja.«

»Als ich nach meinem Studium in Außenwelt hierher zurückkehrte, begriff ich sofort, was für ein heilloses Durcheinander die thiopanischen Wissenschaftler angerichtet hatten. Nun, es gibt einen Mann, der alle wichtigen Entscheidungen trifft ...«

»Stross?«

Dr. Keat nickte. »Er vergöttert Wissenschaft und Technik, ist fest davon überzeugt, daß sie Thiopa irgendwann in ein Paradies verwandeln. Andererseits: Stross kann kaum lesen und schreiben, und von Wissenschaft hat er nicht die geringste Ahnung. Für ihn kommt sie Magie gleich. Meine Kollegen hätten über den ganzen Planeten herrschen können, aber statt dessen gaben sie sich damit zufrieden, schlecht bezahlte Diener zu sein.«

Data deutete durchs Zimmer. »Dies ist Ihr Reich?«

»Zumindest der Anfang davon. Ich bin jung. Ich habe viel Zeit, um zu planen und zu handeln. Wissen Sie, man bekommt kein Geld von der Regierung, wenn man ihr das sagt, was sie nicht hören will.«

»Und wenn es sich um die Wahrheit handelt?«

Kael winkte ab. »Die Wahrheit hat damit überhaupt nichts zu tun. Selbst Stross muß zugeben, daß wir erhebliche Probleme haben — weil wir von den Nuaranern lernten, einen Planeten innerhalb weniger Jahrzehnte zu ruinieren. Aber niemand sagt ihm: ›He, das ist alles deine Schuld.‹ Deshalb machte er die Nuaraner verantwortlich, brach die Beziehungen zu ihnen ab. Und ich biete ihm nun die Möglichkeit, zu einem Helden zu werden, der Thiopa rettet.«

»Das Klimakontrollprogramm?« fragte Data. »Sie haben doch gerade gesagt, daß es gar nicht funktionieren kann.«

»Sie sind zu logisch.« Kael holte tief Luft. »Nun, ich hätte mich natürlich mit folgender Botschaft an Stross wenden können: ›Hochverehrter Souverän-Protektor, wir müssen etwas gegen den sauren Regen und die allgemeine Umweltverschmutzung unternehmen; wir müssen dafür sorgen, daß unser Wasser wieder sauber wird; wir müssen damit aufhören, Giftmüll in die Ozeane zu kippen und Wälder abzuholzen; wir müssen erneuerbare Energiequellen nutzen ...‹«

»Warum haben Sie sich nicht mit solchen Worten an ihn gewandt?«

»Weil derartige Dinge nicht *magisch* sind, Data«, erwiderte Kael und schlug mit der Faust auf die Computerkonsole. »Ich mußte das Realistische und viel zu Weltliche in ein aufregendes Gewand kleiden, um Stross zu beeindrukken. Das ist mir gelungen, und nun bekomme ich Geld genug, um notwendige *Grundlagen*forschung zu betreiben. Vielleicht führt sie sogar zu einem echten Durchbruch, der uns eine Rettung Thiopas ermöglicht. Solange die Regierung glaubt, ich sei mit dem absurden Klimakontrollprogramm beschäftigt, erhalte ich massive finanzielle Unterstützung. Ich kann das Geld ganz nach Belieben ausgeben, ohne daß irgend jemand Rechenschaft von mir verlangt.«

»Ihre Arbeit basiert also auf einem komplexen Täuschungsmanöver.«

Dr. Keat senkte verlegen den Kopf, hob ihn dann wieder. »Dieser Ausdruck gefällt mir zwar nicht, aber im Prinzip haben Sie recht.«

»Und was geschieht, wenn Sie keine Erfolge erzielen? Wenn der erhoffte Durchbruch ausbleibt?«

»Dann sind wir nicht schlimmer dran als vorher. Ohne das ›Täuschungsmanöver‹, wie Sie es nennen, hätte die thiopanische Forschung nur einen Bruchteil der jetzigen finanziellen Hilfe bekommen. Viel Geld stellt zwar noch keinen wissenschaftlichen Triumph sicher, aber wenig Geld garantiert den Mißerfolg.«

»Die Wissenschaft basiert auf der Suche nach Wahrheit«, sagte Data.

»Mag sein. Aber es ist mir lieber, unser Geld an die Wissenschaft zu verschwenden – die vielleicht das Wunder möglich macht, das Thiopa so dringend braucht –, anstatt damit Waffen von ehrlosen Opportunisten wie den Nuaranern zu kaufen.«

»Wie können Sie hoffen, mit einer Täuschung Wahrheit zu finden?«

»Manchmal ist das der einzige Weg, Data.«

Der Androide blinzelte, seufzte leise und trachtete danach, rationale Brücken zwischen den vielen Widersprüchen in Dr. Keats Antworten zu bauen. Schon nach wenigen Sekunden begriff er die Aussichtslosigkeit seiner Bemühungen. Er sah sich noch immer außerstande, die Thiopanierin zu verstehen. Vielleicht blieben ihm ihre Worte für immer ein Rätsel.

KAPITEL 12

Die Steinerne Stadt schlief. In der Zeit von Mitternacht bis zum Morgengrauen waren normalerweise nur die Späher wach, die auf den Klippen hockten und den Zugang der Schlucht bewachten.

Doch diesmal verzichteten zwei weitere Verweiler auf ihre Nachtruhe, huschten an Hauswänden vorbei und duckten sich hinter Felsen, als sie in die Nähe des Gebäudes gelangten, das Mori und dem gefangenen Riker Obdach gewährte.

»Es klappt bestimmt nicht«, flüsterte Jaminaw besorgt.

»Zwei gegen einen — warum sollte es schiefgehen?« erwiderte Glin zuversichtlich.

»Und Riker?«

»Er ist gefesselt und kann sich nicht zur Wehr setzen. Wir betäuben Mori, und anschließend verschwinden wir mit dem Offizier von der *Enterprise.*«

»Und wenn er schreit?«

»Dazu bekommt er keine Gelegenheit — wenn wir schnell genug sind.« Glin zog eine kleine Sprühdose aus der Tasche. »Hochkonzentriertes, unverdünntes Betäubungsmittel. Wenn Mori erwacht, schläft sie gleich wieder ein — ohne zu begreifen, was um sie herum geschieht.«

»Und wenn Riker *nicht* gefesselt ist?«

Glin rollte mit den Augen. »Mori nimmt die Sicherheitsmaßnahmen sehr ernst, das weißt du doch. Hör endlich auf, dir Sorgen zu machen.«

»Sieh nur«, raunte Jaminaw und deutete durch einen schmalen Spalt zwischen zwei Felsblöcken.

Mori verließ das Haus, ging fort und folgte dem Verlauf des Weges, der am Rand des Canyons entlangführte.

»Wohin will sie?« hauchte Jaminaw.

»Was weiß ich? Aber sie gibt uns gerade eine gute Gelegenheit. Komm. Wir holen uns Riker, bevor Mori zurückkehrt.«

Glin setzte sich in Bewegung, und als Jaminaw zögerte, zog sie ihn einfach mit sich. Lautlos liefen sie an den Felsen vorbei, erreichten die Tür und betraten das Gebäude. Ihre Sandalen knarrten kaum hörbar, als sie über den Fliesenboden eilten. Riker lag im Hauptzimmer, schlief auf einigen Decken und Kissen. Glin beugte sich über ihn, hob die Sprühdose und betätigte das Ventil. Es zischte leise. Der Offizier zuckte zusammen und versuchte, die Lider zu heben, doch nach wenigen Atemzügen wirkte das starke Betäubungsmittel, und Riker fiel in einen tiefen, erzwungenen Schlaf, aus dem er vor Ablauf von zwei Stunden nicht erwachen würde. Jaminaw entspannte sich sichtlich, zog eine Decke aus seinem Rucksack, befestigte sie an zwei Stangen und formte eine Tragbahre. Zusammen mit Glin rollte er die Geisel auf den dicken Stoff, hob sie an und kehrte nach draußen zurück.

Die beiden Verweiler trugen ihren bewußtlosen Gefangenen durch einen natürlichen Tunnel, vor Äonen von fließendem Wasser geschaffen. Der aus dem Fels gewaschene Korridor endete an einem etwas höher und hinter der Steinernen Stadt gelegenen Plateau, das sich leer und verlassen in der Dunkelheit erstreckte. Nur selten kam jemand hierher, und ganz bestimmt nicht mitten in der Nacht. Glin und Jaminaw verloren keine Zeit und schritten vorsichtig über einen schmalen Pfad, der wie ein Buckel aus der gewaltigen Felswand wuchs. Ein Umweg – aber sie mußten vermeiden, Mori zu begegnen. Außerdem gab es weiter vorn eine Verbindung zur Hauptpassage.

Eine Viertelstunde später erreichten sie den Grund der Schlucht, in unmittelbarer Nähe der Ealix-Herde. Die meisten Tiere lagen auf der Seite und schliefen dicht nebeneinander, aber einige erwachsene Exemplare standen an den Dornbüschen und kauten spröde Blätter. Glin und Jaminaw ließen Riker zu Boden sinken, griffen nach den Zügeln von drei Ealixen und zogen sie von den Sträuchern fort. Die Geschöpfe protestierten mit einem leisen Schnaufen, doch dann folgten sie gehorsam.

Die beiden Verweiler legten Riker quer über den Rücken eines Tiers, und Glin band ihn mit einigen Seilen fest, so daß er nicht herunterfallen konnte. Dann schwangen sich Jaminaw und seine Gefährtin auf die beiden anderen Ealixe, trieben sie an, ritten durchs Trockental und näherten sich dem Ende des Canyons.

Glin verglich die rechts und links hoch aufragenden Felswände mit den dunklen Flanken mythischer Ungeheuer. *Und wir schleichen uns wie Diebe an ihnen vorbei, die einen Schatz erbeutet haben,* dachte sie. Selbst wenn Mori jetzt in ihr Heim zurückkehrte — ihr Vorsprung war groß genug, um eventuellen Verfolgern zu entkommen. Sobald sie in der Wüste waren, konnten die beiden Verweiler noch schneller reiten. Ihr Ziel: eine alte, aufgegebene Kommunikationsstation im Westen, nicht weit von einigen stillgelegten Minen in den Sternianischen Vorbergen entfernt. Man hatte sie damals benutzt, um Kontakte mit nuaranischen Erzfrachtern im Orbit herzustellen. Jetzt wollten Glin und Jaminaw die Anlage verwenden, um sich mit Captain Picard an Bord der *Enterprise* in Verbindung zu setzen. Im Gegensatz zu Lessandra, die nach wie vor glaubte, den Captain unter Druck setzen und ihm Forderungen stellen zu können, ging es den beiden Verweilern nur darum, Verhandlungen zu beginnen. Sie hofften auf etwas, das sich Lessandras Gegner mehr wünschten als alles andere — ein Leben in Frieden, ohne Kampf. Wenn Riker recht hatte, wenn Picard wirklich bereit war, zwischen der Regierung und den Verweilern zu vermitteln... *Dann empfängt man uns nach der Rückkehr in den Schützenden Canyon als Helden,* überlegte Glin. *Sicher hätte auch Evain meine Entscheidung befürwortet.*

Aber wenn Picard nichts unternehmen, wenn die Föderation keine Hilfe anbieten konnte, wenn es Stross und seine Regierung ablehnten, auf die erzwungene Verschmelzung und damit eine monolithische Welt zu verzichten... *Bestimmt wird man uns nicht für unsere Aktion verurteilen,* dachte Glin. *Tief in ihrem Herzen wissen die anderen Verweiler, daß diese Sache einen Versuch wert ist. Wir müssen jede Chance nutzen.*

Die Ealixe stapften vorsichtig über loses Geröll hinweg, das von einigen Erdrutschen stammte. Jaminaw widerstand der Versuchung, den Kopf zu drehen und zurückzusehen. Glin hatte ihn aufgefordert, nicht mehr nur zu reden, sondern zu handeln, und nun bereute er fast, ihr nachgegeben zu haben. Bei den Verweilern gab es viele Fraktionen, die unterschiedliche Meinungen vertraten, insbesondere in Hinsicht auf Strategie und Taktik. Aber sie hielten zusammen, vereint von dem Glauben an die Weltmutter, den Kreis des Lebens und die Lehren Evains.

Lessandra mochte sich autokratischen Tendenzen hingeben, doch sie achtete die grundlegenden Prinzipien ebensosehr wie Glin, Jaminaw und alle anderen. Die Testamente bildeten das Fundament, auf dem die Verweiler das Gebäude ihrer Philosophie errichteten, und deshalb hielten sich interne Kontroversen in Grenzen. Nie kam es zu Streitigkeiten, die nicht geschlichtet werden konnten. Manchmal genügten einige ruhige Appelle an die Vernunft; bei anderen Gelegenheiten mußte die Autorität ein Machtwort sprechen. Trotz der vielen Spannungen blieb ein Bruch in der Bewegung aus. Bis jetzt. Wenn Jaminaw und Glin versagten — würde man sie wieder in den Sa'drit-Kreis aufnehmen? Oder beschritten sie einen Weg, der nur in eine Richtung führte? Jaminaw dachte immer wieder daran, ob sie die gleiche Sünde begingen wie Stross: *Vielleicht verlassen wir den Kreis und bewegen uns auf einem Pfad, der in sicherem Verderben endet.*

Die Ealixe gaben sich keinen solchen Zweifeln hin. Mit beneidenswerter Sicherheit setzten sie einen Fuß vor den anderen, strauchelten fast nie. Glin und Jaminaw vertrauten ihnen so sehr, daß sie kaum mehr auf die Umgebung achteten und ihren Gedanken nachhingen.

Niemand von ihnen bemerkte eine Gestalt, die knapp ein Dutzend Meter vor ihnen über einen Felsen spähte. Sie trug schwarze Kleidung, hatte sich die Kapuze tief in die Stirn gezogen und den Kragenschal vors Gesicht geschoben; in dieser Aufmachung war sie ein Schatten unter vielen, ein Teil der Nacht. Man konnte sie nicht einmal dann als lebendes Wesen erkennen, wenn man den Blick direkt auf sie richtete. Für jemanden, der sich von anderen Dingen ablenken und nicht die nötige Aufmerksamkeit walten ließ, blieb sie ebenso unsichtbar wie eine stille Brise.

Als das erste Ealix – Glin saß auf seinem Rücken – den Felsen erreichte, sprang die Gestalt hervor und versperrte den Weg. In jeder Hand hielt sie einen Blaster. »Halt.«

Glin zog die Zügel an, und dünne Falten bildeten sich in ihrer Stirn. Die Stimme klang vertraut. »Mori?«

»Steigt beide ab«, sagte Mori, und ihr Tonfall machte deutlich, daß sie es ernst meinte.

»Was machst du hier?« fragte Glin.

»Ihr sollt absteigen – und zwar sofort!«

Die beiden Verweiler kamen der Aufforderung nach. Mori trat näher, und ihre ganze Haltung drückte Entschlossenheit aus.

Glin hielt den Blick auf sie gerichtet. »Mori, du hast keine Ahnung ...«

»Auf die Knie. Hände hinter den Kopf. Los!«

Als Jaminaw und seine Gefährtin gehorchten, wich Mori langsam zurück, blieb neben dem dritten Ealix mit Riker stehen, sah ins Gesicht des Bewußtlosen und wandte sich dann wieder an die beiden anderen Verweiler.

»Was hast du mit uns vor?« fragte Jaminaw nervös.

»Ihr werdet Rikers Schicksal teilen.« Mori ließ den einen Blaster los – die Waffe baumelte an einem Schultergurt – und holte eine Sprühdose hervor. »Morgen früh findet man euch sicher.«

Glins Finger zuckten kurz, als sie mit dem Gedanken spielte, nach Moris Dose zu greifen. Die junge Frau reagierte sofort und richtete den zweiten Blaster auf sie.

»Damit du dich keinen falschen Vorstellungen hingibst, Mori... Wir wollten die Chance wahrnehmen, Frieden zu schaffen – bevor Lessandra sie ungenutzt verstreichen läßt.«

»Das beabsichtige ich ebenfalls. Aber wenn ihr gestattet, gehe ich dabei auf meine eigene Art und Weise vor.«

Bevor Glin antworten konnte, betätigte Mori das Ventil. Grauer Dunst wehte den beiden Verweilern entgegen, und eine Sekunde später sanken sie zu Boden. Mori stieß sie mit dem Fuß an, um ganz sicher zu sein, daß sie nicht mehr bei Bewußtsein waren. Dann griff sie nach mehreren Strikken und begann mit geübtem Geschick, Glin und Jaminaw zu fesseln. Wahrscheinlich konnten sie sich aus eigener Kraft befreien, bevor sie jemand fand, aber Mori zweifelte nicht daran, daß sie den Canyon bis dahin weit hinter sich zurückgelassen hatte. Es spielte keine Rolle, ob man sie verfolgte oder nicht: Ihr blieb in jedem Fall Zeit genug, die alte Kommunikationsstation zu erreichen und eine Nachricht zu senden.

Mori griff nach den Zügeln des Ealix, auf dem Riker lag, führte es durch die enger werdende Schlucht. In der Öffnung des Passes fand sie zwei andere Tiere, die sie dort zurückgelassen hatte. Die Verweilerin brauchte sie jetzt nicht mehr und gab ihnen einen Klaps, woraufhin die beiden Ealixe losliefen; bestimmt fanden sie allein zur Herde. Mori verband Rikers Tier und ihr eigenes mit einem langen Seil, stieg wieder auf und ritt weiter.

Sie hielt sich dicht neben den Klippen. Die junge Frau hatte oft genug als Späher auf der hohen Felsenwand gelegen, um zu wissen, daß man ihre kleine Karawane nicht sehen konnte, wenn sie in unmittelbarer Nähe des Massivs blieb.

Außerdem beobachteten die Wachtposten in erster Linie die Wüste; es gab nicht den geringsten Grund, im Paß einen Gegner zu vermuten.

Mori kannte das Gelände, und selbst in der Dunkelheit fand sie sich bestens zurecht. Außerdem: Die abraische

Formation bot eine gute Orientierungshilfe. Einst hatte sie aus fünf verschiedenen Gipfeln bestanden, doch die natürliche Erosion durch Wind, Sand, Wasser und gelegentliche seismische Aktivität veränderte sie im Laufe der Jahrtausende, und inzwischen ließen sich die einzelnen Berge nicht mehr voneinander unterscheiden. Ihre Reste umgaben den Schützenden Canyon mit einem schroffen Gewirr aus steilen Graten, hohen Schründen, spitzen Vorsprüngen und tiefen Einschnitten. Der letzte Abrai-Berg erhob sich hinter der Steinernen Stadt.

Am Fuße des zweiten Hangs im Westen bildeten mehrere Felsen eine Art Strebepfeiler. Als Mori jene Stelle erreichte, befand sie sich außerhalb des Blickfeldes der Canyon-Späher. Sie lockerte die Zügel und klopfte ihrem Ealix auf die Schulter. Das Tier grunzte mißmutig, schritt schneller aus und begann mit einem Trab, gefolgt von dem anderen. Mori wandte sich von der Felslandschaft ab und starrte über die Sa'drit-Leere, eine öde Landschaft, die bis zum Horizont und darüber hinaus reichte.

Vielleicht lag es an den wiederholten Stößen. Oder an einem durchdringenden Schweißgeruch, der ihm in die Nase stieg. Irgend etwas weckte Will Riker. Er fand sich auf einem Ealix wieder, spürte rosarotes Fell an der einen Wange – was den Gestank erklärte. Arme und Beine waren gefesselt, und er lag mit dem Bauch nach unten. Bei jedem einzelnen Schritt des Tiers hob und senkte sich der Rücken wie das Deck eines Schiffes im Sturm. Knochen knackten unter dicker Haut, schienen sich ihm immer wieder in die Magengrube zu bohren. Riker hob mühsam den Kopf, sah eine dunkle Wüste und hörte, wie seine Zähne klapperten.

Zum Teufel auch, was hat das alles zu bedeuten?

Er blickte zur anderen Seite, zum Schädel des Tiers, beobachtete ein zweites Ealix, auf dem eine von Kopf bis Fuß verhüllte Gestalt saß. Sein erster Versuch, laut zu rufen, endete in einem kaum hörbaren Schnaufen. Trotz der Fesseln gelang es ihm, sein Gewicht zu verlagern, wodurch sich der auf seinem Zwerchfell lastende Druck verringerte. Noch einmal holte er tief Luft.

»He...«, brachte Riker hervor.

Der Reiter drehte sich um und strich die Kapuze zurück. Das matte Licht des Mondes fiel auf Moris Gesicht. »Ist alles in Ordnung mit Ihnen?« fragte sie.

»Ich weiß nicht genau«, erwiderte er und keuchte. »Ich habe mich schon besser gefühlt. Wie wär's, wenn Sie mich herunterlassen?«

Mori hielt an, sprang zu Boden und löste Rikers Stricke, die ihn an den Ealix-Rücken banden. Bevor die junge Frau Gelegenheit bekam, den Ersten Offizier festzuhalten, rutschte er an der anderen Seite herunter. Sein kurzer Schrei brach abrupt ab, als er mit dem Gesicht in kalten Sand fiel.

»Oh, es tut mir leid!« Mori eilte an dem Tier vorbei und rollte Riker herum. Als er sich nicht rührte, sank sie auf die Knie und hob den Kopf des Mannes. In ihrer Hast verrenkte sie ihm fast den Hals.

»Au!«

»Sie leben! Ich befürchtete schon, Sie hätten sich das Genick gebrochen.«

»Mit oder ohne Ihre Hilfe?«

In Moris Augen blitzte es zornig, doch dann seufzte sie. »Bitte entschuldigen Sie. Ich wollte Ihnen keine Schmerzen zufügen.«

»Seit gestern, seit vorgestern — oder seit wann auch immer — hat man mich mit Gas betäubt, in einer Frachtkiste durchgeschüttelt und noch einmal entführt. Ich bin wie ein Kartoffelsack am Rücken eines Ealix festgebunden worden, auf den Kopf gefallen...«

»Ja, schon gut. Wenn ich Ihnen irgendwie helfen kann...«

»Oh, da fallen mir gleich mehrere Möglichkeiten ein. Sie könnten zum Beispiel die *Enterprise* benachrichtigen und dafür sorgen, daß ich an Bord gebeamt werde. Aber dazu sind Sie wohl kaum bereit, oder? Nun, ich schlage vor, Sie befreien mich von den Fesseln, bevor ich erfriere.«

»Wenn Sie zu fliehen versuchen...«

Riker nickte in Richtung Wüste. »Wohin denn?«

Mori musterte ihn einige Sekunden lang, rollte ihn erneut herum und löste die Knoten an Händen und Füßen. Der Offizier stemmte sich mit der steifen Eleganz eines hölzernen Soldaten in die Höhe.

»Würden Sie mir bitte erklären, was geschehen ist?« fragte er. »Ich erinnere mich nur noch daran, daß ich in Ihrer Unterkunft schlief... Ich hörte ein leises Zischen, kam aber gar nicht mehr dazu, die Lider zu heben. Irgend jemand hat mich erneut ins Reich der Träume geschickt.«

»Eben sagten Sie, Ihnen sei kalt.«

»Ich zittere am ganzen Leib.«

Mori zog eine Decke aus der Satteltasche und streifte sie Riker über die Schultern. »Besser?«

»Ja, danke.«

»Hunger? Durst?«

»Sowohl als auch.«

Die junge Frau wandte sich erneut der Satteltasche zu, holte einen Behälter mit getrockneten Früchten und eine Feldflasche hervor, die sie Riker reichte. »Sie möchten also wissen, was geschehen ist.«

Der Offizier nickte. »Was mache ich, äh, was machen *wir* hier draußen?«

»Sie können mir dabei helfen herauszufinden, ob mein Vater noch lebt.«

»Wollen Sie mich benutzen, um Captain Picard zu veranlassen, Stross unter Druck zu setzen?«

»Ja. Aber nicht nur ich kam auf die Idee, daß Sie einen großen Wert auf dem freien Markt haben.«

Riker blinzelte verwirrt.

»Als Sie schliefen, verließ ich das Haus und führte zwei Ealixe zur Öffnung des Passes. Anschließend kehrte ich zurück, um Sie zu holen. Glin und Jaminaw müssen mich beobachtet haben, als ich mich auf den Weg machte. Sie haben die zweite Betäubung ihnen zu verdanken.«

»Was hatten sie mit mir vor?«

»Ihre Absichten ähnelten den meinen. Sie wollten Ihren Captain dazu bringen, Einfluß auf Stross und seine Regierung auszuüben.«

»Und wieso befinde ich mich jetzt in Ihrer Gesellschaft?« fragte Riker.

»Auf dem Rückweg zur Steinernen Stadt habe ich Glin und Jaminaw mit Ihnen gesehen. Ich versteckte mich und wartete.« Mori winkte ab, als sie Rikers Besorgnis bemerkte. »Sie sind bewußtlos, nicht tot. Bewußtlos und gefesselt. Es besteht keine Gefahr. Morgen früh findet sie jemand — wenn es ihnen nicht gelingt, sich vorher zu befreien.«

»Wohin wollten sie mich bringen?«

»Ihre Bitte...«

»Was für eine Bitte?«

»Einen Kontakt mit der *Enterprise* herzustellen und Sie an Bord beamen zu lassen. Genau das habe ich vor. Glin und Jaminaw waren zu dem gleichen Ort unterwegs wie ich.«

»Und um was für einen Ort handelt es sich?«

»Eine alte Kommunikationsstation in der Nähe einiger stillgelegter Bergwerke.«

»Nuaranische Minen, nehme ich an.«

Mori nickte.

Riker knabberte an einer verschrumpelten Frucht. »Wenn sich die Verweiler nicht auf einen gemeinsamen Standpunkt einigen können, haben Sie gegen die Regierung überhaupt keine Chance.«

»Ich weiß.«

»Trotzdem bringen Sie mich fort, um ein privates Abkommen mit Captain Picard zu treffen?«

Moris Blick war so kalt wie die Wüstennacht. »Manchmal muß man den eigenen Zielen Vorrang geben.«

»Und wenn Ihre Gefährten solche Einstellungen teilten? Was würde dann aus den Verweilern?«

Mori überlegte. »Ich weiß es nicht, Riker. Vielleicht ist es mir sogar gleich. Wissen Sie, es kann ziemlich anstrengend und problematisch sein, zu einer Bewegung zu gehören, die einerseits ganz Thiopa in den Kreis zurückführen möchte — während sie andererseits ums nackte Überleben kämpft.«

»Die Politik der Regierung ist falsch«, erwiderte der Offizier. »Alle Thiopaner sollten das Recht haben, nach ihren eigenen Grundsätzen und Philosophien zu leben — solange sie dadurch nicht die Freiheit ihrer Mitbürger einschränken.«

»Sind Sie auf unserer Seite?« Mori war noch sehr jung, und eigentlich hätte man erwarten können, daß sie sich der eher naiven Hoffnung auf einen Verbündeten hingab. Statt dessen klang die Frage skeptisch.

»Ich beschränke mich auf die Rolle eines Beobachters«, sagte Riker. »Ganz gleich, was ich auch glaube — ich bin Starfleet-Offizier. Die Gesetze der Föderation...«

»Ich weiß. Sie meinen das Nichteinmischungsprinzip.«

»Ja. Trotzdem bin ich geneigt, Ihnen einen... Gefallen zu erweisen.«

»Mir?« Mori sah Riker aus großen Augen an, und für einige Sekunden verwandelte sich die entschlossene Kämpferin in ein unschuldiges Mädchen.

»Vielleicht verletze ich damit die Erste Direktive, aber ich betrachte es als eine rein persönliche Angelegenheit.«

»Was?«

»Wenn Sie mir die Rückkehr zur *Enterprise* ermöglichen, verspreche ich Ihnen, Nachforschungen in Hinsicht auf Ihren Vater anzustellen.«

Moris freudige Aufregung wich neuerlicher Enttäuschung. Sie ließ die Schultern hängen. »Ich danke Ihnen für das Angebot, aber... Wenn ich Ihre Erste Direktive richtig verstehe, dürfen Sie die natürliche Entwicklung einer planetaren Zivilisation auf keinen Fall beeinflussen. Nun, falls sich herausstellen sollte, daß Evain noch lebt, so wird sich die politische Situation erheblich verändern.«

»Ich bin bereit, ein Risiko einzugehen.«

Mori zuckte mit den Achseln. »Wahrscheinlich spielt es überhaupt keine Rolle. Vielleicht sind Sie gar nicht imstande, irgendwelche Informationen zu gewinnen.«

»Sie glaubten etwas anderes, als Sie entschieden, den Schützenden Canyon mit mir zu verlassen.«

Erneut vollführte die junge Frau eine hilflose Geste. »Was für eine dumme Idee, nicht wahr?«

»Kommt ganz darauf an«, murmelte Riker. »Ihr Plan hätte wohl kaum funktioniert. Meiner bietet Ihnen zumindest eine Chance.«

»Ich verstehe nicht ganz...«

»Wie ich schon sagte: Captain Picard muß sich an die Vorschriften halten. Und sie verbieten es ihm, mit Entführern zu verhandeln.«

»Ihr ›Plan‹ bedeutet also folgendes: Ich soll Sie freilassen, und dafür versprechen Sie, Erkundigungen über meinen Vater einzuziehen.«

»Ich könnte es wenigstens versuchen.«

Mori schnaubte abfällig. »Mit Versprechen kann ich nichts anfangen, Riker. Niemand hält sich daran. Solange Sie bei mir sind, habe ich ein Druckmittel.«

»Das Ihnen jedoch überhaupt nichts nützt.«

»Es wird sich herausstellen.« Mori richtete den Blaster auf Riker. »Wir reiten jetzt weiter.«

»Hoffentlich verzichten Sie darauf, mir erneut Fesseln anzulegen. Ich habe bereits genug blaue Flecken.«

»Wenn Sie nicht...«

»...zu fliehen versuchen, ich weiß. Und falls ich trotzdem...«

Mori hob den Strahler. »Dann mache ich hiervor Gebrauch.« Sie meinte es ernst. »Oh, keine Angst, ich erschieße Sie nicht. Immerhin brauche ich Sie noch. Aber Verletzungen durch Blasterstrahlen sind recht schmerzhaft.« Sie atmete tief durch. »Auch *ich* bin bereit, ein Risiko einzugehen. Vielleicht sind Sie meine letzte Chance, mehr über meinen Vater zu erfahren.«

Die Ealixe standen völlig ruhig, als sie aufstiegen. Mori

beobachtete den Himmel; am Horizont zeigte sich das erste Glühen der Morgendämmerung. »Also los. Ich möchte bei der Kommunikationsstation sein, wenn die Sonne aufgeht.«

An Bord eines Raumschiffes gab es keine Sonnenaufgänge. Andernfalls hätte man sagen können, daß Frid Undrun sein VIP-Quartier im Morgengrauen verließ. Der Botschafter ging durch die gewölbten Korridore der *Enterprise,* erreichte schließlich einen der großen Frachttransporter. Er wählte diesen Zeitpunkt aus gutem Grund: In der Sa'drit-Leere auf Thiopa begann nun ein neuer Tag.

Das Schott glitt beiseite, und Undrun betrat den Raum. Eine junge Frau stand an der Transporterkonsole und führte eine Routinekontrolle durch. Sie sah auf und begrüßte den kleinen Noxorianer mit einem freundlichen Lächeln. »Guten Morgen, Sir. Kann ich Ihnen irgendwie helfen?«

»Ja. Ich bin Botschafter Undrun ...«

»Ich weiß, Sir. Fähnrich Trottier.« Die Frau strich sich eine dunkle Haarsträhne aus der Stirn.

»Nun, Fähnrich Trottier ... Sind Sie Transporter-Technikerin?«

»Ja, Sir.«

Undrun ging um das Pult herum und blieb neben der Frau stehen. »Gestern abend fiel mir etwas ein, und ich beschloß, heute morgen sofort jemanden zu fragen. Wenn die Nuaraner noch einmal angreifen und dabei eine oder gleich mehrere Frachtdrohnen beschädigt werden — wäre es möglich, die entsprechenden Versorgungsgüter innerhalb kurzer Zeit hierher oder auf den Planeten zu beamen?«

»Das sollte sich eigentlich bewerkstelligen lassen. Wünschen Sie genauere Angaben, Sir?«

»Wenn es Ihnen keine Mühe macht ...«

»Ganz und gar nicht, Botschafter. Ich muß nur feststellen, wie umfangreich die Ladung der Frachtdrohnen ist.« Fähnrich Trottier aktivierte ihr Computerterminal, betätigte mehrere Tasten und rief die benötigten Informationen ab. Undrun schob sich langsam hinter sie, schlang ihr den einen Arm um den Hals, griff mit der anderen Hand nach dem Kopf und drückte ihn kurz zur Seite. Die junge Frau erschlaffte und klappte wie eine Marionette zusammen, deren Schnüre plötzlich rissen.

Undrun ließ sie behutsam zu Boden sinken. »Bitte entschuldigen Sie«, murmelte er. »Zeit für ein Nickerchen.«

Er trat an die Konsole heran und gab die Zielkoordinaten ein. Dann aktivierte er den Transporter, eilte zur Transferplattform und spürte, wie ihn das Prickeln entmaterialisierender Energie erfaßte. Zwei Sekunden später war er verschwunden.

Jean-Luc Picard schlief tief und fest – zum erstenmal seit sich die *Enterprise* im thiopanischen Orbit befand –, doch das Summen des Interkoms weckte ihn. Eine weibliche Stimme erklang.

»Lieutenant White von der Brücke, Captain.«

Picard richtete sich auf und war sofort hellwach. Seit vielen Jahren nahm er die Pflichten eines Raumschiffkommandanten wahr, und in dieser Zeit hatte er gelernt, sich innerhalb eines Sekundenbruchteils von der Benommenheit des Schlafs zu befreien – eine recht nützliche Fähigkeit. »Hier Picard. Ich höre, Lieutenant.«

»Tut mir leid, Sie zu stören, Sir. Wir haben gerade ein Signal empfangen: Der Frachttransporter Zwei ist aktiviert worden.«

»Wer hat dort Dienst?«

»Fähnrich Trottier führte eine Routinekontrolle durch. Ich dachte zunächst, sie habe das System in Betrieb genommen, um die einzelnen Funktionen zu testen. Aber sie antwortete nicht, als ich versuchte, eine Verbindung zu ihr herzustellen.«

Picard schlug die Decke zurück. »Benachrichtigen Sie die Sicherheitsabteilung. Ich bin auf dem Weg zur Brücke.«

»Aye, Sir. White Ende.«

KAPITEL 13

Undrun stand am Hang einer Düne und beobachtete die Felsformationen am Zugang des Canyons; sie sahen aus wie zwei gewaltige steinerne Wächter. Die Sonne verbarg sich noch immer hinter dem Horizont, und Undrun war dankbar für die Dunkelheit, die ihm Schutz gewährte. Langsam näherte er sich der Schlucht.

Es dauerte nicht lange, bis er den tiefen Einschnitt erreichte. Eine seltsame Aufregung — Abenteuerlust? — vibrierte in ihm. *Endlich ist es soweit,* dachte er, stolz auf sich selbst. *Endlich habe ich mich dazu durchgerungen, die Vorschriften zu vergessen. Meine Träume, ein Held zu sein — jetzt werden sie Wirklichkeit.* Sein Magen knurrte, verlangte ein überfälliges Frühstück. Undrun achtete nicht darauf, trat über die imaginäre Schwelle, an welcher der Paß begann. In seiner festen Entschlossenheit sah er nur den staubigen Pfad, der zum Sanktuarium der Verweiler führte.

Nach einigen Schritten fiel ein dickes Seil auf ihn herab, schlang sich ihm um die Brust und riß ihn von den Beinen. Die Arme wurden an den Leib gepreßt, aber Undrun konnte nach wie vor seine Hände bewegen und zerrte an dem Strick. Bevor es ihm gelang, sich zu befreien, waren zwei Verweiler heran und stießen ihn in eine Trageschlinge. Der harte Aufprall preßte ihm die Luft aus den Lungen, und er keuchte wie ein Asthmatiker.

»Ich bin... Frid Undrun«, brachte der kleine Noxorianer hervor. Er schnaufte mehrmals und fügte hinzu: »Ich... ich komme von der Föderation, von der *Enterprise,* und ich möchte zu... Lessandra...«

»Genau dorthin bringen wir Sie«, brummte Durren.

Mikken hielt die linke Seite der Decke. »Einer verschwindet, und ein anderer bietet sich als Ersatz an.«

»Wie meinen Sie das?«

»Sie werden es bald erfahren.«

»Ich möchte mit Ihnen über Rikers Freilassung verhandeln.«

Mikken und Durren sahen sich an und lachten schallend. Undrun runzelte verwirrt und verärgert die Stirn.

»Warum finden Sie das so komisch? Ich, äh, kann Ihnen Lebensmittel, Medikamente und viele andere Dinge anbieten.« Der Botschafter schwieg, als er begriff, daß man ihn ignorierte.

»Dieser ist wenigstens leicht«, sagte Mikken. Zusammen mit Durren hob er den Noxorianer hoch, und die beiden Verweiler marschierten in Richtung Canyon.

Die Tür des Turbolifts glitt auf, und Captain Picard betrat die Brücke. Er wandte sich sofort an White, die auf dem Oberdeck stand. »Statusbericht, Lieutenant.«

»Man fand Fähnrich Trottier bewußtlos im Transporterraum Zwei, Sir.«

Picard preßte die Lippen zusammen. Dieser Tag begann nicht sehr gut. Er brachte seine Unruhe unter Kontrolle und hörte aufmerksam zu.

»Sie befindet sich inzwischen in der Krankenstation, und wir wissen noch immer nicht, was geschehen ist. Der Datenspeicher des Kontrollpults enthielt Transfer-Koordinaten. Jemand hat sich in die Sa'drit-Leere gebeamt, Sir. Die Rematerialisierung erfolgte einen halben Kilometer vor dem Schützenden Canyon.«

Mikken und Durren trugen Undrun zur Steinernen Stadt, und sie fanden Lessandra in ihrem kleinen Garten. Die alte Frau klang wütend, als sie mit Glin sprach. Jaminaw stand ein wenig abseits und verteidigte seine Gefährtin, wenn er den Mut aufbrachte, etwas zu sagen. Beide Frauen schwiegen, als sich Durren und Mikken näherten, den Botschafter auf die noch immer gefesselten Beine zogen.

Lessandra schob sich die gepolsterte Stütze des Gehstocks unter den Arm und maß den Noxorianer mit einem eisigen Blick. Undrun richtete sich zu seiner vollen Größe auf — Lessandra überragte ihn trotzdem um zwanzig Zentimeter. »Wer ist das?« fragte sie scharf.

Durren stieß Undrun an und mußte ihn festhalten, als der Botschafter schwankte und das Gleichgewicht zu verlieren drohte. »Reden Sie.«

Der kleine Mann räusperte sich. Er wollte besonders laut sprechen, um Lessandra und ihre Begleiter zu beeindrukken. »Ich bin Frid Undrun, Gesandter des Föderationsministeriums für Hilfe und Unterstützung. Sie sind Lessandra, nicht wahr?«

»Ja, allerdings. Was wollen Sie?«

»Ich möchte Ihnen helfen.«

Die alte Frau brummte spöttisch.

Undrun spürte ihre Feindseligkeit und befeuchtete sich nervös die Lippen. »Ich bin wirklich gekommen, um Ihnen zu helfen.«

Lessandra schwieg. Skeptische Falten bildeten sich in ihrer Stirn, und sie musterte den zwergenhaften Mann argwöhnisch.

»Das ist noch nicht alles«, sagte Mikken und grinste.

Undrun bedachte ihn mit einem finsteren Blick, sah dann wieder Lessandra an. »Außerdem möchte ich mit Ihnen über Rikers Freilassung verhandeln. Die Versorgungsgüter ...«

Das glucksende Lachen der alten Frau unterbrach ihn.

Undrun wollte zornig mit einem Fuß aufstampfen, aber der Strick hinderte ihn daran. »Warum finden das alle so komisch?«

Selbst Glin und Jaminaw schmunzelten jetzt.

»Was bieten Sie uns für Riker an?« fragte Lessandra und grinste.

»Lebensmittel, Medikamente und Werkzeuge, mit denen Sie den Boden bestellen und Ihr Ernährungsproblem lösen können.«

»Nun, zweifellos handelt es sich um ein sehr attraktives Angebot. Die Sache hat nur einen kleinen Haken.«

»Und der wäre?« »Riker ist nicht hier.« »*Was...?* Aber Sie haben ihn doch entführt.«

»Eine Behauptung, die ich weder bestätige noch zurückweise«, sagte Lessandra.

»Aber wenn sich Riker nicht an diesem Ort befindet... Wo ist er dann?«

»Eine ziemlich dumme junge Frau hat ihn fortgebracht.« Lessandra schürzte nachdenklich die Lippen. »Glücklicherweise haben wir jetzt eine andere Geisel. Was wir Ihnen verdanken, Botschafter.«

»Oh, nein! Wenn Sie es wagen...«

»Vielleicht sind Sie sogar noch wichtiger als der Erste Offizier.«

Undrun schüttelte den Kopf. »Captain Picard ist bestimmt anderer Meinung. Ich bezweifle, ob er irgend etwas unternimmt, um meine Freilassung zu erwirken.«

Der Captain nahm im Kommandosessel Platz. »Picard an Botschafter Undrun.« Keine Antwort. »Picard an Botschafter Undrun!« Ungeduldig trommelte er mit den Fingern auf die Armlehnen. Ärger stahl sich in seine Stimme, als er sagte: »Computer, hält sich Botschafter Undrun in seinem Quartier auf?«

»Negativ.«

»Lokalisiere ihn. Wo steckt er?«

»Der Botschafter ist derzeit nicht an Bord der *Enterprise.*«

Picard verstand und verzog das Gesicht. »Krankenstation, hier spricht der Captain. Hat Fähnrich Trottier das Bewußtsein wiedererlangt?«

»Hier Dr. Pulaski, Captain. Ja, Trottier ist wach. Sie sitzt neben mir, und es geht ihr soweit ganz gut.«

»Freut mich, daß Sie nicht verletzt sind, Fähnrich«, sagte Picard. »Was geschah im Transporterraum?«

»Botschafter Undrun kam zu mir und erkundigte sich nach einem möglichen Transfer der Versorgungsgüter. Kurz darauf wurde es schwarz vor meinen Augen, und ich kam in der Krankenstation zu mir.«

»Hat Undrun Sie *angegriffen*?«

»Nun, von einem Angriff in dem Sinne kann eigentlich nicht die Rede sein, Sir. Er trat hinter mich, und dann spürte ich seine Hände an Hals und Kopf.«

»Danke, Fähnrich. Kehren Sie zu Ihren Pflichten zurück, wenn Dr. Pulaski Sie entläßt. Picard Ende.« Er schüttelte den Kopf. »Mr. Undrun scheint verborgene Talente zu besitzen.«

»Captain«, warf Data ein. »Der Botschafter erwähnte, als Junge habe er an Selbstverteidigungswettkämpfen teilgenommen.«

»Offenbar hat er seine damaligen Lektionen gut gelernt. Lieutenant White, überprüfen Sie die Monitoren der Einsatzkontrolle. Was zeigen Undruns Lebensindikatoren an?«

White nickte, beugte sich über die Konsole und berührte mehrere Sensorflächen. »Lokalisierung erfolgt...«

Picard verschränkte die Arme und wartete.

»Der Botschafter ist auf Thiopa, Sir. Er trägt seinen Kommunikator bei sich, und die Bio-Werte sind normal.«

»Was sich rasch ändern könnte, wenn ich den Kerl in die Finger kriege«, murmelte Picard. Undrun war wieder auf seinem Spezialgebiet tätig: Er verursachte Probleme. *Zum Teufel auch, was ist eigentlich in ihn gefahren?* dachte der Captain. *Er sorgt dafür, daß eine Transporter-Technikerin in die Krankenstation eingeliefert werden muß, beamt sich einfach auf den Planeten und schert sich nicht um die Vorschriften. Ein für ihn völlig atypisches Verhalten. Andererseits: Was wissen wir eigentlich von ihm?* Picard fluchte lautlos. *Jetzt vermissen wir nicht nur Riker, sondern auch den verdammten Lackaffen, für dessen Sicherheit ich verantwortlich bin!*

Der Captain stand auf und ging zu den vorderen Stationen. »Data, richten Sie die Sensoren auf den Schützenden Canyon und nehmen Sie eine gründliche Sondierung vor. Ich nehme an, die Schlucht ist Undruns Ziel. Peilen Sie den Kommunikator an. Stellen Sie den Aufenthaltsort des Botschafters fest. Und finden Sie heraus, wie viele Thiopaner in der Nähe sind.«

Der Androide machte sich sofort an die Arbeit. Als Picard nickte, projizierte er die entsprechenden Informationen auf den großen Wandschirm und blendete auch eine Karte des Canyons ein.

Der in einen Schleier aus braunem Dunst gehüllte Planet wich einem grünen Gittermuster. Der Computer zeigte den Canyon so, wie er von oben betrachtet aussah, und Picards Blick fiel auf den schmalen Paß, die breite, von hohen Felswänden gesäumte Schlucht, den Sims mit der Steinernen Stadt, die übrigen Massive und Berge. Data übermittelte dem Bordrechner einige Anweisungen, und mehrere hundert blaue Punkte erschienen im Canyon. Im Bereich der Stadt verschmolzen sie zu einem großen Fleck, und darin blinkte es rot.

»Bitte erklären Sie, Mr. Data«, sagte Picard ruhig und blieb neben dem Bildschirm stehen.

»Die blauen Punkte repräsentierten individuelle Thiopaner, und ihre Darstellung basiert auf einzelnen Bio-Signalen. Insgesamt befinden sich dreihundertneunundsiebzig Verweiler im Canyon oder in unmittelbarer Nähe der Schlucht.«

»Und hier?« Picard deutete auf den blauen Fleck.

»Dreihundertdrei, Sir. Ein Wohnbereich, den man ›Steinerne Stadt‹ nennt.«

»Und der rote Punkt?«

»Botschafter Undrun.«

»Konnten Sie auch Commander Riker lokalisieren?«

Data schüttelte den Kopf. »Nein, Sir.«

»Ich glaube, wir sollten eine Sicherheitsgruppe schicken, Captain«, schlug Worf vor.

»Muß ich Sie daran erinnern, daß die Verweiler über moderne Waffen verfügen?« erwiderte Picard streng. »Und daß sie auch mit ihnen umzugehen verstehen? Immerhin haben sie sich erfolgreich gegen einen zahlenmäßig weit überlegenen Feind zur Wehr gesetzt.«

»Darüber bin ich mir klar, Sir. Aber wir haben das Überraschungsmoment auf unserer Seite. Wir justieren unsere Phaser auf Betäubung und schlagen ganz plötzlich zu.«

»Wollen Sie sich tatsächlich in den Canyon beamen und wie wild um sich schießen, Mr. Worf?« fragte Picard. »Was erhoffen Sie sich von einer solchen Aktion?«

»Wir sichern unsere Position, retten den Botschafter und nutzen die Schlucht als Basislager für die Suche nach Commander Riker.«

»Was meinen Sie dazu, Mr. Data?« Picard sah den Androiden an und hob die Brauen.

»Um Botschafter Undrun zu retten, brauchen wir nur sein Kommunikatorsignal anzupeilen und ihn an Bord zu beamen. Aufgrund des besonderen Geländes bezweifle ich, ob wir in der Lage wären, unsere Position zu sichern. Die Verweiler sind mit der Umgebung vertraut und kennen bestimmt viele Verstecke. Unsere Waffen entfalten keine tödliche Wirkung, doch vielleicht sind die Thiopaner nicht so rücksichtsvoll. Sie würden mit allen Mitteln versuchen, unseren Angriff abzuwehren. Wir müßten mit Verlusten unsererseits rechnen, und angesichts der Umstände sind derartige Opfer durch nichts zu rechtfertigen.«

Der Captain drehte sich zu Worf um. »Hinzu kommt, daß wir durch die Entsendung einer Streitmacht die Erste Direktive verletzen.«

»Ja, Sir«, erwiderte Worf zerknirscht. »Soll ich den Botschafter heraufbeamen lassen?«

Picard kehrte zum Kommandosessel zurück. »Noch nicht. Schließlich war es seine — ziemlich dumme — Idee, sich auf den Planeten zu transferieren. Er lebt noch, was darauf hindeutet, daß er zumindest die Neugier der Verweiler geweckt hat. Öffnen Sie einen Kom-Kanal.«

»Kanal offen, Sir«, sagte Worf.

»Ich bin gespannt, was er uns zu sagen hat. *Enterprise* an Botschafter Undrun ...«

Lessandra und ihre Begleiter starrten den kleinen Mann an. Die Stimme drang irgendwo unter seiner Kleidung hervor. »*Enterprise* an Botschafter Undrun.«

»Antworten Sie!« befahl Lessandra.

»Das geht nicht so ohne weiteres. Zuerst muß ich den Kommunikator aktivieren. Er ist an meinem Hemd befestigt.«

»Hol das Ding, Durren.«

Glins Gefährte riß Undruns Jacke auf, entdeckte das kleine Gerät und griff danach. »Nun...?«

»Eine Berührung an der Vorderseite genügt«, sagte Undrun.

Lieutenant White sah von ihrer Konsole auf. »Undrun trägt den Kommunikator nicht mehr. Die von den Lebensindikatoren angezeigten Werte haben sich vollkommen verändert.«

Datas lange Finger huschten über die Sensorpunkte des Computerterminals. »Ein Thiopaner hat das Gerät, Sir.«

»Hier Undrun, Captain«, erklang die Stimme des Noxorianers.

Picard holte tief Luft. »Ich bin sehr überrascht gewesen, als ich heute morgen herausfand, daß Sie nicht mehr an Bord der *Enterprise* sind, Botschafter«, sagte er kühl. »Würden Sie mir bitte den Grund dafür erklären?«

»Ich bin befugt, alle Möglichkeiten zu nutzen, um meiner Aufgabe gerecht zu werden.«

Picards Nackenhaare richteten sich auf, als er Undruns überheblichen Tonfall hörte. »Nun, haben Ihre Bemühungen bereits zu einem Erfolg geführt?«

»Äh, nicht unbedingt.« Die Arroganz verschwand aus der Stimme des Botschafters. »Um ganz ehrlich zu sein: Ich könnte Hilfe gebrauchen, Captain.«

»Droht Ihnen Gefahr?«

Einige Sekunden lang herrschte Stille. »Nein, eigentlich nicht.«

»Dann möchten Sie also darauf verzichten, an Bord gebeamt zu werden? Wir haben Ihre Koordinaten und können Sie jederzeit zurückholen.«

»Nein...«

»Na schön. Offenbar haben Sie Gesellschaft.«

»Ja, Captain.«

»Wie ist Ihr Status, Mr. Undrun?«

»Ich, äh, bin Gast der Verweiler.«

»Sie sind wirklich nicht in Gefahr?« vergewisserte sich Picard.

»Nein, Captain.« Undrun starrte verlegen auf seine gefesselten Füße herab. »Allerdings ist meine Bewegungsfreiheit, äh, eingeschränkt.«

»Befindet sich das Oberhaupt der Verweiler bei Ihnen?« fragte der Captain.

»Sie meinen vermutlich Lessandra.«

»Ich würde gern mit ihr sprechen, wenn das möglich ist.«

Undrun sah zu der alten Frau auf. »Sind Sie bereit, sich mit dem Captain zu unterhalten?«

Lessandra wirkte ein wenig unsicher. »Wie?«

»Reden Sie einfach.«

»Hören Sie mich, Captain Picard?« fragte sie versuchsweise.

»Botschafter Undruns diplomatischen Ausführungen habe ich entnommen, daß er Ihr Gefangener ist. Nun, es mag dumm von ihm gewesen sei, sich auf eigene Faust zu Ihnen zu beamen, ohne mir oder einem meiner Offiziere Bescheid zu geben, aber lassen Sie mich auf folgendes hinweisen: Mit seinem Verhalten hat er erstaunlichen Mut unter Beweis gestellt. Er hätte mich darum bitten können, ihn an Bord zu beamen, und ich darf Ihnen versichern, daß Sie nicht in der Lage gewesen wären, einen derartigen Transfer zu verhindern.«

»Ich weiß, Captain.«

»Statt dessen beschloß Mr. Undrun, bei Ihnen zu bleiben«, fuhr Picard fort. »Ich hoffe, Sie sehen darin ein Zeichen für seinen guten Willen. Er möchte Ihnen wirklich helfen.«

»Ich ziehe diese Möglichkeit in Erwägung.«

»Wir haben inzwischen in Erfahrung gebracht, daß Ihre Region des Planeten von der Dürre besonders stark in Mitleidenschaft gezogen wurde. Mit anderen Worten: Sie und

Ihr Volk brauchen unsere Versorgungsgüter dringender als alle anderen Thiopaner.«

»Ich bin sicher, Sie kennen die hiesige politische Situation, Captain Picard«, erwiderte Lessandra.

»In diesem Zusammenhang haben wir eine Art Schnellkurs hinter uns.«

»Dann dürfte Ihnen klar sein, daß Stross alles unternehmen wird, um zu verhindern, daß Ihre Versorgungsgüter hierhergelangen. Sein Ziel besteht darin, uns mit Hilfe der sogenannten Verschmelzung der Einheitskultur Thiopas einzugliedern. Aber wir halten weiterhin an den alten Traditionen fest und lehnen es ab, uns dem Protektorat zu unterwerfen. Soll Stross ruhig versuchen, unsere Bewegung mit militärischer Gewalt zu vernichten oder uns in den Hungertod zu treiben. Wir werden weder das eine noch das andere zulassen. Wir kennen dieses Land, Captain. Wenn Stross tatsächlich Truppen schickt, sind wir wie Sand, den der Wind über die ganze Wüste verteilt. Und irgendwann schlagen wir zurück, wie ein Sturm, der plötzlich übers ganze Land heult. Was die Hunger-Taktik betrifft ... Wir wissen, daß es überall auf Thiopa zu klimatischen Veränderungen kommt. Das Leben in der Ödnis hat uns gut darauf vorbereitet, eine ökologische Katastrophe zu überleben.«

»Es gibt Alternativen zur Apokalypse, Lessandra«, wandte Picard ein.

»Welche denn? Etwa eine Vermittlung, die Ihr Erster Offizier anbot?«

»Ja. Riker hat Ihnen die Wahrheit gesagt. Die Nichteinmischungsdirektive verbietet uns, die Regierung Ihrer Welt zu einem politischen Kurswechsel zu zwingen. Aber wir *können* versuchen, beide Seiten an den Verhandlungstisch zu bringen. Denken Sie daran: Die Zukunft Thiopas steht auf dem Spiel.«

»Was hätten Sie davon?«

»Nichts. Die Bereitschaft, zwischen Ihnen und Protektor Stross zu vermitteln, ist Teil unserer Mission.«

»Riker meinte, wir hätten mit ihm keinen Druck auf Sie ausüben können.«

»Das stimmt.«

»Wenn wir ihn freilassen — warum sollten Sie dann noch daran interessiert sein, uns zu helfen?«

»Weil die Föderation fest an das Recht aller vernunftbegabten Wesen glaubt, ihre Lebensweise selbst zu bestimmen, ohne sich fremden Geboten beugen zu müssen. Wo befindet sich Commander Riker?«

»Er ist nicht hier«, entgegnete Lessandra.

»Aber Sie wissen, wo er sich aufhält?«

»Vielleicht. Vielleicht auch nicht.«

»Was verlangen Sie für die sichere Rückkehr meines Ersten Offiziers?« fragte Picard.

»Ich dachte, Sie seien nicht zu Verhandlungen bereit.«

»Nun, wenn Sie eine Bitte an mich richten, die ich erfüllen kann...«

Lessandra überlegte. »Verlassen Sie Ihr Raumschiff. Kommen Sie hierher.«

Picard runzelte die Stirn. »Zu welchem Zweck?«

»Um zu beweisen, daß Sie es ehrlich meinen«, antwortete die alte Frau. »Ich garantiere Ihre Sicherheit. Vorhin wiesen Sie auf Ihr Transportersystem hin — Sie können sich jederzeit an Bord beamen. Aber wahrscheinlich haben Sie nicht genug Interesse an uns, um...«

»Ich bin in einigen Minuten bei Ihnen«, sagte Picard gelassen.

»Vermutlich mit einigen kampfbereiten Begleitern«, spottete Lessandra.

»Allein und unbewaffnet.«

»Das glaube ich erst, wenn ich es sehe.«

»Nun, wenn ich vor Ihnen stehe, können Sie kaum mehr zweifeln. Bitte bleiben Sie, wo Sie sind. Wir justieren den Transporter auf Ihre Koordinaten. Picard Ende.«

Der Captain fühlte die Blicke aller anwesenden Offiziere auf sich ruhen. Auch Counselor Troi, die während seines Gesprächs mit Lessandra den Kontrollraum betreten hatte, musterte ihn skeptisch. Worf brachte seine Besorgnis als erster zum Ausdruck.

»Sir, als Sicherheitsoffizier rate ich Ihnen dringend, an Bord zu bleiben. Vielleicht will man Sie in eine Falle locken. Bevor der Retransfer erfolgen kann, hätten die Verweiler Zeit genug, auf Sie zu schießen.«

»Offenbar habe ich größeres Vertrauen zu meinen Reflexen als Sie, Mr. Worf.«

»Commander Riker würde es sicher nicht zulassen, daß Sie sich auf den Planeten beamen und in Gefahr begeben, Sir«, wandte Data ein.

»In seiner Abwesenheit sind Sie der ranghöchste taktische Offizier«, sagte Picard. »Sie haben also nicht nur das Recht, mich zu warnen, sondern sind sogar dazu verpflichtet.«

»Das stimmt, Sir.«

»Nun, Tatsache bleibt, daß Riker nicht zugegen ist«, fuhr Picard fort. »Ich glaube, die Verweiler wissen sehr wohl, wo er sich aufhält. Als Captain steht mir die endgültige Entscheidung zu. Ich nehme an, Sie wollen ebenfalls Einwände erheben, Counselor Troi.«

»Ihr Abstecher auf den Planeten ist riskant, aber als Captain können Sie es gar nicht vermeiden, dann und wann ein Risiko einzugehen. Lessandra mißtraut uns. Sie bezweifelt, ob wir in der Lage sind, im thiopanischen Konflikt als Vermittler aufzutreten — aber sie meinte es ernst, als sie betonte, Ihre Sicherheit garantieren zu wollen.«

Picard nickte. »Danke für Ihre Anmerkungen. Ich muß ein Versprechen einlösen.« Er ging zum rückwärtigen Turbolift und verharrte in der offenen Tür. »Behalten Sie meine Lebensindikatoren im Auge, Lieutenant Worf. Wenn irgend etwas schiefgeht, liegt mein Schicksal in Ihren Händen.« Der Captain lächelte zuversichtlich und verließ die Brücke.

»Was willst du ihm sagen?« wandte sich Glin an Lessandra.

Die alte Frau zögerte, bevor sie antwortete. Eine geheimnisvolle Aura umhüllte sie. »Ich werde mir anhören, was *er* zu sagen hat — wenn er wirklich hierherkommt.«

»Wahrscheinlich bereitet er sich schon auf den Transfer vor«, warf Undrun ein. Er saß jetzt auf einer steinernen Bank. »Captain Picard hält sein Wort. Da können Sie ganz sicher sein.«

Die Fortsetzung der Diskussion erübrigte sich. Ein Transferfeld schimmerte auf, und Picard materialisierte einige Schritte entfernt. Er trat sofort auf Lessandra zu und begrüßte sie mit ihrem Namen. »Ich hoffe, unser Gespräch führt zu einer Übereinkunft.«

»Das kommt ganz darauf an, Captain.«

»Würden Sie bitte die Fesseln des Botschafters lösen?«

Lessandra nickte Mikken zu, der ein Messer hervorholte und die Stricke an Undruns Händen und Füßen durchschnitt. Der kleine Noxorianer seufzte erleichtert und rieb sich die wunden, taub gewordenen Stellen an Handgelenken und Fußknöcheln.

»Danke, Lessandra«, sagte Picard, und in seiner Stimme erklang eine eindrucksvolle Mischung aus Ruhe und Autorität. »Ich nehme das als ein Zeichen Ihres guten Willens und möchte nicht auf eine ähnliche Geste verzichten.«

Die alte Frau humpelte etwas näher. »Wie meinen Sie das?«

»Ich stelle Ihnen Lebensmittel und Medikamente zur Verfügung. Eine kleine Lieferung.«

»Hmmm«, machte Lessandra argwöhnisch. »Und was erwarten Sie dafür?«

Picard wandte den Blick nicht von der zierlich gebauten Frau ab, die so großen Einfluß auf die Zukunft ihres Planeten hatte. »Nichts. Ich glaube nicht, daß immer Gegenleistungen erforderlich sind.«

Um eine stabile Vertrauensbasis zu schaffen, mußte Picard Schritt für Schritt vorgehen; er durfte nichts übereilen. Bei solchen Begegnungen kam es zu gewissen emotionalen Emanationen. Zwar fehlten dem Captain die empathischen Fähigkeiten Deanna Trois, aber langjährige Erfahrung hatte ihn gelehrt, bestimmte mentale Signale zu empfangen, sie zu deuten und sein Verhalten von ihnen bestimmen zu lassen. Es handelte sich um eine menschliche Eigenschaft, die Data sehr verwirrend fand: Man nannte sie Intuition.

Undrun beobachtete den Captain, und seine Bewunderung wuchs. *Wenn ich doch nur so sein könnte wie er: selbstbewußt, sicher, kompetent, immer Herr der Situation,* dachte er niedergeschlagen.

»Nun gut, Captain«, sagte Lessandra. »Zeigen Sie mir *Ihren* guten Willen.«

Picard berührte seinen Insignienkommunikator. »Commander Data ...«

»Hier Data, Sir.«

»Beamen Sie eine Tonne Getreide, eine Tonne Samen und hundert Kilogramm Medikamente auf den Planeten — zu diesen Koordinaten.«

»Ja, Sir.«

Picard, Undrun und etwa ein Dutzend Verweiler warteten. *Der Captain ist nicht nur selbstbewußter und kompetenter als ich, sondern auch weitaus diplomatischer,* überlegte der Botschafter. *Ich glaube, ich habe ihn falsch eingeschätzt. Wenn wir an Bord zurückkehren — und wenn ich auch nur einen Funken Ehrgefühl habe —, sollte ich mich bei ihm entschuldigen.* Dreißig Sekunden später materialisierten die Kisten.

»Danke, Data. Bitte halten Sie sich für weitere Anweisungen in Bereitschaft.« Picard beobachtete, wie sich mehrere staunende Verweiler den Behältern näherten. »Wenn Sie den Inhalt überprüfen möchten, Lessandra ...«

»Das dürfte kaum nötig sein, Captain«, erwiderte die alte Frau. Sie sprach noch immer kühl, und ihr steinerner Gesichtsausdruck veränderte sich nicht.

Glin und Jaminaw traten von hinten an sie heran, blieben links und rechts neben ihr stehen. »Sag ihm, wo er Riker finden kann«, zischte Glin.

Lessandra gab sich weiterhin reserviert, und auch Picards Züge bildeten eine Maske. Sie standen sich wie zwei

Poker-Spieler gegenüber, die nicht wußten, welche Karten sie in den Händen hielten — und auf dem metaphorischen Tisch zwischen ihnen lagen enorm hohe Einsätze. Die alte Frau wollte offenbar nicht den Eindruck erwecken, irgendwelche Zugeständnisse zu machen. Sie wartete, bis die Stille fast unerträglich wurde.

»Nun, ich kann Ihnen keine Garantie bieten, aber wir wissen, wer Ihren Ersten Offizier fortgebracht hat und wohin die betreffende Person mit ihm unterwegs ist.«

»Ich schlage vor, wir folgen ihnen«, sagte Picard.

Lessandra schüttelte den Kopf. »Wir haben keine Möglichkeit, sie einzuholen — weder zu Fuß noch mit Ealixen. Aber Sie sind in der Lage, sich einfach an den betreffenden Ort zu beamen.« Sie winkte Durren herbei. »Die Karte ...«

Durren entfaltete eine abgenutzte Karte und legte sie auf die steinerne Platte neben Undrun. Lessandras knochige Hand schwebte einige Sekunden lang über dem Papier, und dann deutete sie auf die Vorberge westlich des Canyons. »Das ist vermutlich ihr Ziel. Inzwischen haben sie es vielleicht schon erreicht.«

»Was befindet sich dort?«

»Eine alte Kommunikationsstation, mit der man Raumschiffe im Orbit erreichen kann«, sagte Glin. »Die Regierung verwendete sie, um Kontakte zu nuaranischen Erztransportern herzustellen und ihnen Transfer-Daten zu übermitteln.« Picard nickte langsam. »Mit wem will sich Rikers Entführer in Verbindung setzen?«

»Mit Ihnen«, erwiderte Glin. »Außerdem ist es kein Entführer, sondern eine Entführerin — eine junge Frau, fest dazu entschlossen, bestimmte Antworten zu finden.«

»Was für Antworten?«

Glin seufzte. »Das sollten Sie Mori fragen. Ich glaube, niemand von uns hat das Recht, für sie zu sprechen.«

Der Captain aktivierte wieder seinen Insignienkommunikator. »Picard an *Enterprise.*«

»Ich erwarte Ihre Befehle, Sir«, erklang die Stimme des Androiden.

Picard hatte einen Tricorder mitgenommen und hielt das Gerät nun über die Karte. »Empfangen Sie mein visuelles Signal, Data?«

»Bestätigung, Sir. Ich stelle eine gewisse Übereinstimmung mit den Daten der Sensorerfassung fest.«

»Gut. Berechnen Sie die Koordinaten des Markierungskreuzes im Bereich der Sternianischen Vorberge.«

»Berechnung durchgeführt, Sir.«

»Beginnen Sie mit einer genauen Sondierung der betreffenden Region«, sagte Picard.

»Wonach soll ich Ausschau halten?«

»Nach Commander Riker und einer thiopanischen Lebensform.«

»Eine entsprechende Lokalisierung dürfte eigentlich nicht weiter schwer sein«, entgegnete der Androide.

»Hoffentlich behalten Sie recht, Mr. Data. Informieren Sie mich, wenn Sie etwas entdeckt haben. Picard Ende.« Er wandte sich an Lessandra. »Ich bin bereit, noch mehr Versorgungsgüter hierherzubeamen, aber sie sollten den Leuten zur Verfügung gestellt werden, die sie besonders dringend brauchen.«

»Damit meinen Sie sicher die Bevölkerung der endrayanischen Sphäre, Captain. Ich schlage vor, Sie transferieren die Container nach Siebenwege. Die Stadt ist voller Flüchtlinge; viele Endrayaner haben die Bauernhöfe und Anbaugebiete verlassen, weil es kein Wasser mehr gibt.«

»Existiert eine zuverlässige lokale Verwaltung?« fragte Picard.

»Durren...«, sagte Lessandra. »Du warst zuletzt dort. Wie ist die Lage in Siebenwege?«

Der Verweiler schüttelte traurig den Kopf. »Verheerend. Der Stadtrat kann die Ordnung kaum mehr aufrechterhalten.«

»Können Sie gewährleisten, daß unsere Lieferungen gerecht verteilt werden?« erkundigte sich der Captain.

»Ja«, antwortete Lessandra sofort. »Wir kümmern uns selbst darum.«

»Gut. Sobald mein Erster Offizier frei ist, beame ich zwanzig Prozent der Fracht zu einem von Ihnen genannten Ort.«

Undrun stand auf und wankte näher. »Captain, Ihr Verhalten widerspricht den Vorschriften und...«

»Ja?« Picard bedachte den Botschafter mit einem durchdringenden Blick.

»Und unter den gegenwärtigen Umständen halte ich es für durchaus angemessen.« Undrun lächelte. »Ich pflichte Ihrer Entscheidung voll und ganz bei.«

»Ich möchte, daß Sie jetzt zur *Enterprise* zurückkehren, Botschafter«, sagte Picard. »Ich bin für Ihre Sicherheit verantwortlich, und ich glaube, Sie sollten sich von Dr. Pulaski untersuchen lassen. Ich dulde keinen Widerspruch.«

Undrun setzte zu einem Einwand an, überlegte es sich dann aber anders und nickte.

»Picard an *Enterprise*... Richten Sie den Transferfokus auf Botschafter Undrun und treffen Sie Vorbereitungen, ihn an Bord zu beamen.«

»Hier *Enterprise*«, erwiderte Worf. »Fokus ausgerichtet, Captain.«

Picard hob die Hand. »Geben Sie mir Ihren Kommunikator, Botschafter.« Aber Undrun hatte das kleine Gerät gar nicht. Durren warf es Picard zu; der Captain fing den Insignienkommunikator auf und gab ihn Lessandra. »Bitte behalten Sie ihn – falls es notwendig werden sollte, unseren Kontakt zu erneuern. Mr. Worf, aktivieren Sie den Transporter – Energie.« Undruns Gestalt löste sich im Flirren des Transferstrahls auf.

»Captain...«, sagte Lessandra und betrachtete das mit komplexer Elektronik gefüllte Starfleet-Abzeichen. »Sie sollten wissen, warum Undrun zu uns kam.«

»Vermutlich ging es ihm um seine Mission. Ich nehme an, er suchte nach einer Möglichkeit, die Hilfsgüter den Thiopanern zu liefern, die von der Hungersnot stärker betroffen sind als alle anderen.«

Lessandra schüttelte den Kopf. »Er kam in erster Linie, um Commander Riker zu befreien.«

Picard hob überrascht die Brauen. »Tatsächlich?« murmelte er.

»Data an Captain Picard«, meldete sich der Androide.

»Berichten Sie.«

»In dem von Ihnen genannten Bereich haben wir zwei Lebensformen lokalisiert.«

»Ist eine von Ihnen Commander Riker?«

»Das läßt sich nicht genau feststellen, Sir. Dicht unter der Oberfläche befinden sich große Erzvorkommen, und dadurch kommt es bei der Sensorerfassung zu erheblichen Interferenzen. Außerdem gibt es zwischen den Bio-Signalen von Menschen und Thiopanern nur wenige Unterschiede. Nun, ich könnte ein Kompensationsprogramm für den Auswertungscomputer erstellen.«

»Bleibt uns dafür genug Zeit?«

»Eigentlich nicht, wenn wir einen zusätzlichen Faktor in Betracht ziehen.«

»Und der wäre?«

»Wer die beiden georteten Personen auch sein mögen — sie werden gerade von Flugzeugen der Regierung angegriffen.«

»Hoverjets!« entfuhr es Lessandra. »Wenn das stimmt, sind Mori und Riker in großer Gefahr.«

Picard sah die alte Frau an. »Könnten sich dort draußen Verweiler oder andere Thiopaner befinden?«

»Das ist nicht auszuschließen.«

»Ich muß ganz sicher sein. Data, beamen Sie mich zu den von Ihnen ermittelten Koordinaten.«

»Sir, denken Sie an das Risiko ...«

»Ich wünsche keine Diskussion darüber, Commander. Leiten Sie den Transfer auf meinen Befehl hin ein. Halten Sie sich anschließend in Bereitschaft, um uns alle zur *Enterprise* zu bringen.« Picard trat von Lessandra und den anderen fort, richtete seinen Blick noch einmal auf die alte Frau. »Bis bald.«

»Ich wünsche Ihnen viel Glück, Captain Picard.«

»Data — Energie.«

KAPITEL 14

Der Steinbruch war ein keilförmiger Einschnitt in der Flanke des Massivs. Nach der Stillegung der Mine blieb eine offene Wunde am Leib des Berges zurück – stummes Zeichen für die gewissenlose Ausplünderung Thiopas. An den Wänden zeigten sich die einzelnen Schichten der im Laufe von Jahrmillionen entstandenen Sedimente. Die Natur hatte dieses Monument mit geduldiger geologischer Evolution geschaffen, und schließlich fiel es der kurzsichtigen Profitgier rücksichtsloser Nuaraner und Thiopaner zum Opfer.

Derzeit verschwendete Riker keinen Gedanken daran. Seine Aufmerksamkeit galt einzig und allein sieben militärischen Hoverjets, die sich gerade formierten und mit einem neuerlichen Angriff begannen. Drei weitere Maschinen waren auf dem Boden zerschellt, und Rauch stieg von den Trümmern auf.

Riker und Mori hockten am einen Ende des alten Steinbruchs und duckten sich hinter zwei Felsen, die einen eher fragwürdigen Schutz gewährten. *Bestimmt dauert es nur noch einige Minuten, bis es den Kanonieren an Bord der Gleiter gelingt, die Barriere zu zerstören, und dann geht es uns an den Kragen,* dachte der Erste Offizier. Mori hatte ihre Waffe dreimal eingesetzt und drei Treffer erzielt – an ihren Schießkünsten gab es nichts auszusetzen. Doch Riker wußte, daß ihre Überlebenschancen nur gering waren. Wenn sie das Glück auch nur für wenige Sekunden im Stich ließ... Sieben Hoverjets stellten eine überaus gefährliche Streitmacht dar, und leider gab es keine andere Alternative als zu versuchen, sie alle vom Himmel zu holen. Einmal mehr drehte Riker den Kopf und sah sich um: Der Steinbruch bildete eine Falle, die keine Fluchtmöglichkeit bot. *Wenn ich nur meinen Insignienkommuni-*

kator hätte. Dann könnte ich uns einfach an Bord der Enterprise *beamen lassen.* Hilflos schüttelte er den Kopf und stellte sich vor, von einem Strahlblitz erfaßt zu werden, innerhalb eines Sekundenbruchteils zur Unkenntlichkeit zu verbrennen...

Mori rückte ihr Erg-Katapult zurecht und visierte einen vierten Hoverjet an. »Wenn ich noch zwei erwische, drehen die übrigen vielleicht ab.«

Bevor sie das Feuer eröffnen konnte, rasten gebündelte Energiestrahlen heran. Ein naher Felsen platzte auseinander, und Steinsplitter wirbelten umher. Riker und Mori hoben die Arme über den Kopf und duckten sich noch tiefer hinter ihre Deckung.

»Nummer Eins!«

Der Erste Offizier sah auf, als er eine vertraute Stimme hörte. »Captain!«

Erneut schossen die Gleiter, und überall krachte und donnerte es. Riker sprang vor, packte Picard am Arm und zog ihn zu Boden. »Zum Teufel auch, Sir, was *machen* Sie hier?«

»Ich bin gekommen, um Sie in Sicherheit zu bringen.« Picard berührte seinen Kommunikator. »Drei Personen, die an Bord gebeamt werden müssen, *Enterprise* – und zwar *sofort*!«

»Nein!« rief Mori, schob sich hinter dem Felsblock hervor und legte erneut an. »Erst erledige ich die verdammten...«

»Sind Sie übergeschnappt?« platzte es aus Riker heraus. Er griff nach dem Erg-Katapult und zerrte es Mori aus der Hand – als sie im Transporterraum der *Enterprise* rematerialisierten. Die junge Verweilerin bemühte sich, ihre Waffe zurückzubekommen, bemerkte plötzlich die veränderte Umgebung. Sie erstarrte, aber nur für einen Augenblick. Dann richtete sie sich erstaunlich würdevoll auf.

»Ich hätte alle Hoverjets abschießen können.«

Riker schüttelte den Kopf, und sein Gesicht zeigte Erleichterung. Er lächelte amüsiert. »Aber nicht hier im Transporterraum. Captain Picard, ich möchte Ihnen Mori vorstellen.«

Picard nickte knapp. »Ist sie wirklich so gut, wie sie behauptet?«

»Ich habe drei von zehn Maschinen außer Gefecht gesetzt«, verkündete Mori stolz. »Und wenn Sie nicht gekommen wären...«

»Offenbar verstehen Sie den Umgang mit Ihrer Waffe. Nummer Eins, Sie tragen keine Uniform.«

»Es ist eine lange Geschichte, Captain.«

»Die ich mir gern anhören werde — später.« Picard musterte Mori. »Man sagte mir, Sie zeichneten sich durch besondere Entschlossenheit aus.«

Mori öffnete den Mund, doch Riker kam ihr zuvor. »Ich erkläre es Ihnen, Sir.« Er berichtete Picard von Evain, dem modernen Propheten, dessen Schriften und Lehren der Verweiler-Bewegung zu einer Renaissance verholfen hatten.

»Was hat das alles mit dieser jungen Dame zu tun?« fragte der Captain. »Sie ist Evains Tochter.«

Mori erläuterte den Rest. »Ich glaube, daß die anderen Gefangenen wahrheitsgemäß Auskunft gaben. Sie haben Evain lebend gesehen — obgleich die Regierung behauptete, er sei zwei Jahre nach seiner Verhaftung gestorben.«

»Hm, ich verstehe.«

»Captain...«, warf Riker ein. »Ich habe Mori versprochen, Nachforschungen einzuleiten und festzustellen, ob Evain tot ist oder noch lebt.«

Picard schürzte nachdenklich die Lippen. »Was hat Sie dazu veranlaßt, Nummer Eins?«

»Ich weiß nicht genau, Sir. Vielleicht beeindruckte mich Moris Mut. Oder ihr fester Wille, die Wahrheit herauszufinden. Ich würde mein Versprechen gern einlösen, Sir.«

»Sie sind sich doch darüber klar, daß wir uns damit auf Glatteis begeben«, warnte Picard.

»Die Erste Direktive. Ja, ich weiß, was Sie meinen. Wenn bekannt würde, daß Evain noch lebt, könnte sich das Machtgleichgewicht auf Thiopa verschieben. Und wenn wir dafür verantwortlich sind...« Riker sprach den Satz nicht zu Ende.

Picard atmete tief durch und dachte an die möglichen Konsequenzen. »Ich nehme an, Sie haben eine Lösung für dieses Problem gefunden, oder?«

»Ja, Sir.«

Der Captain verschränkte die Arme und maß Mori mit einem ernsten Blick. »Commander Riker neigt nicht dazu, leichtfertig irgend etwas zu versprechen. Und er ist auch nicht impulsiv. Ich erlaube ihm, sein Wort zu halten.«

Mori hielt Picards Blick stand. »Vielen Dank, Captain.«

»Na schön«, brummte Riker. »Gehen wir zur Krankenstation.«

»Zur Krankenstation?« wiederholte Picard verwirrt.

»Ich brauche Dr. Pulaskis Hilfe, um meinen Plan zu verwirklichen.«

»Das klingt ganz nach Grabschändung«, wandte sich Kate Pulaski an das verstaubte Trio in ihrem Büro.

»Von Schändung kann keine Rede sein«, widersprach Riker. »Wir wollen nur ... einen Blick hineinwerfen. Sozusagen.«

Pulaski musterte die beiden einzigen Offiziere der *Enterprise*, die einen höheren Rang bekleideten als sie. Skeptische Falten bildeten sich in ihrer Stirn. »Ich bin noch immer nicht ganz sicher, ob ich das richtig verstanden habe. Sie möchten, daß ich Moris Genstruktur analysiere. Anschließend wollen Sie sich auf einen Friedhof beamen und das Innere eines Grabs scannen — um festzustellen, ›ob jemand zu Hause ist‹, wie sie es nannten, Will.«

»Und wenn jemand in dem Grab liegt ...«, sagte Riker. »Es müßte sich eigentlich feststellen lassen, ob das genetische Muster des Betreffenden dem Moris entspricht.«

»Sie vermuten eine Verwandtschaftsbeziehung.« Pulaski strich ihr rotgoldenes Haar zurück.

»Ist so etwas technisch machbar?« fragte Picard. Er klang ein wenig ungeduldig.

»Nun, bei einem Vergleich der beiden Genstrukturen ergeben sich bestimmte Hinweise darauf, ob die betreffenden

Personen zur selben Familie gehören«, räumte Dr. Pulaski ein. »Aber vielleicht kann ich mit meinem Tricorder gar keine Analyse vornehmen. Es kommt ganz darauf an, woraus das Grab besteht. Wenn die Sondierungssignale absorbiert werden...«

»Gehen wir einmal davon aus, daß Sie in der Lage sind, alle notwendigen Daten zu ermitteln«, sagte Riker. »Wäre es dann möglich, eine genaue Aussage zu treffen?«

Die Ärztin sah Mori an. »Nun, in dem Fall könnte ich Ihnen sagen, ob es sich um Ihren Vater handelt oder nicht.«

»Also gut«, brummte Picard. »Wir versuchen es. Wo befindet sich das Grab?«

»In einem Gedenkpark der Hauptstadt Bareesh«, antwortete Riker. »Kennen Sie den genauen Ort, Mori?«

»Oh, ich finde ihn bestimmt. Zwar bin ich nie selbst dort gewesen, aber ich habe den Erzählungen anderer Verweiler zugehört und mir alles gut eingeprägt.«

»Wer hat Ihnen gesagt, daß Sie uns begleiten?« brummte Riker.

Die junge Frau senkte den Kopf, und Riker beobachtete zum erstenmal eine hilflose, fast verzweifelt wirkende Mori. »Bitte nehmen Sie mich mit. Ich hatte nie Gelegenheit, den Gedenkpark in Bareesh zu besuchen. Dies ist vielleicht meine einzige Chance. Wenn *wirklich* mein Vater in dem Grab liegt...« Sie zögerte kurz. »Ich möchte mich von ihm... verabschieden. Es bedeutet mir sehr viel.«

»Versichern Sie uns, daß Sie nichts Gefährliches anstellen?« fragte Riker.

»Ja.«

»Nun gut«, sagte Picard. »Nummer Eins, übermitteln Sie die Koordinaten dem Transporterraum. Ich möchte, daß Sie sich in thiopanischer Kleidung auf den Planeten beamen. Je weniger Verdacht Sie erregen, desto besser.«

»Einverstanden, Sir. Nun, ich schlage vor, wir rüsten uns mit allem Notwendigen aus und bringen die Sache hinter uns.«

»Oh, noch etwas, Nummer Eins«, sagte Picard. Riker, Mori und Dr. Pulaski blieben an der Tür stehen. »Mein Kompliment dafür, daß Sie die Erste Direktive umgangen haben. Wenn Ihr Ausflug zu einem konkreten Ergebnis führt, so wissen nur wir und Mori Bescheid. Die junge Dame hat jedoch keine Möglichkeit, den übrigen Thiopanern irgend etwas zu beweisen.«

»Genau darum ging es mir, Sir.«

»Einen Augenblick«, warf Mori ein. »Ich kann nichts beweisen? Was soll das heißen?«

Riker musterte sie freundlich, ließ jedoch keinen Zweifel an seiner Entschlossenheit. »Ich habe Ihnen einen persönlichen Gefallen versprochen, und diese Angelegenheit beschränkt sich auf Sie und mich. Ganz gleich, welche Feststellungen wir im Gedenkpark von Bareesh treffen: Wir fertigen keine dauerhaften Aufzeichnungen an, und Sie dürfen nicht von uns erwarten, daß wir Ihre späteren Aussagen bestätigen.«

Mori schien sich hintergangen zu fühlen; ein Schatten fiel auf ihre Züge. »Was nützt es mir dann, Gewißheit zu erlangen?«

Picard trat auf sie zu. »Bald wissen Sie genau, ob Evain tot ist oder noch lebt. Nur Sie allein haben die betreffenden Informationen – abgesehen von uns. Vielleicht finden Sie dadurch zu innerem Frieden. Oder auch nicht. Aber eins steht fest: Die neuen Erkenntnisse werden Ihnen dabei helfen, gewisse Entscheidungen zu treffen. Wenn sich herausstellt, daß Ihr Vater wirklich gestorben ist, so können Sie einen neuen Lebensweg für sich wählen.«

»Und wenn Evain nicht in dem Grab liegt?

Picard breitete unsicher die Arme aus. »Es wäre eine Bestätigung dafür, daß die Regierung von zwanzig Jahren gelogen hat. In dem Fall hätten Sie allen Grund, die Suche nach der Wahrheit fortzusetzen.«

»Mehr können wir nicht für Sie tun«, fügte Riker hinzu. »Ich hoffe, es genügt Ihnen.«

Mori zuckte kurz mit den Schultern. »Bisher hat mir niemand ein besseres Angebot gemacht. Ich schätze, ich muß mich damit zufriedengeben.«

Drei in weite Umhänge gehüllte Gestalten materialisierten auf einem kopfsteingepflasterten Pfad im Gedenkpark von Bareesh. Sie zogen ihre Kapuzen tief in die Stirn und sahen sich um. Der Weg, auf dem sie jetzt standen, war einer von vielen, die strahlenförmig von einem zentralen Platz ausgingen; dort bildete ein Verwaltungsgebäude das Zentrum der Anlage. Schmale Verbindungen zwischen den Pfaden unterteilten den Park in einzelne Segmente. Riker beobachtete sanft geneigte Hügelhänge und hielt vergeblich nach irgendwelchen Passanten Ausschau. Stille herrschte, und nirgends regte sich etwas. »Wir sollten uns beeilen«, sagte der Erste Offizier. »Ich möchte so wenig Zeit wie möglich verlieren. Wo befindet sich das Grab, Mori?«

Die junge Frau runzelte verwirrt die Stirn. »Hm, warten Sie... Ah, ja, jetzt erinnere ich mich. Ich bin nicht an so plötzliche Ortswechsel gewöhnt und mußte mich erst orientieren.« Dr. Pulaski und Riker folgten ihr über einen der Verbindungswege, die am nächsten Hügel emporführten. Warmer Wind strich über sprödes, vertrocknendes Gras. Der Erste Offizier ließ seinen Blick über die Gräber und Mausoleen schweifen. Die Thiopaner verwendeten weder Statuen noch Bildtafeln, zogen statt dessen geometrische Grabsteine und Obelisken vor.

Mori ging langsamer, als sie eine weiße Pyramide sah, die alle anderen Denkmähler überragte. Sie bestand aus Marmor, und an der vorderen Seite glänzten die grünen und goldenen Zeichen einer Inschrift.

»Wie lautet sie?« fragte Dr. Pulaski.

In Moris Gesicht zeigten sich Bitterkeit und Kummer. Ihre Stimme klang fassungslos, als sie schließlich antwortete: »Evain — die Wahrheit Thiopas rettete seine Seele.«

Riker winkte, und daraufhin aktivierte die Ärztin ihren Tricorder. Er wollte Mori trösten und ihr den Arm um die Schultern legen, aber sie wich zurück, starrte ungläubig auf die in den weißen Marmor gemeißelten Worte und schien bestrebt zu sein, sie mit dem Feuer ihres Zorns zu verbrennen. Es waren die Worte derjenigen, die ihren Vater aufgrund seiner Überzeugungen verhaftet und verurteilt hatten. Worte, die Leben und Werk Evains verhöhnten.

Pulaski schaltete ihren Tricorder aus. »Nun, das Grab ist *nicht* leer.«

Mori schenkte der Ärztin keine Beachtung, setzte sich wieder in Bewegung, verharrte an einer anderen, völlig glatten Seite der Pyramide und berührte den kühlen Stein.

»He!« ertönte eine Stimme. Riker drehte den Kopf und sah einen Wächter, der sich ihnen näherte. »He!« wiederholte er. »Der Park ist geschlossen. Was machen Sie hier?«

Der Erste Offizier griff nach Moris Arm, schob die andere Hand unter den Umhang und berührte seinen Insignienkommunikator. »Riker an *Enterprise.* Beamen Sie uns unverzüglich an Bord.«

Sie rematerialisierten in der Sicherheit des Transporterraums. Mori stolperte und hätte fast das Gleichgewicht verloren, als sie von der Transferplattform heruntertrat. »Man hat ihn tatsächlich bestattet«, brachte sie benommen hervor.

Kate Pulaski schloß ihre Hände sanft und gleichzeitig fest um die Schultern der Verweilerin. »Hören Sie mir zu, Mori. Wir wissen nur, daß *jemand* im Grab liegt. Vielleicht handelt es sich gar nicht um Ihren Vater.«

»Um wen sonst?«

»Vielleicht dient die weiße Pyramide irgendeinem anderen Thiopaner als letzte Ruhestätte«, sagte Riker. Es ärgerte ihn, daß Mori so schnell bereit zu sein schien, ihre Hoffnungen aufzugeben und einer Regierung zu glauben, die ihren Vater vor vielen Jahren eingekerkert hatte. Doch dann verdrängte er diese Empfindungen und rief sich zur Ordnung. *Bisher habe ich Mori nur so gesehen, wie sie sich ihrer Umwelt präsentiert: als zu allem entschlossene Kämp-*

ferin, die fähig ist, ein ganzes Geschwader Hoverjets abzuschießen. Die Vorstellung, selbst zu sterben, erschreckt sie nicht. Aber der mögliche Tod ihres Vaters, an den sie sich kaum erinnern kann, erfüllt sie mit Verzweiflung. Voller Mitgefühl musterte er die junge Frau. »Möglicherweise hat man dort einen toten Gefangenen aufgebahrt und dann behauptet, es sei der Leichnam Evains.«

»Möchten Sie Bescheid wissen?« fragte Pulaski.

Mori nickte langsam. »Ich kann die Ungewißheit kaum mehr ertragen.«

»Dann lassen Sie uns zur Krankenstation zurückkehren. Ich analysiere dort Ihre genetische Struktur und vergleiche sie anschließend mit den Daten, die ich von dem Toten im Grab gewonnen habe. Sind Sie soweit?«

»Ja, Doktor.«

Picard saß im Bereitschaftsraum auf dem Brückendeck der *Enterprise,* stützte die Ellenbogen auf den Tisch und preßte die Fingerspitzen aneinander. Sein Blick reichte in die Ferne. Riker und Undrun befanden sich wieder an Bord, und damit war die Besatzung vollständig; einer Rückkehr in die Föderation stand nichts mehr im Wege. Der Kommandant mochte immer wieder darauf hinweisen, die Mission habe absoluten Vorrang und das Schicksal einzelner Personen spiele in diesem Zusammenhang nur eine untergeordnete Rolle – aber wenn er jemanden verlor, ob Passagier oder Mitglied der Crew, hatte er das Gefühl, versagt zu haben. *Ich bin für jedes Leben an Bord dieses Raumschiffs verantwortlich – und jedes Leben ist heilig,* dachte Picard. Glücklicherweise blieb ihm diesmal ein entsprechender innerer Konflikt erspart.

Darüber hinaus erfüllte es ihn mit Zufriedenheit, daß es ihm gelungen war, einen Kontakt zu Lessandra und den Verweilern herzustellen. Vielleicht ergab sich daraus die Basis für einen Dialog, der zu einer Lösung des Konflikts auf Thiopa beitragen konnte. Hinzu kam: Die Hungersnot betraf in erster Linie das endrayanische Volk, und es hatte inzwischen zwei Lieferungen der Versorgungsgüter erhalten. *Das Getreide und die Medikamente bieten den Endrayanern eine gute Überlebenschance.* Was jedoch nichts an dem eigentlichen Problem änderte. *Die Frage lautet: Was kann ich in Hinsicht auf die ökologischen Veränderungen unternehmen, die den ganzen Planeten in eine Wüste zu verwandeln drohen?*

Data hatte seine Prognose noch einmal bestätigt: Wenn keine energischen Gegenmaßnahmen ergriffen wurden, bestand eine Wahrscheinlichkeit von siebenundneunzig Komma acht acht sieben sechs Prozent dafür, daß sich die ambientale Katastrophe auf Thiopa nicht vermeiden ließ. Picard teilte das Erstaunen des Androiden über den Standpunkt Dr. Kael Keats und ihr Eingeständnis, schon seit einer ganzen Weile von der Gefahr zu wissen. Der Captain begriff im Gegensatz zu Data, daß manche Personen in der Lage waren, die Wahrheit zu leugnen oder zu ignorieren, um ihre persönliche Macht zu vergrößern, aber er sah sich ebenfalls außerstande, ein solches Verhalten zu akzeptieren. Wenn die Regierung weiterhin zögerte, notwendige Entscheidungen zu treffen, begann auf Thiopa bald ein dunkles Zeitalter, dem Millionen von Männern, Frauen und Kindern zum Opfer fielen. Trotzdem hielt Dr. Keat an der Absicht fest, auf ihrer Heimatwelt ein wissenschaftliches Reich zu schaffen. Derartige Einstellungen verhießen sicher nichts Gutes.

Die Vorschriften Starfleets und der Föderation waren eindeutig: Der Völkerbund hatte kein Recht, dem Rest der Schöpfung vorzuschreiben, wie er leben sollte. Aber manchmal verhielten sich intelligente Wesen so verdammt irrational... Picard unterbrach diesen Gedanken, bevor er feste Wurzeln in ihm schlagen konnte. *Ich habe geschworen, die Gesetze zu achten, und selbst unter den gegenwärtigen Umständen darf ich mich nicht dazu hinreißen lassen, die Prinzipien der Föderation einfach zu vergessen.* Was ihn jedoch nicht von den Gewissensbissen befreite.

PERSÖNLICHES LOGBUCH DES CAPTAINS. NACHTRAG.

Ich muß eine Entscheidung treffen, die sowohl schwierig als auch einfach ist. Das klingt paradox und absurd, aber als Kommandant eines Raumschiffes gerät man häufig in solche Situationen. Der einfache Aspekt läßt sich folgendermaßen beschreiben: Ich fühle mich moralisch verpflichtet, die Thiopaner — damit meine ich Regierung *und* Verweiler — auf die uns bekannten Fakten hinzuweisen. Außerdem bin ich bereit, Hilfe anzubieten. Anschließend liegt alles bei den Bewohnern des Planeten. Und *das* ist der schwierige Teil.

Die Blicke aller Anwesenden richteten sich auf Jean-Luc Picard, als er die Brücke betrat. Stumm durchquerte er den Kontrollraum, nahm in seinem Sessel zwischen Riker — der nun wieder eine Uniform trug — und Deanna Troi Platz. »Offenbar haben Sie sich entschieden«, sagte die Counselor.

Der Captain nickte. »Die Thiopaner brauchen unsere Hilfe, und wir lassen sie nicht im Stich«, sagte er fest. »Es sei denn, sie zwingen uns dazu.«

»Was ist mit der Föderation, Sir?« fragte Riker. »Sie will bestimmt keine Regierung unterstützen, die ihrer Verantwortung nicht gerecht wird und sogar Krieg führt — gegen die Verweiler.«

»Das stimmt, Nummer Eins. Aber derartige Beurteilungen stehen nicht uns zu, sondern nur dem Föderationsrat. Lieutenant Worf, stellen Sie eine Verbindung zu Thiopa her und öffnen Sie zwei Kom-Kanäle.«

»Aye, Sir. Kanäle geöffnet.«

»*Enterprise* an das thiopanische Satelliten-Kommunikationsnetz.«

»Wir empfangen Sie«, antwortete die forsch klingende Stimme eines Mannes.

»Hier ist Captain Picard. Ich möchte mit Souverän-Protektor Stross sprechen.«

»Bitte haben Sie ein wenig Geduld, Captain.« Und nach etwa zwanzig Sekunden: »Ich verbinde Sie mit dem Büro des Protektors — visuelles Signal.«

Der große Wandschirm zeigte nicht mehr den Planeten, sondern ein schlicht eingerichtetes Arbeitszimmer. Ruer Stross saß an seinem Schreibtisch. Neben ihm stand Politikminister Ootherai. »Captain Picard... Leider bleiben unsere Ermittlungen in bezug auf Ihren entführten Offizier bisher ohne Ergebnis.«

»Wir konnten die Verweiler dazu bewegen, ihn freizulassen.«

Stross ließ sich nichts anmerken. »Sie unterhalten also direkte Kontakte zu den Verweilern?« fragte er ruhig. »Sie gelten als Terroristen, Captain. Seit wann verhandelt die Föderation mit Kriminellen?«

»Die Einzelheiten und Konsequenzen jenes Kontakts sind nicht Gegenstand dieses Gesprächs«, erwiderte Picard ungerührt.

»Ach? Worüber möchten Sie dann mit mir reden?«

»Über den bedauerlichen Umstand, daß Sie eine möglicherweise fatale Zukunft Thiopas ignorieren. Ich muß entscheiden, ob ich Ihrer Regierung den Rest der Versorgungsgüter zur Verfügung stelle oder nicht. Bitte warten Sie.« Der Captain gab Stross keine Gelegenheit zu einer Antwort. »Mr. Worf, unterbrechen Sie das Audio-Signal.« Und als der Klingone nickte: »Picard an Lessandra.«

Es dauerte nicht lange, bis eine heisere Stimme ertönte. »Schaltet man das Ding auf diese Weise ein?«

»Wir hören Sie, Lessandra«, bestätigte Picard.

»Haben Sie Riker in Sicherheit bringen können, Captain?«

»Ja. Er befindet sich wieder an Bord und ist unverletzt. Auch Mori leistet uns Gesellschaft. Mr. Riker hatte ihr gegenüber ein Versprechen einzulösen. Wir beamen sie in Kürze auf den Planeten zurück.«

»Ein Kurier aus Siebenwege hat uns mitgeteilt, daß die zweite Lieferung eingetroffen ist. Vielen Dank, Captain. Auf Ihr Wort ist Verlaß. Wir sorgen für eine gerechte Verteilung der Hilfsgüter.«

»Nun, unsere Frachtdrohnen enthalten noch weitaus mehr Lebensmittel und Medikamente. Wie wir mit dem Rest verfahren, hängt ganz davon ab, ob Sie meinen nächsten Vorschlag annehmen oder nicht.«

»Wie lautet er?«

»Ich habe Vorbereitungen für eine Konferenz zwischen Ihnen und Protektor Stross getroffen...«

»*Ausgeschlossen!*« entfuhr es Lessandra. »Ich habe ihm einmal vertraut, und er...«

»Man braucht einem Gegner nicht zu vertrauen, um mit ihm zu reden«, sagte Picard scharf. »Ich meine eine Konferenzschaltung, und sie findet jetzt sofort statt. Lieutenant Worf, reaktivieren Sie die Audio-Verbindung des ersten Kom-Kanals. Lord Stross, Lessandra — Sie können jetzt direkt miteinander sprechen.«

In den Augen des Protektors blitzte es. »Picard, wenn Sie glauben, mich unter Druck setzen zu können...«

»Das liegt mir fern, Lord Stross. Ich möchte Ihnen nur einen Vorschlag unterbreiten, der in Ihrem eigenen Interesse liegt. Sie gehen dabei nicht das geringste Risiko ein.«

»Na schön. Ich bin ganz Ohr.«

»Verhandeln Sie mit Lessandra. Treffen Sie eine Übereinkunft, zum Wohle Thiopas.«

»Ich habe keine Absicht, irgend etwas mit Stross zu vereinbaren«, zischte Lessandra.

»Wir verhandeln nicht mit Verbrechern«, knurrte der Protektor.

»Sie sollten versuchen, sich von Ihren Vorurteilen zu befreien«, sagte Picard. »Um über die Verteilung der Versorgungsgüter zu entscheiden, muß ich Ihnen zunächst einige wichtige Informationen geben. Darüber hinaus möchte ich unseren neutralen Standpunkt unterstreichen und das Gebot der Fairneß achten, indem ich Ihnen beiden gleichzeitig die Lage schildere. Wenn ich fertig bin und Sie nichts zu sagen haben, unterbrechen wir die Verbindung.«

Picard zögerte kurz, als sich die Lifttür öffnete und Botschafter Undrun den Kontrollraum betrat.

»Die Zukunft Ihres Planeten steht auf dem Spiel«, fügte der Captain hinzu. »Verlange ich zuviel, wenn ich Sie bitte, mir Gehör zu schenken?«

Stross straffte wie herausfordernd die Schultern. »Ich höre Ihnen zu.«

»Ich ebenfalls«, sagte Lessandra. Es klang nicht besonders freundlich.

Picard dankte ihnen, holte tief Luft und nannte die Details der von Data prognostizierten Katastrophe. Der Treibhauseffekt, seine Ursachen und Konsequenzen, die gewissenlose Verschmutzung von Wasser und Luft, die Ausplünderung natürlicher, nicht erneuerbarer Ressourcen, die Zerstörung der Wälder, wodurch neue Wüsten entstanden, – all diese Dinge führten zu einem unausweichlichen Schluß. Thiopas Bürger mußten ihre Lebensweise ändern und lernen, Differenzen zu überwinden und zusammenzuarbeiten. Andernfalls drohte der thiopanischen Zivilisation ein fataler Kollaps. Die Föderation konnte helfen, die planetare Krise zu überwinden. Vorausgesetzt natürlich, man richtete eine entsprechende Anfrage an den Völkerbund.

Schließlich schwieg Picard; er fühlte sich erschöpft. Er hatte besonders offene und klare Worte gewählt, um deutlich auf den Ernst der Situation hinzuweisen und leeres politisches Gerede zu vermeiden, das er von beiden Seiten erwartete.

Während seines Vortrags kam Dr. Kael Keat ins Büro des Protektors und blieb neben Ootherai stehen. Die Wissenschaftlerin gab als erste Antwort. »Die von Ihnen genannten Fakten stellen wir nicht in Frage, Captain. Ich habe es bereits Commander Data gegenüber erwähnt: Wir kennen die Fehler der Vergangenheit und wissen auch, welche Probleme sich daraus ergeben.«

Picard lehnte sich in seinem Sessel zurück. »Glauben Sie, ich habe Ihre Zukunft in zu düsteren Farben gemalt?«

»Ja. Unsere jüngsten Forschungs- und Entwicklungsprojekte sind in Ihrer Prognose unberücksichtigt. Wir werden lange vor der von Ihnen beschriebenen Umweltkatastrophe in der Lage sein, die Wunden der thiopanischen Natur zu heilen. Es ist nur eine Frage der Zeit. Wir sind auf dem richtigen Weg, Captain. Wahrscheinlich dauert es nur noch wenige Jahre, bis wir Klima und Ökologie kontrollieren können, und dann besteht nicht mehr die geringste Gefahr.«

Der Androide hob den Kopf. »Dr. Keat ...«

Picard unterbrach ihn sofort. »Mischen Sie sich nicht ein.«

Data drehte sich um und musterte den Captain verwirrt. »Aber Dr. Keat sollte es eigentlich besser wis ...«

»Es steht uns nicht zu, ihr zu widersprechen.« Picard sah wieder auf den Wandschirm. »Und wenn Sie vergeblich auf das Wunder der Wetterkontrolle hoffen, Lord Stross?«

»Es gelang uns, Thiopa in ein modernes Zeitalter zu führen, indem wir der Wissenschaft vertrauten«, erwiderte der Protektor.

»Wir haben schon einmal auf Außenweltler gehört«, sagte Dr. Keat. »Und das brachte uns an den Rand des Verderbens. Nie wieder werden wir zulassen, daß sich Fremde in unsere Angelegenheiten einmischen.«

»Was ist mit Ihnen, Lessandra?« fragte Picard. »Sind Sie ebenfalls der Meinung, daß keine Katastrophe droht?«

»Selbst wenn ein dunkles Zeitalter beginnt ... Das Ende der ›modernen Zivilisation‹ ist unser Ziel. Wenn wir es nicht aus eigener Kraft erreichen können, warten wir einfach, bis die Weltmutter Stross und seine Anhänger bestraft. In der Zwischenzeit verteidigen wir uns. Wenn sich die Verborgene Hand an jenen rächt, die den Leib der Welt schändeten, sind wir da, um den Kreis des Lebens wieder zu schließen.« Die alte Frau sprach ruhig, fast gleichgültig. »Wir sind Hüter, keine Eroberer.«

Stross konnte seine Wut nicht länger im Zaum halten. Ruckartig stand er auf. »Das habe ich gehört, Lessandra!«

»Ich weiß.« »Sie können sich der Verschmelzung nicht auf Dauer widersetzen«, knurrte der Protektor. »Irgendwann müssen Sie ihr nachgeben. Und dann schaffen wir eine Zukunft, in der uns die Weltmutter nicht länger bedroht.«

Stross' Zorn prallte wirkungslos an Lessandra ab. »Wir haben die Macht, weil wir vernünftig genug sind, im Kreis zu bleiben«, entgegnete sie gelassen.

»Sie und Ihr verdammter Kreis!«

»Das reicht jetzt«, donnerte Picard. Als in den Kom-Kanälen wieder Stille herrschte, fügte er niedergeschlagen hinzu: »Angesichts Ihres Verhaltens bleibt uns keine andere Wahl. Wir müssen Sie Ihrem Schicksal überlassen.«

»Und die restlichen Versorgungsgüter, die Lebensmittel und Medikamente?« fragte Lessandra.

»Da Sie offenbar nicht in der Lage sind, einen Kompromiß zu schließen und zumindest in diesem Bereich zusammenzuarbeiten, schicke ich Ihnen die eine Hälfte unserer Fracht, Lessandra. Die andere bekommt Lord Stross.«

»Das ist unerhört!« protestierte der Protektor. »Ich repräsentiere die Regierung dieses Planeten.«

Lessandra ignorierte die Empörung ihres Widersachers. »Ich wußte, daß Sie ein Ehrenmann sind, Captain.«

»Mit Ehre hat das überhaupt nichts zu tun. Auf Thiopa scheint sie ohnehin Mangelware zu sein.« Picard seufzte traurig. »Ich beende unsere Mission nur auf die einzige Art und Weise, die mir möglich erscheint.«

»Ich werde mich offiziell bei der Föderation beschweren«, brachte Stross hervor.

Frid Undrun näherte sich dem Kommandosessel. »Wie Sie wollen, Protektor. Aber ich bin der autorisierte Gesandte des H & U-Ministeriums — und ich begrüße die Entscheidung des Captains.«

»Sie sollten sich gut überlegen, wie Sie die Versorgungsgüter verwenden«, sagte Picard müde. »Ich bezweifle, ob Sie weitere Lieferungen bekommen.«

Stross schnaubte verächtlich. »Die Föderation wird uns wohl kaum dem Hungertod preisgeben. Sie braucht Thiopa.«

»Vielleicht. Aber an Ihrer Stelle würde ich nicht meine Zukunft darauf wetten. Wir beamen die Container innerhalb der nächsten Stunde auf den Planeten. Anschließend verlassen wir die Umlaufbahn. Picard Ende.«

Worf schloß die beiden Kom-Kanäle, und daraufhin zeigte der Wandschirm wieder das dunstverschleierte Antlitz Thiopas. Riker streckte seine langen Beine und lehnte sich zurück. »Diesen Anblick werde ich kaum vermissen.«

»Mir geht es ähnlich, Nummer Eins.«

Riker drehte den Kopf. »Worf, geben Sie den Technikern der Frachttransporter Bescheid.«

»Sofort, Commander.«

Picard stand auf und musterte Botschafter Undrun. »Danke für Ihre Unterstützung.«

»Danke für Ihre Geduld«, erwiderte der kleine Noxorianer und lächelte.

»Nummer Eins...«, sagte Picard. »Ich glaube, es bleibt nur noch eine Sache zu erledigen.«

Der Erste Offizier stand auf. »In der Krankenstation, Sir?«

Picard nickte, und sie gingen zum Turbolift. »Mr. Data, Sie haben das Kommando.«

Als sich das Schott hinter ihnen schloß, fragte der Captain: »Was würden Sie der Föderation in Hinsicht auf Thiopa raten?«

»Ich glaube, sie sollte sich nach einem zuverlässigeren Verbündeten umsehen.«

»Der Meinung bin ich auch«, sagte Picard. »Doch die eigentliche Tragödie ist die Zukunft des Planeten.«

»In Bareesh spürt man noch nichts von den Auswirkungen der klimatischen Veränderungen. Vielleicht überdenkt Stross seinen Standpunkt, wenn sich die Lage verschärft.«

»Hoffentlich. Aber ob die Verweiler zu Zugeständnissen bereit sind?«

Kurz darauf erreichten sie die Krankenstation und sahen eine Mori, die nervös im Büro der Ärztin umherwanderte. »Wo ist Dr. Pulaski?« erkundigte sich Riker.

Bevor Mori Antwort geben konnte, kam die Doktorin herein. »Hier«, sagte sie schlicht.

Die junge Verweilerin versteifte sich unwillkürlich. »Nun?« fragte sie gespannt.

Kate Pulaski lächelte sanft. »Im Grab liegt *nicht* Ihr Vater.«

Mori ließ den angehaltenen Atem entweichen und nahm auf dem nächsten Stuhl Platz. Die drei Starfleet-Offiziere sahen besorgt auf sie herab.

»Ich dachte eigentlich, das sei eine gute Nachricht für Sie«, begann Dr. Pulaski.

»Oh, das stimmt auch«, erwiderte Mori kleinlaut. »Man hat Evain nicht in der Pyramide bestattet — aber vielleicht ist er trotzdem tot.« Sie brach ab, und ihr Blick offenbarte nicht nur Verwirrung, sondern auch *Scham.*

Riker sah es ganz deutlich. »Irgend etwas belastet Sie, nicht wahr? Nun, was auch immer es ist: Machen Sie sich nichts draus.«

Die Verweilerin schüttelte heftig den Kopf. »Diesen Rat kann ich unmöglich beherzigen.« Sie suchte nach den richtigen Worten und atmete mehrmals tief durch. »Ein Teil von mir hat *gehofft,* daß Evain dort begraben ist«, hauchte sie. »Um endlich Gewißheit zu haben.« Ihre Schultern zitterten, aber sie brachte genug Kraft auf, um dem emotionalen Sturm in ihrem Innern standzuhalten. »Ich weiß nicht, ob er noch lebt. Ich meine, ich weiß es nicht *genau.* Aber ich werde es herausfinden.«

»Da bin ich sicher«, sagte Picard väterlich und half der jungen Frau auf. »Wir verlassen bald den Orbit. Es wird Zeit, Sie nach Hause zu schicken.«

Riker und der Captain begleiteten Mori zur Tür. Vor dem Schott drehte sich die Verweilerin noch einmal um. »Danke, Dr. Pulaski.«

»Schon gut. Ich wünsche Ihnen viel Glück.«

Auf dem Weg zum Transporterraum begegneten sie Wesley Crusher und Frid Undrun, die ihnen durch den hell erleuchteten Korridor entgegenkamen. »Ich hatte noch keine Gelegenheit, Ihnen zu danken, Botschafter«, sagte Riker.

»Wofür?«

»Captain Picard hat mir erzählt, daß Sie die Verweiler aufsuchten, um meine Freilassung zu erwirken. Es war sehr mutig, sich allein auf den Planeten zu beamen. Nicht besonders intelligent, aber mutig.« Der Erste Offizier schmunzelte.

Mori zupfte an Rikers Ärmel. »Ich erinnere mich an eine ähnliche Bemerkung, die Sie an mich richteten.«

»Nun, Sie haben einiges mit Mr. Undrun gemein. Zum Beispiel Dickköpfigkeit.«

»Die unter Umständen eine Tugend sein kann«, brüstete sich der Noxorianer. Er lächelte und fügte hinzu: »Wenn sie durch Vernunft und Rationalität ausgeglichen wird. Wie dem auch sei, *Commander* Riker — nichts zu danken.«

»Ich glaube, ich habe Sie falsch eingeschätzt, Botschafter.«

»Oh, das bezweifle ich«, erwiderte Undrun und schüttelte den Kopf. »Wissen Sie, für mich hat sich eine wichtige Erkenntnis ergeben: Nicht jedes Hindernis kann man mit Computeranalysen und einem Fünfjahresplan überwinden.«

In Rikers Mundwinkeln zuckte es. »Halten Sie es für möglich, diese neue Weisheit zur Grundlage Ihres Verhaltens zu machen?«

»Ein Versuch kann sicher nicht schaden. Ich muß mich an die Vorstellung gewöhnen, daß man von Erfahrungen lernt und sie nicht einfach mit Missionsberichten zu den Akten legt.«

»Wir sollten uns beeilen, Botschafter«, drängte Wesley. »Sonst kommen wir zu spät.«

»Zu spät?« Picard hob die Brauen. »Haben Sie einen wichtigen Termin wahrzunehmen?«

»Wesley hat mich gebeten, in seiner Klasse einen Vortrag über ›Probleme bei multikulturellen Kontakten‹ zu halten. Vielleicht können die Schüler von meinen Fehlern lernen.«

Wes zog den kleinen Noxorianer mit sich. »Gastdozenten bekommen keinen Tadel, wenn sie sich verspäten — aber ich muß in einem solchen Fall mit Minuspunkten rechnen!«

Im Transporterraum straffte Mori ihre Gestalt und trat mit neuer Entschlossenheit auf die Transferplattform. »Ich darf nicht noch mehr Zeit verlieren«, sagte sie fest. »Eine Menge Arbeit wartet auf mich.«

»Erinnern Sie sich an die Worte des Botschafters«, mahnte Riker.

»Oh, ich werde aus meinen Erfahrungen lernen.«

»Sie kehren auf eine gefährliche Welt zurück.«

»Ich weiß.«

»Vielleicht sind die anderen Verweiler nicht bereit, Ihnen bei der Suche nach Evain zu helfen.«

»Mag sein. Ich komme auch allein zurecht.« Mori lächelte. »Bestimmt finde ich meinen Vater.«

Riker nickte. »Seien Sie vorsichtig.«

»Ich verspreche es Ihnen«, erwiderte die junge Frau. »Und ich danke Ihnen beiden.«

Der Transportertechniker O'Brien gab die Transferdaten ein. »Alles klar, Sir«, wandte er sich an Picard.

»Energie«, sagte der Captain.

O'Brien berührte die Kontrollen, und Riker beobachtete, wie sich Moris Gestalt auflöste. Viele Schwierigkeiten und Probleme erwarteten sie auf Thiopa. Außerdem: Es gab nur eine geringe Wahrscheinlichkeit dafür, daß sie ihren Vater finden und befreien konnte.

Aber ganz gleich, welche Hindernisse sich ihr in den Weg stellen mochten — Riker war sicher, daß Mori nicht den Mut verlor.

EPILOG

Da keine Notwendigkeit für ihre sofortige Rückkehr zur Brücke bestand, erlaubten sich Picard und Riker etwas, woran sie beide großen Gefallen fanden — eine Wanderung durch die *Enterprise.* Als sie an einem der Freizeiträume vorbeikamen, vernahmen sie plötzlich ein lautes, die Trommelfelle peinigendes Dröhnen. Für Picard klang es so, als werde gerade eine Dinosaurierherde gefoltert. Riker wußte natürlich sofort, woher das Geräusch stammte.

Ein zweites donnerndes Krachen lähmte die beiden Männer im Gang. Als wieder Stille einkehrte, stürmte Picard zur Tür des Freizeitraums, dichtauf gefolgt von Riker. Das Schott glitt beiseite, und die beiden Offiziere starrten nicht etwa auf die blutigen Reste eines entsetzlichen Massakers, sondern sahen Worf, Geordi LaForge und Data. Sie saßen vor einem Computerschirm, der mehrere Notenfolgen zeigte, und jeder hielt eine klingonische *ChuS'ugh* in den Händen.

Riker erblaßte. Ein ganzes Orchester? Picard wahrte die Fassung. »Das sind also klingonische äh ...«

»*ChuS'ughs*«, sagte Worf ein wenig verlegen.

Der Captain streckte die Hand aus und berührte eine Saite des Musikinstruments, das auf Geordis Schoß ruhte. Ein dumpfes, vibrierendes Brummen ertönte, und der Chefingenieur grinste von einem Ohr zum anderen. »Klingt das nicht wunderbar?«

»Nun, ich schätze, es ist Geschmackssache«, sagte Picard und lächelte schief.

»Geordi fand solchen Gefallen daran, daß er den Computer anwies, zwei identische Exemplare herzustellen«, warf Data ein.

»Ich dachte, dies sei eine gute Gelegenheit für Data, mehr über Musik zu lernen«, fügte LaForge hinzu. Er schien es für notwendig zu halten, die Präsenz des Androiden zu erklären.

»Musik«, murmelte Riker und schüttelte den Kopf.

Der Chefingenieur ließ sich davon nicht beeindrucken. »Und *dann* dachte ich: Nun, da der Erste Offizier nicht begeistert ist, eine *ChuS'ugh* in seine Jazz-Combo aufzunehmen — warum gründen wir nicht eine zweite Band?«

»Eine... *ChuS'ugh*-Combo?« Riker stöhnte innerlich.

»Ja. Wenn wir lange genug geübt haben, könnten wir einen musikalischen Wettstreit veranstalten — um festzustellen, welche Band besser ist.«

»Ich gebe mich schon jetzt geschlagen«, sagte Riker hastig und wich in Richtung Tür zurück.

Picard und seine Nummer Eins entkamen gerade noch rechtzeitig aus dem Freizeitraum, bevor neuerliches akustisches Chaos begann. Sie eilten zum nächsten Turbolift, um zur Brücke zurückzukehren.

»Ich fürchte, Sie haben Kräfte freigesetzt, die sich nicht mehr kontrollieren lassen«, sagte Picard und deutete mit dem Daumen in die Richtung, aus der sie kamen.

Riker lachte leise. »Heute schon zum zweitenmal, Sir.«

»Meinen Sie Mori?«

»Ja, Captain. Sie wollte *wirklich* die übrigen Hoverjets abschießen.«

»Eine ziemlich entschlossene junge Dame.«

»Eher stur und hartnäckig.«

»Solche Eigenschaften können ihr zum Vorteil gereichen«, erwiderte Picard. »Wenn sie den richtigen Nutzen daraus zieht.«

»Es wäre aber auch denkbar, daß sie dadurch in erhebliche Schwierigkeiten gerät.«

»Wie ihre Welt?«

Riker nickte kummervoll, als sie den Turbolift betraten. »Brücke.« Das Schott glitt zu, und die Transportkapsel raste durchs Raumschiff, ohne daß die beiden Männer in ihr etwas von der Geschwindigkeit spürten. »Manche Leute können so verdammt selbstgerecht sein und glauben, ihre Antworten seien die einzig richtigen. Ich begreife das einfach nicht: Mit ihrer Engstirnigkeit schaufeln sich die Thiopaner ein globales Grab.«

Picard seufzte leise. »Offenbar gehört das zum Reifeprozeß einer jeden Zivilisation, wobei ich unsere nicht ausschließe«, sagte er philosophisch. »Man braucht ein wenig Glück, um zu überleben.«

»Die Verweiler scheinen völlig sicher zu sein, daß sie sich irgendwann durchsetzen und den Sieg erringen«, meinte Riker. »Sie sind bereit, einen hohen Preis dafür zu zahlen.«

»Manchmal kann man eine Schlacht nur dann gewinnen, wenn man den Kampf meidet.«

»Sagen Sie das den Säbelraßlern auf Thiopa.«

Der Turbolift wurde unmerklich langsamer und öffnete sich auf dem Brückendeck der *Enterprise*. Picard und Riker gesellten sich Deanna Troi auf dem unteren Deck hinzu. Wesley Crusher saß vor seiner Konsole und unterhielt sich leise mit Fähnrich Lanni Sakata, der schwarzhaarigen jungen Frau, deren Gegenwart ihn mehr als einmal abgelenkt hatte. Riker beugte sich zu Picard vor. »Ich glaube, Wes hat sich in Lanni verknallt«, flüsterte er. »Hmm. Das fällt in Ihren Zuständigkeitsbereich, Nummer Eins.«

»Captain...«, erklang Lieutenant Whites Stimme vom Oberdeck. »Inzwischen befinden sich alle Versorgungsgüter auf dem Planeten.«

»Hoffentlich nimmt Stross das nicht zum Anlaß, ein neues Festbankett zu veranstalten«, sagte Riker. »Wie dem auch sei – diesmal muß er auf meine Teilnahme verzichten. Ich möchte nach Hause.«

»Diesem Wunsch schließe ich mich gern an, Nummer Eins«, entgegnete Picard und lächelte.

»Mr. Crusher«, sagte der Erste Offizier förmlich. Und als sich Wesley zu ihm umdrehte: »Ich glaube, die *Enterprise* sollte wichtigere Aufgaben wahrnehmen, als Frachtdrohnen durch den Weltraum zu kutschieren. Stimmen Sie mir zu?«

»Ja, *Sir*, da bin ich ganz Ihrer Meinung«, bestätigte der Junge mit Nachdruck.

»Dann nehmen Sie Kurs auf Starbase Siebenundsiebzig. Dort lassen wir die leeren Transporter zurück und machen uns wieder an die Arbeit.«

Wesleys dünne Finger huschten über die Sensorflächen seines Pults. Die Elektronik kommentierte den Daten-Input mit einem leisen, rhythmischen Piepen. »Kurs programmiert, Commander.«

»Danke, Fähnrich. Captain...?«

»Steuern Sie uns aus der Umlaufbahn«, sagte Picard. Er lehnte sich in seinem Kommandosessel zurück, sah auf den Wandschirm und beobachtete, wie Thiopa schrumpfte. Die Heimreise begann. Er horchte in sich hinein, spürte jedoch keine Erleichterung, als der Planet kleiner wurde. Zumindest ein Teil der Anspannung verharrte in ihm, und er dachte an eine Welt, auf der Tradition und Fortschritt so miteinander rangen, als handele es sich um unüberbrückbare Gegensätze. »Richten wir den Blick nach vorn«, brummte der Captain. *Lassen wir die Vergangenheit ruhen...*

Riker erkannte die doppelte Bedeutung dieser Worte. »Bugsicht«, sagte er. Fähnrich Sakata beugte sich zu ihrer Konsole vor. »Bugsicht, Sir.«

Das Bild auf dem Wandschirm veränderte sich. Thiopa verschwand, wich dem unendlichen All. Myriaden von Sternen leuchteten, weckten Assoziationen von unberührter Reinheit. Aus den Augenwinkeln sah Picard, wie Wesley der jungen Frau am Nebenpult einen kurzen Blick zuwarf. *Ich kann es ihm nicht verdenken — Lanni Sakata ist wirklich hübsch...* Doch dann galt die Aufmerksamkeit des Jungen wieder dem Universum vor dem Raumschiff. Ferne Welten, unerforscht, voller Geheimnisse...

»Fühlen Sie sich jetzt besser, Captain?« fragte Riker leise.

»Viel besser, Nummer Eins.« Picards Gesicht zeigte die Zufriedenheit eines Mannes, der wußte, wohin er gehörte. »Warpfaktor vier, Fähnrich Sakata.« Das Summen der Triebwerke wurde zu einem melodischen Gesang, als die *Enterprise* mit anmutiger Eleganz durch den Kosmos glitt.